개와 나

개
와
나

사람과 개,
그들의 깊고 오묘한
러브 스토리

캐
롤
라
인 냅 지음
──
고
정
아 옮
김

나무처럼
Namubooks

어머니를 위하여

차례

나는 지금 개와 함께 잠을 잔다.

새벽 두 시, 어쩌면 세 시인지도 모른다. 자다가 깨어보니 눈앞 서너 뼘 거리에 녀석의 길쭉한 얼굴이 나를 빤히 주시한다. 조용한 주시. 녀석의 행동이 대개 그렇듯이, 여기에는 분명한 의도가 있다. 만약 조용한 주시 작전이 실패하면, 그러니까 내가 아무 반응도 보이지 않으면, 녀석은 내 손과 얼굴을 핥는 다른 작전으로 원하는 반응을 이끌어낸다. 이 행동 코드가 전달하는 메시지는 '나도 이불 속으로 들어갈래'이다.

개와 함께 하는 생활이 흔히 그렇듯이, 이것은 어느새 의례적인 일과가 되었고, 이런 일과는 녀석과 나 모두에게 즐거움을 준다. 나는 "알았어"라고 말하며 이불자락을 젖힌다. 그러면 녀석은 이불 속으로 기어들어 와서는 몸을 동그랗게 말아 내 배에 찰싹 붙이고 눕는다. 녀석의 코가 내 무릎에 닿는다.

우리는 함께 숨을 깊이 내쉰다. 개와 한 이불 속에서 체온을 나누는 이 순간이 너무도 편안해서, 나는 때로 잠들기를 잠시 거부하고 한동안 그 느낌을 빨아들인다. '친밀함'이라는 느낌을.

나는 개와 사랑에 빠졌다.

이것은 거의 우연처럼 일어나서, 어느 날 아침에 일어나보니 상황이 이렇게 되어 버린 것만 같다(서른여덟 살의 싱글인 내가 이 세상에서 가장 열렬히 사랑하는 것이 바로 이 개였어!). 그런데 사랑을 깨닫는 방식은 제각각 다르기 마련이고, 내 사랑의 방식은 이렇게 체중 20킬로그램의 두 살짜리 셰퍼드 잡종 루실을 통해서 왔다.

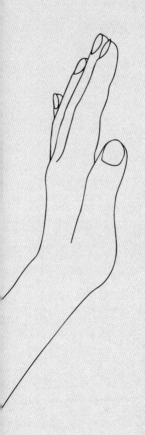

01

기쁨의 색깔

The color of joy

약간 작은 몸집에 골격이 가느다란 독일셰퍼드.

순종은 온몸이 반짝이는 검은색이지만, 녀석은 검은색과 회색, 황갈색이 섞였고, 얼굴은 옅은 회색 마스크를 쓴 잉크 빛깔이다. 이 개가 바로 루실, 지극히 평범하게 생긴 개다.

몇 가지 개성적인 특징은 있다. 앞발 한쪽은 다리 절반 높이까지, 다른 한쪽은 4분의 1 높이까지 하얀색 털로 덮여서 짝짝이 흰 장갑을 낀 것 같다. 그리고 뺨에 하얀 털이 살짝 섞여 있어서, 각도만 잘 맞추면 호찌민을 닮은 듯도 하다. 어쨌거나 녀석은 사전 잡종 항목에 삽화로 실릴 만한 생김이다. 다시 말해, 빼어남 같은 외모와는 거리가 멀다.

특별할 것 없다 해도 뭐 어쩌랴. 자기가 사랑하는 개라면 사소한 것이 모두 아름답게 보이고, 나의 루실도 마찬가지다. 나는 녀석의 가슴팍 양쪽에 비대칭 소용돌이 꼴을 이룬 하얀 털에 감탄하고, 당당하게 하늘로 휘어 올라간 꼬리에 감탄하고, 그윽하고 총명한 밤색 눈동자에 감탄한다. 보드라운 황갈색 털에 덮인 배도 좋고, 하얀 발끝에 래커라도 칠한 듯이 도드라진 새까만 발톱도 좋고, 유연하고 확고하면서도 조심성 있는 녀석의 태도에 경탄한다.

나는 개를 바라보고 또 바라보면서, 녀석이 나에게 얼마나 신비롭고 아름다운 존재인지, 녀석이 내 세계를 얼마나 바꾸어 놓았는지를 새록새록 깨닫는다.

개를 키우기 전에는 개와 함께 살면 어떤 일이 벌어질지 상상조차 못했다. 그런데 이제 개가 없는 삶은 상상할 수 없다.

루실 없는 삶?

있을 수 없다.

집이 얼마나 적막하고 쓸쓸할 것인가? 웃음소리는 또 얼마나 드물어질 것인가? 다정한 분위기도 사라지고, 녀석이 거기 있다는 이유만으로 내가 느꼈던 안정감도 깨어질 것이다.

내가 만난 어떤 여자는 "개를 잃고 나니 세상에서 색깔 하나가 사라진 것 같다"고 했다. 개는 그녀 눈앞에 이전에는 없던 색조를 더했다. 개가 사라지자 그 색깔도 사라졌다. 이런 비유는 우리가 개를 사랑할 때 겪는 것을 놀라울 만큼 간단하고 명료하게 표현했다.

나는 이 말을 약간 고쳐 말하고 싶다. 우리가 마음을 열고 개를 받아들이면, 그들은 우리 세계에 여러 가지 색깔을 펼쳐 준다고. 그 색깔들은 '야성' '애정' '믿음' '기쁨'이라는 이름을 가지고 있다고.

나는 루실을 지극히 사랑하지만, 개에 대해 감상적이지는 않다. 나는 일부 열혈 동물애호가들 사이에 널리 퍼진, '개는 인간보다 고귀하며 일종의 샤먼처럼 그들이 지닌 근원적 야성과 고귀함으로 인간에게 지혜와 치유력을 제공한다'는 견해는 지지하지 않는다. 또 모든 사람이 개를 키운다고 세상이 좀 더 살기 좋은 곳이 되리라고 생각하지도 않고, 개와 주인의 관계가 언제나 건강하고 유익하다고 생각지도 않는다. 버몬트 주에서 반려견 캠프를 운영하는 하니 로링는 이렇게 말한다.

"개는 우리를 정답고 온화한 세계로 이끕니다."

루실과 만난 지 1년가량 되었던 나는 이 말이 조금 황당했다. 개는 정답고 온화할 때도 있지만, 무서울 때도, 짜증 날 때도, 혼란스러울 때도 있기 때문이다. 때로는 공격적이고 고집불통에 제멋대로이기도 하다. 이해하기 어려울 때도 많다. 또 주인에게 책임감과 강제성, 그리고 의존성에 대해서 온갖 복잡한 감정을 불러일으키기도 한다.

개들은 자기 요구와 충동을 전달하는 데 아무런 모호함이 없는 생명체이기에 때론 사람보다 더 직접적인 방식으로 사태에 개입한다. 우리가 권위와 지도력을 발휘하지 못하거나 통제하지 못한다면, 녀석들은 첫날부터 우리의 뒤통수를 후려칠 것이다.

개는 고귀하고 온화하며 현명하고, 엄청난 치유력을 발휘할 수 있지만, 어쨌거나 그래도 개는 생물학적 충동과 행동 법칙에 지배되는 동물일 뿐이다. 이를 지나치게 낭만적으로 포장하는 것은 개에게도 개와 우리의 관계에도 해가 될 수 있다. 『문학 속의 개The Literary Dog』의 저자 진 신토는 "개의 본성을 부정하는 것은 그들에게 큰 피해를 준다"라고 썼다.

그러나 나도 개가 우리를 인간 세계와는 질적으로 다른 세계로 이끌고 가서 우리를 변화시킨다는 점에는 동의한다. 개를 사랑하는 것은 새로운 우주 궤도에 들어서는 것과도 같다. 그 우주에는 새로운 색깔뿐 아니라, 새로운 일과가 있고, 새로운 규칙이 있으며, 애착을 경험하는 새로운 방식이 있다.

이 새로운 우주 궤도에서는 모든 것이 변한다. 때로는 미묘하게, 때로는 극적으로.

우선 걸음이 느려진다. 우리는 목적지를 향해 돌진하지 않고 도시의 거리를 유유히 거닌다. 그것은 개가 길가의 나뭇잎과 나뭇가지, 온갖 잡동사니와 쓰레기를 뒤지며 다니기 때문이다.

그리고 옷이 달라진다. 개를 키우기 전에 나는 옷차림에 신경을 많이 썼다. 그런데 지금은 최악의 패션으로도(육중한 부츠를 신고 낡은 스웨터에 후드 딸린 파카를 입은 내 모습은 거의 우주인과도 비슷하다) 거리낌 없이 거리를 누빈다.

언어도 달라진다. 구체적인 어휘보다 말투와 뉘앙스에 더 신경 쓴다.

쇼핑 목록도 괴이쩍어진다. 어느 날 보면 쇼핑 목록에 황당하기 짝이 없는 훈제돼지 귀, 닭고기 맛 치약 등이 있고, 거실 바닥에는 살균한 소뼈에 생가죽 뼈다귀, 씹는 플라스틱 장난감, 밧줄, 공 등이 널려 있으며, 수납장에는 냉동건조 간, 진드기 샴푸, 배설물 가방 같은 가히 엽기적인 것들이 들어 있다.

그러나 더 큰 변화는 내면에서 일어나고, 그것은 때로 인생 전체의 변화와 관련한다. 개를 키우는 것에 대해서 말할 때 사람들은 흔히 인간관계에서는 얻기 어려운 새로운 차원의 위안을 얻는다고, 외롭지 않은 고독을 맛본다고 이야기한다. 또 개는 우리 정신의 초점을 과거와 미래에서 떼어내 지금 이 순간, 거실 카펫 위에서 뛰어놀거나 숲을 산책하는 지금 이 순간에 붙들어 맨다고 이야기한다. 또 극히 단순하고 순수한 기쁨에 관해 이야기한다. 개가 멍청한 짓을 했을 때 터뜨리는 웃음, 개의 털을 빗겨주는 포근함, 개가 어떤 훈련에 성공했을 때의 성취감, 종이 다른 동물과 커뮤니케이션을 이루어 나간다는 뿌듯함에 관해 이야기한다. 그리고 무엇보다 전과는 다른 방식으로 수용되는 느낌에 관해 이야기한다.

우리 곁에 있는 이 동물은 일상 속에서 우리의 온갖 변화와 변덕을 목격하고, 우리의 행동과 말을 남김없이 지켜보고, 우리의 실패와 좌절을 모조리 관찰하면서도 우리를 판단하는 일이 없기 때문이다.

당연히 모든 사람이 똑같지는 않다. 개와 무관한 이들은 나 같은, 우리 같은 사람을 보면, 눈썹을 추켜세우며 걱정된다는 표정을 짓는다. 우리가 지갑에 든 강아지 사진을 꺼내서 보여주려고 하면 그들은 "어, 그건 좀…… 사진은 참아줘"라고 한다. 또 우리는 주말에 놀러 가자는 제안을 거절하느라 쩔쩔매고(호텔이나 온천 같은 곳은 개가 갈 수 없어서), "걔는 그냥 묶어두고 오면 되잖아"라는 잔인한 말을 듣게 된다. 우리가 개에 대한 깊은 애정을 드러내는 말을 하면 "제발 그만 좀 해. 그래 봐야 개잖아"라는 그 말, 그 무시무시한 말을 듣게 된다.

그런데 이보다 더 자주 맞닥뜨리는 것은 멍한 표정이다. 로스앤젤레스에 사는 결혼한 친구가 최근 보스턴에 왔다가 집에 들렀다. 어느 순간 그는 거실에 앉아 집을 둘러보다가 내게 물었다.

"혼자 사는 건 어때? 매일 아침 혼자 눈 뜨고 밤마다 빈집에 들어오는 기분이?"

나는 루실과 함께 소파에 앉아 있었다. 그래서 개를 가리키며 말했다.

"내가 왜 혼자야? 얘가 있는데."

"어, 그야 그렇지만……."

그는 말을 멈추었다. 그가 속으로 무슨 생각을 하는지는 굳이 말하지 않아도 알 수 있었다.

'그야 그렇지만, 개하고 사람하고는 다르지. 개를 가족으로 칠 수는 없잖아.'

이런 반응 때문에 개를 사랑하는 사람들은 어떤 비밀 결사에 참여한다거나 자기와는 맞지 않는 부적절한 우주에 산다는 느낌을 자주 받는다. 얼마 전에 나는 개를 키우지 않는 친구 리사와 저녁을 먹다가 루실 이야기를 했다. 최근 내가 남자친구와 헤어졌는데, 루실이 곁에 있다는 것이 얼마나 다행이었는지 모른다는 이야기였다. 그와는 오랜 세월을 사귀었고, 결별 또한 길고 고통스러웠다. 이런 이야기를 하던 중 내가 거리낌 없이 말했다.

"루실이 없었으면 과연 그 시간을 견뎌낼 수 있었을지 모르겠어."

나한테는 아무 문제없는 발언이다(이즈음 나는 내가 루실에게 품은 애착을 아주 확고한 것으로, 내 생활의 당연한 중심점으로 생각하고 있었기에). 그런데 리사가 눈을 약간 휘둥그레 뜨더니 말했다.

"그러지 마. 섬뜩하다 야."

'섬뜩하다고?'

나는 리사를 바라보았다.

갑작스러운 단절감, 내가 너무 많은 것을 노출한 느낌.

'아뿔싸, 리사는 이 세계 사람이 아니지. 내가 별종으로 보이려나?'

그래서 나는 숨을 깊이 쉬고 좀 더 설명하려고 했다. 그런데 개와 함께하는 관계가 우리 인생을 얼마나 풍요롭게 하는지를 설명하기란 간단치 않다. 심지어 이런 애착이 관계라는 이름에 값한다는 것, 그러니까 두 존재가 커뮤니케이션과 애정을 나누는 진정한 결합 형태라는 것을 설명하기는 쉽지 않다.

그래서 결국 개의 역할에 대해 진부하기 짝이 없는 말(개는 무조건적인 사랑을 준다는 둥, 우리에게 훌륭한 동반자가 된다는 둥)을 갖다 붙여야만 의심스러운 눈초리를 받지 않고 개에 대한 사랑을 표현할 수 있다.

많은 사람이, 그것도 매우 공개적으로 동물에 대한 강렬한 애착은 기이한 일이며 인간관계에 문제 있는 사람의 영역이라고 생각한다.

결국 나는 리사에게 많은 이야기를 하지 못했다. 루실을 만난 후 녀석이 내 인생에서 얼마나 중요한 역할을 하는지를, 내 일상이 얼마나 개를 중심으로 계획되는지를(내 일과는 아침 산책, 오후 산책, 저녁 외출을 중심축으로 짜인다), 내가 얼마나 루실을 많이 생각하는지를, 루실을 혼자 두고 나갈 때 마음이 얼마나 괴로운지를, 개와 함께할 수 없는 활동이(쇼핑, 영화, 비행기 여행이 포함된 여행) 얼마나 크게 줄었는지를 이야기하지 못했다. 나는 기쁨이나 사랑, 애정 같은 말을 들추지 못했다. 실제로는 루실이 내게 이런 모든 감정을 가장 직접적이고도 생생하게 가져다주었는데도 말이다.

나는 또 루실이 내게 얼마나 필요한 존재인지도 말하지 못했다. 이것이야말로 가장 정직한 표현이다. 루실은 내가 엄청난 고통을 겪고 나서 내게로 왔다. 루실과 만나기 전 3년 동안 나는 부모님을 차례로 잃었다. 아버지는 뇌종양으로, 어머니는 전이유방암으로. 루실을 얻기 18개월 전에 나는 술을 끊고 술과 맺은 20년의 관계를 청산했다. 그것은 내게 세 번째 공허를 안겨주었다. 그래서 그 무렵 나는 불확실의 안개 속을 헤매며 끊임없이 질문했다.

'부모님도 없고 술도 떠난 나는 누구인가? 의지할 곳을 모두 잃은 나는 어떻게 이 세상을 걸어 나가야 하는가? 이 고통스러운 시기에 어떻게 애착을 이루고, 어디서 위안을 찾아야 하는가?'

그리고 그 대답의 핵심에 루실이 있었다. 나는 루실에게서 위안과 기쁨을 얻고 세상으로 이어지는 다리를 찾았다.

하지만 나는 리사에게 이 모든 것을 이야기하지 않았다. 대신 상투적인 임상 용어를 채택했다. 외로움에 대해 말했고, 이별 뒤에 겪는 두려움과 공허를 녀석이 달래주었다고 말했다. 또 개의 집단 본능에 대해 말했다. 개는 조직적인 집단생활 본능이 있어서 인간 가족 속에 잘 융합해 들어간다는 이야기, 주인을 무리의 우두머리로 여기고 복종하는 관계의 동물이라는 이야기를 했다. 그리고 나는 루실이 옆에 있으면 마음이 편하다고, 루실과 함께 숲을 산책하거나 녀석이 노는 것을 보거나 아니면 녀석과 함께 소파에 가만히 앉아 있는 것이 마음에 큰 기쁨을 준다고 이야기했다.

리사는 이 말에 꽤 긍정적인 반응을 보였다. "그래, 개는 좋은 친구지"라고 말하기도 했다. 그런데 내 마음은 갑갑했다. 개와 내 관계를 그런 흐리멍덩한 말과 상투적인 표현에(개는 인간의 최고 친구다, 개는 충직한 하인이다) 담고 싶지 않았기 때문이다. 물론 이 말에도 진실의 요소가 있다. 개는 멋진 친구이며 충성스러운 동물이다. 그러나 이런 표현은 상황의 일부만을 반영할 뿐이다. 즉 개가 우리를 어떤 식으로 섬기느냐 하는 측면에 한정한 지극히 협소하고 오만한 견해다. 우리가 그들을 섬기는 것이나 또 우리가 서로를 섬기는 것에는 관심을 기울이지 않는다. 나는 고개를 젓고 리사에게 말했다.

"나와 루실의 관계는 절대 비정상적인 것이 아니야. 개하고 강력한 관계를 맺은 사람이 얼마나 많니. 그들이 다 미쳤다거나 사람 대신 개를 선택했다거나 아니면 사람하고는 진정한 애착 관계를 맺지 못해서 그러는 건 아니잖아. 그건 그냥 인간관계하고는 종류가 다른 관계야. 하지만 진정성은 인간관계에 못지않지."

아뿔싸, 리사가 나를 건너다보면서 말한다.

"야, 그 말도 섬뜩해."

사회적 상식에 따르면, 개를 향한 사랑은 어느 선에서 멈추어야 한다. 우리가 개에게 느끼는 감정의 깊이를(애착의 강도와 중요성) 그대로 드러내면, 사람들은 당장 우리의 정신 건강부터 의심한다. 인간의 사랑을 엉뚱하게 개에게 바치다니(번지수가 틀렸어). 너는 동물을 사람하고 착각하고 있어(순진하기도 해라). 너는 아기나 가족을 원하는 무의식의 소망을 개를 통해 대리 만족하고 있어(딱한 일이지).

아이들이 개를 깊이 사랑하는 것은 허용된다. 그것은 귀여운 것, 정상적인 것, 도덕적으로도 문제없는 것이다. 동물 사랑은 아이들에게 연민과 책임감을 가르치고, 개의 짧은 수명을 고려할 때 상실에 대해서도 가르칠 수 있다.

최근 들어 요양원이나 병원 등에서 개를 이용한 심리치료가 확산하면서, 노인이나 환자들도 일정 정도의 애착이 허용된다. 하지만 그렇지 않은 사람들은 개를 향한 감정을 '오직 개일 뿐'이라는 딱지가 붙은 상자에 분리 보관해야 한다. 그러지 않으면 내 친구 리사의 말대로 우리는 좀 섬뜩한 사람이 되고 만다.

그러나 오늘날 미국인 30퍼센트 이상이 개와 함께 산다. 그리고 그 가운데 상당수가 자기감정을 그렇게 효과적으로 분리 보관하지 못한다. 개 사랑이 대중적으로 아무리 미심쩍은 시선을 받는다고 해도 미국인의 개 사랑은 그 열기가 자못 뜨겁다. 우리 동시대인들은 지금 유사 이래 가장 많은 돈을 개에 쓰고 있다. 개를 대상으로 한 사치스러운 상품과 서비스가 생겨나고 있으며(반려견 놀이방, 반려견 여름캠프, 도금한 개집 등), 여러 측면에서 개를 인간 집단 구성원으로 생각하는 경향을 보인다. 연구 결과들에 따르면, 개 주인 가운데 작게는 87퍼센트에서 많게는 99퍼센트 정도가 개를 가족의 일원으로 생각한다. 그리고 실제로 많은 현상이 이런 수치를 증명한다. 미국동물병원협회는 해마다 반려동물 주인들에게 설문조사를 하는데, 1995년 조사에서는 응답자의 79퍼센트가 기념일이나 생일에 반려동물에게 선물을 준다고 답했다. 33퍼센트가 외출했을 때 전화나 자동응답기로 개에게 말을 건다고 대답했다. 외딴섬에 고립되었을 때 선택할 유일한 동행으로 57퍼센트의 사람들이 사람보다 개를 데리고 가겠다고 했다. 더 의미심장한 수치는 다음 해 조사에서 나온 것으로, 48퍼센트의 여성 응답자가 남편이나 다른 가족보다 개에게 더 큰 애정을 느낀다고 답했다.

나는 이런 행동을 딱하게 여기거나 비웃는 사람들의 마음을 이해한다(개한테 생일잔치를 해주다니). 그렇다고 개를 키우는 사람들이 일제히 전위, 대리 만족, 또는 과도한 의인화 감정에 사로잡혔다고 보지도 않는다. 또 이토록 개에게 깊은 애정을 기울이는 현상이 오늘날 인류가 처한 슬픈 현실을 웅변한다고 생각하지도 않는다.

사람들이 사랑과 애정을 반려동물에 의지하는 것이 자연스럽다는 견해도 있다. 진짜 사랑, 그러니까 오늘날처럼 파편화되고 고립되고 소외된 세상에서 인간의 사랑은 좀처럼 얻기 어렵기 때문이다. 나는 이런 견해에 진실의 핵심이(우리는 외로운 시대에 살고 있으며, 개는 그 외로움을 달래주는 데 큰 역할을 하는) 있다고 생각하지만, 더 중요한 진실은 이런 현상보다는 개들

자체에 있고, 개들과 그 주인 사이에서 펼쳐지는 놀랍고 신비로우며 때로 극히 복잡한 춤에 있다고 생각한다.

그 춤은 사랑의 춤이다. 상호적이고 명료하며 극도로 내밀한 애착의 춤이다. 기본적으로 언어가 개입되지 않아서 인간관계와는 종류가 다른 유대관계의 춤이다. 그 춤은 언제나 유연하고 부드럽게 흐르지도, 언제나 수월하게 이루어지는 것도 아니다(사랑은 대상이 사람이냐 동물이냐에 상관없이 갈등과 불확실성에 노출되기에). 그러나 사랑의 대상이 네 발로 걷는다고 해서 그 사랑이 덜 유효한 것은 아니다.

"사랑은 사랑이에요. 상대가 사람이건 동물이건 상관 안해요. 감정 자체는 똑같으니까요."

로스앤젤레스에서 몰티즈 개 세 마리와 사는 아동 작가 마흔일곱 살 폴라의 말이다. 폴라가 이 말을 어찌나 단호하고 당당하게 하는지, 그 여운이 며칠 동안 떠나지 않았다.

"힘든 일을 겪을 때, 또 내 능력을 벗어나는 한계에 부닥쳤을 때, 나는 우리 개들을 끌어안아요. 그러면 그 순간을 넘기는 데 도움이 되거든요. 우리가 인간에게서 기대하는 완벽한 관계는 아닐지 몰라도, 그것도 관계는 관계고 사랑은 사랑이에요."

폴라가 말을 이었다.

나도 동감한다. 오늘 아침에 한 시간 외출하고 돌아오니 루실은 소파 한구석에 엎드려 있었다(혼자 있을 때 녀석이 가장 즐겨 앉는 장소다). 녀석은 내가 왔다고 뛰어나오지 않았다. 이제는 내가 들고나는 일에 익숙해져서, 내가 문을 열고 들어와도 나를 전쟁터에서 돌아온 귀향 용사처럼 반기지 않는다. 하지만 내가 거실로 걸어가 손을 내밀었더니, 녀석이 몸 전체로 방긋 웃는 것 같았다. 뾰족한 귀가 납작 접히고, 꼬리가 소파 쿠션을 두드리며 두 눈이 반짝였다. 온 얼굴이 또렷하게 "행복해"하는 표정을 짓고 있다. 어느 친구는 자기 개가 아침에 일어날 때마다 머리 위에 "야호"하는 말풍선이 달리는 것 같다고 말했다. 바로 그런 표정이었다. "이제 아무 걱정 없네, 네가 집에 왔으니" 하는 표정.

내가 곁에 앉아서 녀석의 가슴을 살살 긁어주자, 녀석이 내 팔에 앞발을 댔다. 녀석은 나를 보고 나도 녀석을 본다.

루실과 함께 산 지 어느덧 3년이 다 되었지만, 이런 순간은 언제나 변함없이 짜릿하고 강렬한 기쁨을 안겨준다. 그 색깔은 초점이 또렷하다. 애착, 유대, 기쁨, 우리 둘.

나는 이 개를 사랑한다, 아무런 거리낌 없이. 그리고 녀석은 내 인생을 바꾸어놓았다.

02
꿈꾸는 개
Fantasy Dog

10주 된 어린 루실이 개미를 쫓고 있다. 파티오 울타리를 따라 살금살금, 고개를 바짝 내리고 목을 앞으로 뽑은 채 기어간다. 발걸음이 지극히 조심스럽다. 녀석이 멈추어 선다. 시선은 눈앞 60센티미터쯤 되는 곳에 고정한다. 녀석의 몸이 팽팽히 긴장한다 싶더니 드디어 덮친다. 앞으로 펄쩍 뛰었다가 착지하고 멈춰 선다. 앞발이 벽돌 위에 내리꽂히고, 엉덩이 털이 파르르 일어서며, 동그랗게 말린 작은 꼬리가 맹렬하게 흔들린다.

　이 모습을 보며 나는 웃는다. 웃고 웃고 또 웃는다. 2주일이 지나는 동안 이 작은 동물은 내 마음속으로 살금살금 기어들어 와서 한 구석을 확고하게 차지해 버렸다. 녀석을 바라보면 때로 확 끌어안고 싶은 욕망이 감당하기 힘들 만큼 강렬하게 인다. 녀석은 내게 이토록 사랑스럽다.

　'도대체 넌 어디서 왔니? 내 인생에 어쩌다 너 같은 보물이 생긴 거니?'

　녀석을 바라보며 나는 질문하고 질문한다.

　이 질문은 지금까지도 이어진다. 나는 눈을 가린 채 개들의 세계로 들어온 것이나 마찬가지다. 어느 날 아침에 일어나보니 집에 개가 있더라 하는 식이다. 이건 별로 과장이 아니다.

나는 루실을 얻을 때보다 토스터를 살 때 훨씬 고민이 많았다. 불현듯 머리에 떠오른 환상, 동물보호소, 50달러, 그랬더니 개가 생겼다.

이 간명한 절차와 속도는 지금 생각해도 놀랍다. 나는 천성적으로 그렇게 반응이 빠른 사람이 아니다. 서두르는 유형은 더더욱 아니다. 그러니 어느 날 갑자기 외출했다가 살아 있는 동물을 집에 데리고 온다는 것은 나와는 전혀 어울리지 않는 방식이다.

그런데 운명은 때로 이렇게 짐작하지 못한 방식으로 우리의 필요를 채워준다. 우리가 배울 준비가 된 그 순간에 우리에게 꼭 필요한 가르침을 준다. 그때 나는 많은 것을 배워야 했다. 애정적 유대에 대해서, 친밀한 관계에 대해서, 그리고 불안하지 않는 법에 대해서.

마음속 깊은 곳에서 "개를 키워봐. 너한테는 개가 필요해"라는 속삭임이 들렸고, 나는 다행히도 그 말에 귀를 기울일 만큼 열려 있었다.

루실을 얻기 몇 주일 전에 케임브리지 시의 한 카페에서 친구 수잔을 만났다. 우리는 야외 테이블에 앉았는데, 가까운 테이블에 사람 셋과 개 한 마리가 있었다. 개는 잡종이지만 귀여운 생김이었고 중간 크기에 눈빛이 똘망똘망했으며, 참을성 있고 만족스러운 표정을 지은 채(귀는 아래로 늘어지고, 눈은 반짝거리며, 입은 미소라도 짓는 듯 살짝 벌어진) 주인 남자 곁에 얌전히 앉아 있었다. 그러다 어느 순간 개가 일어나서 다른 곳으로 가려고 하는데, 주인 남자가 나지막이 휘파람을 불자, 개는 멈추어 서서 뒤를 돌아보더니 다시 테이블로 와서 주인 무릎에 머리를 대고 앉았다. 주인은 개를 가볍게 토닥이고 다시 커피를 마셨다. 둘은 너무도 서로에게 익숙하고 편안해 보였다.

내 마음속에서 손을 잡은 커플이라도 보듯 막연한 부러움이 일었다.

나는 그 테이블 쪽으로 턱짓을 하며 수잔에게 말했다.

"나도 개가 있었으면 좋겠어. 개를 키워볼까 봐."

이때 나는 처음으로 개에 대한 말을 입 밖에 내었지만, 그 몇 주일 전부터 내 마음속에는 개를 키우고 싶다는 작은 환상, 저강도의 욕망 같은 것이 빙글빙글 돌고 있었다.

어린 시절 나는 개와 함께 자랐다. 우리 집에서 키운 첫 번째 개는 멋지고 충성스러운 말을 잘 들은 톰이라는 노르웨이 앨크하운드였는데, 내가 고등학교 때 죽었다. 그 뒤에는 멋있지만 충성심 같은 것은 전혀 없고 지독한 말썽쟁이였던 토비라는 앨크하운드였는데, 녀석은 내가 서른 살 때, 그러니까 우리 부모님이 돌아가시기 불과 2~3년 전에 죽었다.

우리 집 개들은 총명하고 활기 넘치고 매력적이었는데, 녀석들은 일차적으로 우리 어머니 휘하에 있었고, 나는 그들을 별달리 특별히 여기지 않았다. 다정하고 예쁜 개들이지만 내 인생에는 그저 주변적 요소일 뿐이었다.

그런데 어린 시절 개와 함께 성장한 사람들은 어떤 내적 기제에 따라 개와 자신을 연결하는 경향이 있다. 펜실베이니아 대학 동물복지학 교수 제임스 서펠의 연구에 따르면, 사람들은 반려동물을 선택할 때 상당한 종 충성도를 보인다. 어린 시절 개와 함께 자라면 어른이 되어서 개를 키울 확률이 높고, 고양이와 함께 자라면 커서도 고양이를 키우게 된다는 것이다. 그 경험이 부분적으로나마 사람들을 개 편과 고양이 편으로 가르는데, 이런 현상이 내게는 정확히 적용된 셈이다. 어린 시절에 나도 어른이 되면 개를 키울 거라는 막연한 생각을 했던 기억이 있다.

그런데 어린 시절에는 개를 돌볼 직접적인 책임이 없어서 내게는 개에 대한 아름다운 환상, 밝고 환한 이미지가 많았다. 토비가 기회만 되면 던킨도넛 가게로 달아나서 그곳 손님들에게 도넛 부스러기를 구걸했다는 것, 그 일로 어머니가 몹시 애를 먹었다는 것은 그런 환상에 끼어들지 않았다. 우리 가족 여름 별장이 있는 마사즈 비니어드 섬에서 툭하면 녀석이 집을 나갔다가 며칠 뒤에 목띠에 쪽지를(선생님 댁 개가 우리 칵테일파티에 나타났습니다. 한 잔 주고 돌려보냅니다) 꽂고 돌아왔다는 것도 전혀 생각하지 않았다.

대신 토비 때문에 부모님이 웃던 모습만 기억했다(이런 일이 생기면 부모님은 짜증은 뒤로 한 채 쪽지를 보고 웃었다). 저녁 칵테일 시간에 톰이 벽난로 앞에 앉아 아버지를 바라보던 모습만을 기억했다. 우리 어머니는 감정 표현이 몹시 드문 분이었는데, 그런 어머니조차 개를 쓰다듬는 것에는 인색하지 않았다. 어머니가 개의 가슴을 긁어주면 개는 만족스러운 얼굴로 허공을 바라보며 느긋함에 젖었다. 그랬기에 '개' 하면 떠오르는 것은 내게는 충직함, 동행, 애정, 따뜻한 보살핌, 손에 잡히는 단순한 기쁨, 이런 것이었다.

한편 내 환상은 애착 문제와 관련이 있었고, 아직 맹아적이지만 거대하게 들끓던 내 안의 열망과 관련이 있었다. 수잔과 커피를 마시던 무렵, 내 미래는 불확실함 자체였다. 나는 여전히 3년 동안 몰아친 상실의 경험으로 비틀거렸다. 두 분 부모님을 모두 잃고, 술마저 끊은 상태로 어떻게 살아갈지 고통과 두려움의 한가운데 있었다. 이런 와중에 내 인생의 외적 요소들도 흐물흐물해져서 뚜렷한 형체를 잃어갔다.

그 주 초에 나는 알코올 중독 경험을 회고한 책 『드링킹 Drinking』에 마지막 손질을 가했고, 며칠 뒤에는 7년 동안 근무한 보스턴의 신문사를 그만두었다. 그리하여 '프리랜서'라고 이름 붙은 심연의 가장자리에 서게 되었다. 이제 하루하루를 어떻게 채워나갈지도 전혀 알 수 없었다. 내 인생도 그만큼 막막하고 대책 없어 보였다. 또 당시 남자친구 마이클에 대한 감정도 지극히 양면적이었다. 그는 보기 드물게 다정하고 너그러운 남자다. 우리가 만난 지난 5년 동안 그는 내가 겪은 최악의 위기들(부모님의 죽음과 술을 끊은 것)을 모조리 지켜보았다. 그런데도 나는 이제 그와 결혼해야 할지 아니면 이쯤에서 끝내야 할지 아무런 확신이 서지 않았다.

내가 루실을 얻기 한 달 전, 우리는 가정을 이룰 꿈을 꾸며 집을 구하러 다녔다. 나는 케임브리지 시의 어느 커다란 빅토리아풍 집 안에 서서 내가 부엌에서 스파게티를 만드는 모습, 또 마당을 손질하는 모습을 떠올려 보았다. 그런데 머릿속에서 이런 생각이 들었다.

'이 정도 크기면 내가 이쪽에서 혼자 지내고, 마이클은 저쪽에 뚝 떨어져서 지낼 수 있을까?'

지난 5년 동안 나는 마이클을 상자에 넣어두고, 그 열쇠를 나 혼자 가진 듯이 행동했다. 그와 어느 정도 거리를 유지할지, 일주일에 며칠 밤을 함께 보낼지, 섹스는 몇 번 할지 하는 것을 모두 내가 결정했다. 그리고 이것은 우리 두 사람에게 크나큰 스트레스였다. 좁혀지지 않는 거리, 불균형한 힘의 배분, 시간은 흘러도 우리 관계는 정체에서 벗어나지 못한다는 느낌 탓에 나는 매주 심리치료사를 찾아가 내 이런 양가감정에 대해 울부짖었다.

"이렇게는 더 못 살겠어요. 그를 떠날 수 없어요. 그렇다고 이대로 지낼 수도 없고요. 어떻게 해야 할지 말해주세요."

나는 이런 이야기를 쌍둥이 자매 베카에게도 할 수 없었고, 이 또한 내게 큰 스트레스였다. 베카는 우리 가족 중 나와 가장 가까운 사람이고, 내 인생에서 마이클과 더불어 가장 중요한 인물이다. 내가 이렇게 어영부영 세월을 보내는 동안 베카는 남편과 헤어지고 다른 남자와 사랑에 빠졌고, 그와 다른 도시로 이사해 살 계획을 세웠다.

베카와 통화를 하다 보면, 우리 둘이 서로 다른 별에 사는 느낌을 받았다. 우리 대화는 계속 어긋났다. 베카는 새로운 사랑에 푹 빠져서 내 문제 같은 것은 안중에도 없어 보였다. 그래서 전화를 끊고 나면 어린 시절부터 나를 끈질기게 따라다니던 느낌, 베카는 언제나 저만치 앞서가고, 나는 늘 뒤에서 허덕인다는 느낌에 사로잡히곤 한다.

이렇듯 내 인생은 닻을 잃은 상태였다. 여기저기 구멍이 뚫리고, 정체도 불분명한 열망만이 들끓었다. 그 시절에 내가 원하던 것을 목록으로 적어두었다면, 도무지 종잡을 수 없는 항목들이 자리를 차지했을 것이다. 양가감정 없는 사랑, 내 곁을 떠나지 않는 가족, 두렵지 않은 그래서 마취제 없이도 만날 수 있는 친밀함 같은 것들.

아마도 그래서 카페의 남자와 개의 모습이 내 마음에 그토록 크게 다가왔던 것 같다. 그 모습은 내 열망의 항목에 들어맞았고, 가능성이 있어 보였다. 따뜻하고 담백한 유대. 더없는 애착. 평온함. 나는 계속 남자와 개를 바라보았다. 그들이 가진 것을 나도 갖고 싶었다. 그래서 불쑥 말했다.

"개를 한 마리 키워볼까 봐."

수잔은 직관이 뛰어나서 내가 아낌없는 애정 같은 것과는 거리가 있는 사람이라는 것을 잘 알고 있다. 수잔은 개와 남자를 보고는 다시 나를 보았다. 그러고는 아주 훌륭한 결정이라는 듯 두 눈에 빛을 발하며 말했다.

"개라…… 그거 좋은걸. 캐롤라인이 개를 키운다. 나는 찬성이야."

시간이 지남에 따라 내가 가진 환상은 지극히 전형적이고 상투적이었다. 열 명의 사람을 만나서 왜 개를 원하느냐, 왜 개를 키우느냐 물어보면, 그들의 대답은 '개는 사랑이다'라는 하나의 주제를 둘러싼 열 개의 변주곡이 된다. 정확히 말하자면, 개는 따뜻하고 순수하고 단순하며 비용이 적게 들고 위험도도 낮은 그런 종류의 사랑이다.

개는 우리를 목가적인 시간으로, 어린 시절 개와 함께 뛰놀던 여름날 오후로 데리고 간다. 래시가 티미에게 해준 대로, 우리에게 항상성과 안정감, 위안을 전한다. 이름 하여 뒷마당의 성자이다. 개는 발밑에 앉아서 우리를 따뜻하게 바라보고, 아침에 신문을 물어다 주고, 저녁이면 슬리퍼를 가져다주며,

아무런 질문과 요구도 없이 우리에게 봉사하고, 우리를 사랑한다. 말하자면 월트디즈니 식의 장밋빛 사랑이다. 모든 인간의 영혼 속에 깃들인 소망이고, 개 주인도 예외는 아니다.

왜 개를 키우기로 했는지 물어보면 똑 부러지게 답하는 경우는 거의 없다. 나는 이것을 수도 없이 겪었다. 왜 개를 키우느냐고, 왜 그때였냐고 물으면, 돌아오는 것은 대개 아주 일반적이거나 실용적인 대답이다.

두 아들을 키우는 어느 어머니는 "애들한테 좋을 것 같아서요"라는 부모들의 후렴구를 읊었다. 워싱턴 주의 어느 퇴직 교사는 "개가 있으면 바깥에 자주 나가서 산책하게 되니까요"라고 건강과 운동을 이유로 댔다. 싱글 여성, 싱글 남성, 부부 등 다양한 사회 범주에 속하는 수십 명을 인터뷰했지만, 특정한 이유는 별로 드러나지 않았다.

"잘 모르겠어요. 원래 개를 좋아해요. 어렸을 때 집에 개가 있어서 나도 크면 개를 키울 거라고 생각했어요."

모두 타당하고 완벽하게 그럴싸한 대답들이다(개는 아이들의 좋은 놀이동무고, 또 바깥에 나가 산책해야 할 이유이고, 또 어쨌거나 사랑스러운 존재니까). 그런데 내 생각에 사람들이 이렇게 모호한 태도를 보이는 것은 개를 키우는 것이 저마다 품은 디즈니적 꿈, 그 뒤에 어른거리는 개인적 환상이나 열망과 관련하기 때문인 것 같다. 아주 실용적인 이유에도 그 속에 더 깊은 소망을 담고 있다.

집 안의 개는 안정을 약속한다. 교외의 주택, 흰색 나무 울타리, 스테이션왜건 승용차 뒷좌석에 앉은 골든 리트리버를 생각해보라. 집 밖의 개는 충성과 동행을 약속한다. 내 곁에 착붙어서 따라오는 래브라도를 생각해보라. "어렸을 때 집에 개가 있었다"는 말은 어린 시절에 가졌던 순수하고 꾸밈없는 관계에 대한 소망을 보여준다. 개에 대한 애정은 깊은 곳에서 찾아온다. 어린 시절의 체험이 지지해주고, 우리 사회의 문화가 지탱해주며, 기나긴 역사 또한 손을 내밀어준다. 어쨌건 인간은 이미 1만4천 년 동안 개와 함께 살아왔으니, 그들에 대한 우리의 꿈도 그 뿌리가 깊을 수밖에 없다.

하운드 개가 사냥 본능을 전달해 왔듯이, 개를 사랑하는 사람들에게도 그 꿈은 확고하게 전해졌다. 우리는 수많은 시에서 개에 대한 송가를 불렀고, 수 세기의 화폭에 개의 고귀함과 강인함을 그렸으며, 필름 속에도 개의 충직함을 새겨 넣었다. 페넬로페보다 더 오래 오디세우스를 기다린 아르고스에서 주인을 찾아 먼 길을 달린 래시까지, 우리는 계속해서 인간을 초월하는 개들의 덕목을 찬양했다.

이런 우리 행동은 놀라울 만큼 일관성을 유지해서, 개의 본성과 장점에 대한 우리 환상은 수 세기가 지나도록 별다른 변화를 겪지 않았다. 이따금 루실에 대한 내 감정이 지나친 것은 아닌가 하는 의심이 들 때, 스스로 이건 조금 과도하다는 생각이 들 때, 나는 개를 주제로 쓴 여러 책을 생각하고, 그들이 예전부터 지금까지 우리 인생에서 한결같고 일관된 역할을 차지했음을 떠올린다. 1862년에 시인 에밀리 디킨슨은 친구에게 보낸 편지에서 오늘날에도 그토록 많은 예찬을 받는 개의 믿음직함과 충실함을 간단한 문장으로 압축 표현했다.

제 벗이 누구냐고요?

제 벗들은요, 언덕, 노을,

그리고 아버지께서 주신 저만한 덩치의 개랍니다.

개들은 알면서도 말하지 않는다는 점에서

사람보다 훨씬 낫지요.

1930년에 토마스 만은 바샨이라는 하운드 개에(그의 표현에 따르자면 '놀라운 영혼') 대한 258쪽짜리 연애편지라고 할 수 있는 책 『남자와 개A Man and His Dog』를 냈다. 만은 이 책에서 개가 숲을 뛰어다니는 모습을 "현명하고 주의 깊고 강렬한 존재가 자신의 온 기능을 빛살처럼 뿜어낸다"고 묘사한다. 1940년에 프랑스의 정신의학자 마리 보나파르트는 자신이 키우는 차우차우 개에 대해 쓴 『톱시Topsy』라는 책을 내서, 우리 귀에 매우 익숙한 찬사를 바쳤다.

톱시는 내 친구다. 어른이 된 내 아이들과 달리 녀석은 내 곁을 떠나겠다고 말하지 않는다…… 톱시는 언제나 내 주변 10

미터 안쪽에서 숨을 쉬며, 내가 몇 발자국만 더 멀어져도 얼른 내게로 뛰어온다. 개는 자라지 않는 아이, 그래서 우리 곁을 떠나지 않는 아이다.

소중한 동행, 미적인 경이, 충실한 가족, 개를 향한 이런 찬사는 내가 루실에 몰두하기 몇 백 년 전부터 넘쳐났고, 그러므로 어느 날 내가 동물보호소에 가서 개라는 이름의 소망과 동경을 품고 집에 온 것은 그리 놀라운 일이 아니다. 물론 그렇다고 내가 그 동경을 채울 목적으로 길을 나선 것은 아니다. 어느 날 가만히 앉아 있다가 '부모님이 모두 돌아가시고 술도 끊으니 인생이 온통 공허의 무덤이야. 아무래도 개를 키워야 할 것 같아'하고 결심한 것이 아니다.

8월의 어느 일요일 아침, 잠에서 깬 나는 그날 하루를 어떻게 보낼지 생각하고 있었다.

'뭘 해야 좋을지 모르겠네. 동물보호소에나 한번 가볼까?'

그때까지도 나는 개에 대한 생각이 그다지 확고하지 않아서 품종 조사 같은 것은 해보지 않았다. 그리고 나는 왠지 반려동물 가게에서 개를 사고 싶지는 않았다(그건 현명한 선택이었다. 가게에서 파는 동물은 대부분 '공장'이라고 불려도 무방한 농장에서 태어나는데, 그런 곳은 동물을 대량 생산해서 돈을 버는 것만이 목적이라 개의 건강 같은 것은 거의 고려하지 않으니). 게다가 버려진 동물 한 마리를 구한다는 것도 괜찮은 것 같아서 나는 한참을 이리저리 생각을 굴려보다가 소파에서 일어나 문을 나섰다.

술을 끊고 나서 내가 알게 된 사실 하나는 사람은 거의 매 순간 두세 가지 충동이 마음의 문을 두드린다는 것이다. 술을 마시지 않는 사람이라면, 그러니까 그런 힘듦에 현명한 주의를 기울일 줄 아는 사람이라면, 그를 통해서 자신이 어디로 가야 할지 인생은 어떻게 펼쳐가야 할지에 대해 많은 도움을 얻는다. AA(회복기의 알코올 중독 환자들이 주기적으로 만나 서로 경험을 공유하며 재활을 돕는 모임) 모임에서는 이것을 '고귀한 힘'이라 부른다. 건강한 삶을 희구하는 우리 안의 고귀한 자신은 그 메시지에 귀를 기울이기만 하면 우리를 올바른 길 위에 올려준다고 말한다. 나는 그날 아침 이런 충동을 느꼈다. 내 영혼을 붙들어 맨 보이지 않는 끈이 나를 살살 잡아당기는 것 같았다.

'가 봐, 가서 한번 봐.'

물론 이런 건강한 충동에 맞서는 내 안의 반발심도 만만치 않았다. 그래서 지금 돌아보면 그날 내가 결국 차를 몰고 나가서 강아지를 데리고 왔다는 것이 신기하기만 하다. 그날 아침 그 끈은 계속 나를 잡아당겼고, 더는 버틸 수가 없었다.

나는 쌍둥이 자매 베카가 사는 매사추세츠 주 서드베리 시로 갔다. 베카는 자기 집 근처 동물보호소로 나를 데리고 갔는데, 거기서는 아무 소득이 없었다. 통로 양옆으로 조그만 우리가 12개씩 모두 24개 들어서 있었는데, 어떤 개도 내 눈에 들어오지 않았다. 큰 개들은 너무 요란스럽고 사나워서 벅찰 것 같앉고, 작은 개들은 지나치게 예민하고 신경질적으로 보였다. 어떤 개는 너무 늙었고, 어떤 개는 너무 이상하게 생겼고, 어떤 개는 병색이 짙어 보였고, 또 어떤 개는 그냥 마음에 다가오지 않았다. 외면당한 동물로 가득한 통로를 걸어가며 그들을 다시 외면하는 기분은 죄스럽고 불편했다. 나한테 기본적인 동정심이 결여한 느낌이다. 이 느낌이 너무도 괴로워서 나는 아예 그만두어야겠다고 생각했다. 그런데 베카의 집에 가 있는데, 그 끈이 다시 나를 잡아당겼다.

'다른 곳에 가 봐.'

그래서 한 시간 뒤 나는 동물 입양에 필요한 신분증과 서류를 가지고 보스턴 시내 동물구조연맹으로 갔다.

루실은 아주 조용한 개다. 강아지 시절에도 침착하기 이를 데 없었다. 바로 그 점이 내 눈길을 끌었다. 처음 보았을 때 루실은 한 구석에 놓인 작은 철장에 들어 있었다. 주변에서는 다른 개들이 정신없이 짖어댔다. 옆 철장에서는 스패니얼 한 마리가 연방 문에 달려들었고, 좀 더 큰 철장에서는 커다란 허스키 잡종이 사납게 짖으며 문을 긁어댔다. 애원하는 눈길, 철망을 긁어대는 발톱, 나는 그들에게서 시선을 돌렸다. 이 모든 소란과 혼돈 한가운데 루실이 있었다. 녀석은 조용히 철장 안에 엎드린 채 앞발 사이에 분홍색 장난감을 쥐고 있었다. 장난감을 유심히 바라보는 그 모습은 스스로 즐기는 법을 아는 것 같았고, 소란을 떨어가며 사람의 관심을 끌지는 않겠다고 생각하는 것 같았다. 그 모습은 내 눈길을 강력하게 잡아끌었다. 혼돈 속에서 평정을 유지하는 힘, 그 인내심은 바로 나 자신이 갖기를 열망하는 성품이다.

그렇다고 루실이 내가 꿈꾸던 완벽한 개였다는 것은 아니다. 적어도 겉으로는 그랬다. 내 미적 기준에 가장 잘 들어맞는 것은 날렵하고 탄탄한 몸집의 로디지안 리지백이나 도베르만 핀셔 같은 종이다. 나는 크고 튼튼한 개를 좋아한다.

루실을 만나기 전 나는 머릿속으로 내가 키우고 싶은 개를 상상했다. 크고 부리부리한 눈, 스웨이드 질감에 흙빛이 도는 짧고 깔끔한 털, 전체적으로(말하기 민망하지만) 집 안 가구들과 잘 어울릴 만한 개. 루실은 이 기준에 맞지 않았고, 앞으로 그렇게 될 것 같지도 않았다.

철장 앞에 걸린 카드에는 간단하게 '셰퍼드 잡종'이라고 써 있었는데, 이제 와서 보면 그것은 그냥 '전혀 모르겠다'는 말의 다른 표현이었다. 그때 모습만 봐서는 앞으로 예쁘게 클지 못생기게 클지 도통 감을 잡을 수 없었다. 발은 귀여웠고, 새끼치고 몸의 균형은 잘 맞았지만, 어딘지 영양이 부족해 보였고, 털도 칙칙한 갈색이었으며, 몸체에 비해 다리가 짧아서 자라면 짜리몽땅해질 것 같았다. 그러니까 전체적으로 녀석은 작고 우스웠다. 설치동물을 부풀린 듯한 생김. 나는 가만히 서서 녀석을 바라보았다.

'저 개를? 글쎄, 모르겠네……'

나는 철장 앞에 쭈그리고 앉아서 녀석을 관찰했다. 녀석의 표정이 밝아 보여서, 나는 손가락 하나를 창살 안으로 밀어 넣었다. 녀석은 킁킁거리며 냄새를 맡았다. 귀가 싹 접혀서 조그만 삼각형 두 개가 양옆을 가리켰다. 귀여웠지만 그렇다고 그 순간 녀석에 대한 사랑이 용솟음치지도 않았다. 나는 고민했다.

'어쩔까? 괜찮을까?'

그때 상황은 내 인생을 변화시키는 중대한 선택의 순간이었다. 어느 쪽을 선택하건 내 자유다. 새로운 길로 뛰어들어 모든 걸 뒤집어놓을 수도 있고, 안정한 길을 선택해서 조용히 거실 소파로 돌아갈 수도 있다.

내가 아는 헬렌이라는 여자는 지금은 네 살인 케언 테리어를 점심 약속 장소에 가는 길에 반려동물 상점 유리창 밖에서 처음 보았다. 헬렌은 유리창 앞에 서서 개를 바라보았다. 그리고 들어가서 살펴보고, 내가 루실에게 그런 것처럼 창살 속으로 손가락을 넣어보았다. 그러고 가게를 나갔다가 다시 돌아왔다가 다시 나갔다. 점심을 먹는 동안 헬렌은 온통 개 생각뿐이었다. 그래서 친구를 데리고 반려동물 상점에 갔다가 다시 나온 뒤 그 일대를 네 바퀴나 돌았다. 헬렌은 그런 갈팡질팡 속에서 무엇이 결국 저울을 기울게 했는지 아직도 모른다고 했다. 하지만 그때 마음을 두드리던 질문은 또렷이 기억했다.

'괜찮을까? 안 될까? 왜? 안 될 건 뭐야?'

강아지를 고를지 큰 개를 고를지 하는 문제를 두고는 내 저울도 오르락내리락을 거듭했다. 그리고 거듭한 선회 비행 끝에 결국 신중 쪽에 착지해서, 배변훈련도 되고 기본적인 명령도 이해하는 한두 살짜리 성숙한 개를 구하겠다고 마음먹었다. 그러니까 개를 데려와서 녀석의 행동을 관찰해서 그걸 내 일상에 결합해 넣겠다고 생각한 것이다.

지금 돌아보면 순진하기 짝이 없는 발상이지만, 그때는 아주 합리적이라고 여겼다. 그런데 그렇게 작고 미숙한 강아지를 바라보니, 더 깊은 체험을 원하고, 더 완벽한 개입, 더 특별한 느낌이 있는 관계를 원하는 열망이 움직였다.

특별함.

내 머릿속을 맴돌던 질문이 이것이었다.

'내가 특별한 일을 할 수 있을까? 내가 이 동물을 충분히 사랑할 수 있을까? 그리고 녀석에게서 사랑받을 수 있을까? 녀석과 함께 그날 카페에서 본 개와 남자 같은 유대를 이룰 수 있을까?'

소극적이며 방어적 성격의 나는 친밀한 관계를 극히 두려워하는 데다 개입과 헌신 같은 것을 아주 싫어한다. 작고 연약한 강아지 한 마리가 이런 내 성품을 어떻게 변화시키겠는가?

몇 분이 지났다. 내가 계속 루실 앞에 무릎을 꿇고 있으니, 보호소 직원이 다가오더니 입양 신청서를 작성하면 잠깐 녀석을 철장에서 꺼내서 놀 수 있다고 했다.

나는 옆에 있는 접견실로 가서 신청서를 작성했다. 몇 분이 지나 직원이 접견실로 녀석을 안고 왔다. 녀석은 직원의 어깨에 머리를 얹고 호기심 가득한 눈길로 조용히 방을 둘러보았다. 믿음과 평온이 가득한 모습이다.

직원은 내게 녀석을 건네었고, 우리는 구석에 함께 앉았다. 나는 바닥에 책상다리를 하고 앉았고, 루실은 내 앞을 조용히 걸었다. 침착하고 활기차고 똘똘해 보였고, 철장 바깥에서 여기저기 코를 들이밀 수 있는 것이 기쁜 듯했다. 녀석은 이곳을 킁킁, 저곳을 킁킁, 그러다가 조그만 발톱으로 바닥을 톡톡 긁었다. 나는 녀석을 바라보면서 고민했다.

'괜찮을까? 모르겠어. 정말 괜찮을까?'

바로 그때 녀석이 춤이라도 추듯 두 앞발을 차례로 들더니 몸을 앞으로 내던지며 장난스러운 인사 비슷한 것을 했다. 너무도 귀여운 순간이었다. 그러고 나서 녀석은 쪼그리고 앉아서 오줌을 누었다. 바닥에 노란 웅덩이가 생겨났다.

루실의 훈련사가 언젠가 나더러 왜 루실을 선택했느냐고 물었다. 그 많고 많은 강아지들 가운데 왜 하필 루실이냐고. 그때 떠오른 이미지가 바로 이것이었다. 익숙한 오물을 만들어내는 작은 강아지. 그 광경은 내게 친근감을 불러일으켰다.

개와 나

보호소의 누구도 루실이 어디서 왜 버려졌는지 알지 못했다. 그냥 하루 전날 그곳에 버려져 있었다고 했다. 다른 형제 강아지도 없고, 쪽지 같은 것도 없고, 아무런 사연도 없이. 돌아보면 녀석의 모습이 바로 내 모습이었던 것 같다. 닻을 잃고 부유하는, 보살핌이 필요한, 애착할 가정도 가족도 없는 어린 암캐.

바로 이 점이 내 결심을 이끌어낸 것 같다. 녀석의 연약함이 내 깊은 환상에 닿은 것이다. 우리 둘이 함께 애착을 이루어보는 것은 어떨까? 가정과 가족 비슷한 어떤 것을, 우리 둘이서.

나는 자리에서 일어나 직원에게 말했다.

"이 강아지로 할게요."

마음속의 어둠을 몰아내는 데 강아지만큼 효과적인 것은 없다. 특히 나처럼 아무것도 모른 채 강아지를 떠안게 된 사람에게는 더더욱 그러하다. 10분만 지나면 내가 지닌 모든 공허와 불안과 실존적 고민은 더욱 긴박한 자각에 밀려 구석으로 쫓겨난다. 그것은 내가 개에 대해 참담할 만큼 무지하다는 자각이다.

나는 강아지 기르는 것에 대해 아는 것이 전혀 없었다. 예상했던 것보다도 훨씬 더 엉성한 모습을 녀석에게, 나 자신에게, 그리고 이 세상에 보여야 했다. 엉성함을 경멸하면서 모든 것을 엉성하게 하는 사람인 나는 아주 기본적인 문제마저 우왕좌왕 엄벙덤벙이다.

'잠은 어디서 재우지?'

강아지 키우기에 완전 까막눈이던 첫날 밤, 나는 녀석을 담요를 깐 상자에 넣고 아래층 화장실에 가둬놓았다. 더 엉성할 수 없었다. 반려견 용품도 전혀 없었고, 강아지 건강이나 행동에 대한 지식도 없었다. 천성적으로 조심스럽고 질서와 정리 정돈에 익숙한 나로서는 정말로 어처구니없을 만큼 엉성한 행동이었다.

이토록 무지한 상태에서 시작했으니, 녀석과 보낸 처음 몇 주는 그야말로 어둠 속 혼돈 자체였다. 서점으로 달려가 반려견 훈련 서적들을 사고, 반려동물 상점으로 달려가 철장을 샀다가 크기가 너무 커서 도로 가서 바꾸고, 어느 동물병원에 다닐지 찾아보고, 개를 키우는 사람들에게 사방팔방 전화를 걸어 질문을 퍼부어댔다.

"개한테 훈제돼지 귀를 먹여도 돼? 훈련용 목띠가 뭐야? 뭐라고? 무슨 수도원?"

그런데 이런 법석 속에서도 나는 무언가 밝고 가벼운 것, 무언가 경이로운 것이 일어나는 것을 느꼈다. 얼음장이 깨지는 듯한 느낌, 우리 둘의 유대가 조금씩 조금씩 이루어지고 있다는 환한 느낌. 이런 느낌은 루실을 데려온 당일부터였다.

루실은 내 눈앞에 강아지, 사랑, 포근함, 따뜻함, 이런 이미지를 정신없이 흩뿌렸다. 고작 생후 8주밖에 되지 않았고, 몸무게도 5킬로그램에 지나지 않았던 녀석은 처음부터 나를 무작정 믿었다. 보호소 직원이 녀석에게 빨간 목줄을 걸어서 건네주자, 나는 녀석을 데리고 건물 밖으로 나가서 차를 향해 걸었다. 녀석은 햇빛에 눈을 깜박이고 거리 이곳저곳을 킁킁거리면서 내 뒤를 따랐다. 전혀 모르는 사람을 이렇게 거리낌 없이 따라온다는 사실이 내게는 몹시 놀라웠다.

차에 들어서자 녀석은 내 무릎에 올라앉았고, 우리는 그런 자세로 집까지 왔다. 나는 품에 파묻힌 녀석을 쓰다듬으면서 도로에서 눈을 떼지 않으려고 애썼다.

아버지 생각이 났다. 옛날 우리 집 첫 번째 개였던 톰은 뉴햄프셔 주의 종축장에 가서 고른 놈이었다. 식구들은 녀석을 태운 채 한 시간 반 동안 차를 몰고 돌아왔는데, 회색 털뭉치 같던 어린 톰은 겁에 질려 어쩔 줄을 몰랐다. 집으로 오는 내내 녀석은 아버지 외투 주머니 속에 파묻혀 있었다.

톰이 가장 사랑한 것은 어머니였지만, 그날 이후 녀석은 아버지에게 일종의 존경을 바쳤다. 그것은 경외감과 약간의 위압감, 그리고 인정받고 싶다는 열망이 깃든 존경이었다. 나는 그것을 이해했다. 나 또한 아버지에게 그랬으니까. 루실을 데리고 오는 길에 나는 톰을 생각했다. 그리고 우리의 첫 동행길이 녀석에게 그런 깊은 느낌을 불어넣어 주기를 희망했다.

어쩌면 그랬는지도 모른다. 루실은 첫날 밤 내가 가는 곳은 어디든지(주방이든 거실이든 화장실이든) 쫓아왔고, 내가 방을 나갈 때마다 '어딜 가는 거지? 날 두고 어디 가는 거야?' 하고 말하는 것처럼 불안하고 긴장된 표정을 지었다. 그리고 며칠이 지나는 동안 몇몇 친구들이 우리 집에 들렀다가 루실을 보고는 "너를 정말 좋아하나 봐" "너한테 착 달라붙네" 하는 말들을 했다. 그러자 내 가슴속에는 기쁨의 폭죽이 터졌다. 루실이 오기 전까지 나는 그런 유대감이 내게 얼마나 간절했는지도 제대로 깨닫지 못하고 있었다.

개의 한 가지 뛰어난 장점, 그러니까 사람이 오랜 옛날부터 지금까지 이토록 개를 사랑하는 이유 하나는 녀석들이 사랑받은 만큼 분명하게 사랑으로 보답한다는 것이다. 개는 엄격한 조직에서 위계질서에 철저하게 복종하는 늑대의 후예답게 인간과 상당히 비슷한 방식으로 관계를 맺는다. 그리고 이들 역시 우리와 비슷하게 애착 관계가 필요하다. 그들은 우리와 결속한다. 우리를 무리의 우두머리로 보고, 우리의 생활에서 자기가 어떤 위치를 차지하는지, 그들이 우리에게 해줄 일이 무엇인지를 놀라울 만큼 능숙하게 파악한다.

개들은 심지어 커뮤니케이션 방식도 우리와 비슷해서, 그 몸짓과 행동을 우리가 쉽게 이해할 수 있다. 꼬리를 흔드는 것은 기쁨을, 이빨을 드러내는 것은 분노를, 물끄러미 바라보는 것은 존경심에서 경고, 죄책감까지 폭넓은 감정을 전달한다. 루실을 만나기 전에 나는 개가 늑대의 후손이며, 그래서 무리 본능에 따른다는 간략한 사실만을 알고 있었다(무리의 우두머리를 '알파'라고 한다는 정도). 그런데 내가 무리의 우두머리가 되어서 추종받고 결속 당하며 지휘를 요구받는 것이 어떤 느낌일지는 전혀 몰랐다. 그래서 아무런 의심도 없이 내게 달라붙는 루실의 모습은 감동 자체였다.

감동과 동시에 한편으로는 놀라움이 있다. 개는 인간에게서는 좀처럼 찾아보기 힘든 한 가지 속성이 있다. 그것은 내가 나라는 사실만으로도 가치 있는 존재임을 느끼게 한다는 것이다. 그렇게 무조건 상대에게 수용되는 경험은 내게는 기적과도 같았다. 개는 내가 어떻게 생겼는지, 내 직업은 무엇인지, 내가 녀석과 만나기 전 얼마나 실패로 얼룩진 인생이었는지, 하루하루 무슨 일을 하는지를 상관하지 않았다. 녀석은 그냥 나와 함께 있으려 하고, 이것은 내게 비길 데 없는 기쁨이다.

나는 배변훈련을 마치기 전까지는 밤마다 녀석을 철장에 넣었다가 아침이면 문을 열고 침대 위로 올라오게 했다. 그러면 녀석은 기뻐서 몸부림치며 날뛰었다. 꼬리를 맹렬히 휘두르며 달려들어 내 목과 얼굴, 눈, 귀를 핥고 앞발로 머리채를 헝클었다. 그러면 나는 자리에 누운 채 지난 내 상실의 고통이 스르르 물러가는 것을 느끼며 유쾌한 웃음을 터뜨렸다.

개는 실망이 뒤따르지 않는 환상이다. 황당한 말이라는 것을 잘 알지만, 때로 나는 개가 집으로 슬슬 걸어 들어 와서 내 손에 들린 감정 쇼핑 목록을 보고 이렇게 말한 것만 같다.

'양가감정 없는 사랑을 원해? 친밀감도? 가족 같은 느낌? 그래, 내가 다 해줄게.'

나는 루실과 함께 파티오에 나가 앉아서 녀석이 풀잎을 헤치고 다니는 모습을 몇 시간씩 본다. 그러면 내 가슴 속에 굳게 닫혀 있던 사랑이라는 방문이 활짝 열리는 것 같은 느낌이 든다. 집 안으로 들어오려고 녀석을 들어 올리면 녀석은 아무런 망설임도 없이 두 앞발을 내 어깨에 올려놓는다. 그럴 때 내게 밀려드는 애정의 물결, 그것은 진실로 내가 이전까지 단 한 번도 경험하지 못한 감정이다. 이렇게 순수한 감정에 싸여 살아가던 처음 몇 주일은 마치 사랑의 지도를 펼쳐놓고 구석구석을 탐사해서 깃발을 꽂아두는 듯한 시간이었다. 녀석을 무릎에 앉혀놓고 쓰다듬으면 가슴 가득 만족감이 차오르고, 그 느낌에 젖어 들며 나는 생각한다.

'그래, 이건 사랑의 푸근함이야. 두려움과 반대되는.'

공원에서 녀석이 다른 개들과 뛰어노는 모습을 보며 생각한다.

'그래, 이건 사랑의 유쾌함이야. 내게 기쁨을 주는 유쾌함.'

녀석과 함께 마룻바닥을 구르고, 녀석의 배를 긁고, 녀석에게 깍깍 비명을 질러대며 생각한다.

'맞아, 이건 어리석게 행동할 수 있는 권리야.'

개와 나

아기 엄마들이 느낄 법한 이런 여러 가지 느낌은(보살핌, 부둥킴, 속삭임, 어루만짐) 순간순간 내 마음속에 또렷하게 피어나서 나를 매번 놀라게 한다. 내 안에 그런 것이 들어 있는 줄 정말로 몰랐기 때문이다.

"루실은 어때?"

친구들이 물으면 나는 밝은 표정으로 답한다.

"잘 지내. 우리는 사랑하거든."

농담처럼 말하지만 사실은 농담이 아니다. 그리고 그 뒤에 놓인 진실은(내가 사랑을 느낀다는) 내게 보석과도 같이 소중하다.

술 마시는 사람들은 친밀한 관계에서 비롯하는 힘든 감정을 술로 마취한다. 그러다 보면 그런 관계가 주는 만족감, 즐거움, 재미도 함께 마비된다. 루실은 내가 품은 줄도 몰랐던 환상을 충족해준다. 그런 일이 가능하다고 생각도 못 했던 환상, 그것은 술을 마시지 않고도 내 안의 온갖 감정을 다 연 채로 다른 존재를 사랑하는 것이다.

개에 대한 환상에는 이면도 있다. 개는 우리에게 환상을 실현해 주는 바로 그 순간부터 환상을 깨부순다. 녀석들은 오줌을 싸고 물건을 씹고 망가뜨린다. 이것은 아주 명명백백하게 벌어진다. 녀석들은 귀가 아프도록 짖어대고 카펫에 배설한다. 우리가 그 행동 방식을 이해하지 못한다면, 녀석들은 이빨과 발톱으로 온 집안에 재앙을 일으키는 망나니로밖에 보이지 않을 수 있다.

나는 개들이 카펫과 커튼, 헤어밴드, 바비인형 머리, 자전거 안장, 트램펄린, 크리스마스트리 장식, TV 리모컨을 망가뜨렸다는 이야기를 들었다. 버지니아 주의 비글 개가 약혼 다이아몬드 반지와 결혼 금반지, 루비 브로치가 든 보석함을 통째로 삼켰다는 이야기도 들었다. 플로리다 주에 사는 부비에 데 플랑드르 개가 반나절 동안 물침대와 쓰레받기, 변기 청소기, 두루마리 휴지 세 개를 모조리 물어뜯었다는 이야기도 들었다. 또 보스턴 근교에 사는 잭 러셀 테리어 두 마리가 소파 뒤쪽에서 소파 왼쪽 옆면까지 관통하는 구멍을 뚫어놓았다는 이야기도 들었다.

이것은 전혀 즐거운 일이 아니며, 특히 개의 세계를 전혀 모른 채로 개와 함께 살기 시작한 사람들에겐 엄청나게 큰 스트레스다. 슬리퍼를 물어다 주는 사랑스러운 반려동물을 꿈꿨더니 웬걸, 슬리퍼를 씹어놓는다. 난로 앞에 엎드린 점잖은 개를 기대했더니 현관 알루미늄 섀시를 물어뜯는다.

나는 이것을 루실과 함께한 첫날부터 알았다. 개가 전해주는 황홀한 사랑에 흠뻑 취해 지내면서도, 이전까지 내가 개에 대해 품었던 많은 생각이, 말 그대로 환상, 그러니까 다른 종의 동물과 생활을 공유하는 현실과는 관계가 먼 꿈이라는 것을 바로 깨달았다.

아주 기본적인 것부터 나를 당황시켰다. 내가 현관을 열고 집에 들어간 지 2분이 지나서 루실은 거실을 지나 주방으로 들어가더니, 타일 바닥에 쪼그리고 앉아 배변했다(이건 뭐 그렇게 놀랄 일이 아니지. 녀석은 이제 생후 8주밖에 안 된 데다 배변훈련도 안 받았잖아). 그런데 녀석의 배설물을 보고 있자니, 집으로 오는 동안 내가 차 안에서 막연하게 품은 귀여운 개 이미지가 탁 깨져버리는 것 같았다. 녀석은 '완벽한 강아지'라는 소프트웨어로 프로그램되어 있지 않았다.

물론 루실은 '점잖은 개'라는 소프트웨어로도 프로그램되지 않았고, 이것도 내게는 적잖이 거슬렸다. 내가 품었던 기대 목록은 '최고 복종상' 후보로 오를 만한 것들이었다. 부르면 얼른 달려오는 개, 잠시도 한눈을 팔지 않고 내 곁을 졸졸 따라 걷는 개, 똘똘한 얼굴로 '명령만 내려주시죠' 하고 말하는 듯한 개. 성숙한 개, 훈련된 개.

당연히 루실은 이런 내 기대를 하나씩 무너뜨렸다. 녀석은 사방에 오줌을 쌌다. 그래서 나는 녀석이 주방이나 거실, 복도 등에서 쪼그리고 앉는 모습만 봐도 기절할 듯 소리를 질렀다.

"안 돼! 거기는 안 돼! 밖으로 나가! 밖으로!"

그러고는 녀석을 번쩍 들어 올려 뒷문으로 돌진했다. 그러면 녀석은 '뭐야? 왜 그래?'라는 표정으로 나를 바라보았다.

내가 파티오에 앉아서 팔을 벌리고 말한다.

"이리 와, 루실. 이리 와."

그러면 녀석은 어떨 때는 오지만, 어떨 때는 그냥 정원의 흙과 낙엽만 계속 뒤적인다. 나는 머쓱하고 허망해진다. 내 언어는 개 앞에서 처음으로 무력하다. 산책하러 나가면 녀석은 사방을 정신없이 뛰어다닌다. 강아지에게 운동이 얼마나 필요한지 정확히는 몰라도, 그래도 많이 필요할 거라는 생각에 나는 두세 시간에 한 번씩 함께 나가 동네를 한 바퀴 돈다. 그럴 때면 루실은 사방으로 튀어 나가려고 한다. 목줄을 팽팽하게 잡아끌면서 재활용 쓰레기통, 철조망 울타리, 길의 배수로 등 온갖 부적절한 곳에 코를 들이박았고, 내가 품었던 산책에 대한 이미지는(내가 걸어가면 개가 내 옆을 조용히 따라오는) 폭삭 깨져 버린다.

이와 더불어 개를 사랑하는 것은 쉽고 단순하고 정서적으로 깔끔할 거라는 환상도 깨졌다. 나는 얼마나 무지했던가. 나는 개를 덩치만 좀 크지 고양이와 다를 것 없는 존재로 생각했나 보다. 그러니까 고양이보다 다정하기는 하지만 그렇다고 고양이보다 더 크게 신경 쓸 일은 없을 거라고 여긴 것이다.

오해도 그런 오해가 없었다. 나는 인간관계라면 하나부터 열까지 걱정에 싸여 사는 사람이다. 루실과의 관계도 처음부터 걱정 투성이었다. 녀석이 뭘 하려는 걸까? 잠은 왜 저렇게 많이 잘까? 밥은 이만큼 주면 되나? 녀석은 지금 기쁜가? 슬픈가? 두려운가? 지루한가? 외로운가? 즐거운가? 잘 적응하고 있는 건가? 나는 내가 녀석의 욕구를 잘 알아채지 못할까 봐 걱정했다(루실이 집 안에 오줌을 싸면 그게 꼭 나 자신의 실패 같았다). 그리고 내 기본 성격을 걱정하고, 내 양육 능력을 걱정하고, 녀석에게 심각한 정신적 상처를 입힐까 봐 걱정했다. 그러니까 나는 녀석의 정신 건강에서 변 색깔까지 모든 것을 걱정한다.

그렇게 6주쯤 지났을 때 나는 녀석에게 최고의 훈련을 받게 하기로 결심하고(그러니까 강아지 세계의 하버드대쯤 되는 최고 훈련기관에서 훈련받을 기회를 주려고) 유명한 뉴스킷 수도원에 전화를 걸어서, 거기까지 6시간 차를 몰고 갈 테니 개인지도를 좀 해달라고 부탁했다가 거절당하기도 했다.

아주 짧은 시간에 나는 개를 키우는 사람이면 누구나 한 번쯤 발을 들여놓는 음습한 '투사'의 세계로 들어섰다. 루실은 독일셰퍼드의 후손답게 표정과 태도가 모두 진지하다. 나는 녀석의 차분한 두 눈을 바라보며 그 속에 내 불안과 걱정을 마구 읽어 넣는다. 이런 식이다.

'녀석이 엎드려서 나를 보고 있어. 내가 얼마나 바보인지 알아차렸을까?'

첫날부터 나는 녀석을 혼자 두고 나가는 것이 너무도 힘들었다. 문 쪽으로 가다가 돌아보면(겨우 현관 앞에 나가 신문을 집어 오는 것이라고 해도) 녀석은 나를 가만 바라보고 있고, 그러면 나는 그 표정 속에서 엄청난 경고를 읽는다.

'이런, 녀석이 다시 버려질까 봐 걱정하고 있어.'

새롭게 싹트는 기쁨과 행복의 곁에는 깊은 두려움이 따라왔다.

'루실은 내가 사랑하는 만큼 나를 사랑하지 않을 거야. 나는 루실을 돌볼 능력이 없어. 나는 모든 걸 망쳐버릴 거야.'

나는 언제나 관계 맺는 일에 서툴다. 어린 시절 나는 세상은 무서운 곳이라고 배웠고, 그 가운데서도 가장 무서운 것은 (전쟁이나 자연재해, 교통사고보다도) 사람이라고 느꼈다. 그들의 의도는 기이하고 측정 불가능하다. 그들의 욕구는 복잡하고 만족을 모른다. 그들의 행동은 불가사의하고 변덕스럽다.

우리 집은 금욕주의와 절제, 엄격함의 실천장과도 같아서 갈등과 분란 같은 것은 보이지 않는 곳에 감춰둔 채, 겉으로는 언제나 말끔하고 매끄러운 외관을 유지했다. 화가 나면 이를 악물어야 했다. 슬픔에 빠지면 방문을 걸고 혼자 울어야 했다. 강렬한 욕구나 충동이 닥쳐와도 그걸 꽁꽁 싸서 간직하고 있다가 일주일에 한 번씩 심리치료사와 만나 의논해야 했다.

그래서 나는 술을 마셨다. 마음속에서 불끈불끈 춤을 추는 강렬한 감정을 어떻게 다루어야 할지 알지 못했다. 감정? 이것은 너무도 두려운 것이었다. 우리 어머니는 내 대학 졸업식

날 나를 안아주었는데, 내가 어머니 포옹을 받은 기억은 그때가 처음이었다. 그리고 몇 달 뒤 아버지는 지난 10년의 외도를 실토했다. 내가 감정에 대해 배운 것은 그런 것들이다. 불안한 것, 표현하기 어려운 것, 따라가면 위험한 것. 감정은 숨겨야 하는 것, 다른 사람들에게서, 그리고 나 자신에게서.

나는 술을 마시고 또 마셨다. 술을 통해서 나는 두 가지 상충하는 목표를 달성했다. 그 하나는 감정을 마비시키는 것이었고, 또 하나는 그러면서 동시에 감정에 다가가는 것이었다. 술을 마시면 두려움이 줄어들고 관계 맺기에 대한 불안감과 의혹이 용기와 안온감으로 대체되었다. 다시 한 잔을 마신다. 이 세상에 나를 드러내는 일도 그렇게 어렵지 않다. 세 잔, 네 잔을 마신다. 모든 것이 쉬워진다. 재미있다. 나는 소통할 수 있고 웃고 말할 수 있고 방어벽도 내릴 수 있다. 술은 내가 사람들과 친밀한 관계를 갖게 해주는 가장 빠르고도 확실한 길이었다. 그것은 나를 세상을 향해 열어주었고, 내게 목소리를 주었으며, 내가 내 생각과 감정과 육체를 나눌 수 있도록 허락해주었다.

물론 그 용기는 인공적이었고, 그것이 준 안온감은 금세 사라졌다. 내게서 나온 것이 아니었기 때문이다. 상투적인 이야기다. 나는 술을 마셨고 술에 질질 끌려다녔고, 그 결과 인생이 엉망진창이 되어서 결국 술을 끊어야 했다. 하지만 그다음의 이야기는 조금 덜 상투적이다. 술이 주는 효과를(관계를 이어주고, 불안을 차단해주는) 버리고 난 뒤에 생기는 것에 대해서는 별로 많은 이야기가 없기 때문이다. 바로 이런 일이 일어난다. 두려움이 돌아오고, 그에 맞서는 싸움은 때로 성공하고 때로 실패하며 힘겹게 치러진다. 우리는 의식과 무의식을 넘나들며 끊임없이 대안을 질문하게 한다.

'술 마시지 않고 어떻게 마음에 안정을 얻을 수 있는가? 어떻게 다른 사람과 관계 맺을 수 있는가? 가까운 관계에서 일어나는 복잡한 감정들, 열망과 두려움과 상처를 막아내려면 아니 그저 참아내기만이라도 하려면 어떻게 해야 하는가?'

파티오에 앉은 내게 그런 질문에 대한 답이 어렴풋이 보이기 시작하는 것 같았다.

'모험을 두려워하지 마. 감정을 느껴 봐. 도망가지 마.'

날마다 루실을 데리고 파티오에 앉아서 나는 요동치는 감정을(기쁨과 행복, 놀라움과 의구심, 불안과 혼란) 느꼈다. 그리고 생각했다.

'이건 사랑이야, 순수한 사랑. 하지만 단순하지는 않아, 절대로.'

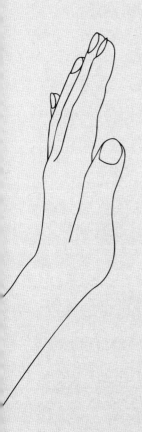

03

세기말의 개

Nineties Dog

녀석이 나를 당혹시킨다. 함께 산책하다가 갑자기 길 중간에 털썩 주저앉는다. 그러고는 요지부동이다. 목줄을 당겨보아도 목만 앞으로 뽑을 뿐 몸은 그 자리에 박힌 듯 움직이지 않는다. 나는 최대한 다정하고 경쾌한 목소리로 녀석을 달래본다.

"착하지, 루실. 어서 가자!"

루실은 일어나지 않는다. 나는 녀석을 내려다본다. 녀석의 모습은 재미있다. 토실토실하고 보드라운 몸, 조그만 얼굴 위로 큼지막하게 돋은 두 귀, 길 한가운데 밧줄처럼 또르르 말려 있는 꼬리. 요사이 녀석은 검은색 정수리 쪽 털이 갈색으로 바뀌어서, 실수로 물감 통에 주둥이라도 박은 듯 코믹한 인상을 준다. 여전히 녀석은 길 한가운데 붙박인 채 차분한 표정을 짓고 있다. 아직 어린 강아지인데도 루실은 아주 의젓하고 점잖은 성격이라서, 언제나 주의 깊게 집안을 관찰하면서도(누가 집에 왔는지, 무슨 일을 하는지, 먹을 게 나오는지) 특별히 신경을 자극하지 않으면 별다른 반응을 보이지 않고, 짖거나 깨갱거리거나 달려드는 법이 없다. 이런 녀석이 심각한 고민이라도 있는 듯 길가에 주저앉아 있다.

나는 목줄을 더 당겨보지만, 녀석은 앞발을 땅에 꽉 대고 밀가루 포대처럼 옴짝달싹 하지 않는다.

"루실, 어서 가자!"

그러자 루실은 아예 자리에 엎드려버린다. 이제 내가 할 수 있는 것은 두 가지뿐이다. 그 자리에서 루실에게 사정하거나 아니면 녀석을 질질 끌고 가는 것.

'도대체 왜 이러지? 쥐방울만 한 녀석이 이렇게 고집이 세다니! 피곤해서 그런가? 무슨 걱정거리가 있나? 뭔 생각을 하는 거지?'

이러고 있으면 지나가던 사람들이 멈춰 서서 한두 마디 말을 건네고, 잠시 세상은 따뜻하고 유쾌한 곳이 된다.

"와, 강아지네요. 몇 살이에요? 너무 귀여워요!"

그뿐이 아니다. 사람들은 내가 한 번도 생각해보지 않은 것도 물어본다.

루실이 길에 달라붙어 있는데, 한 여자가 다가와 잠시 귀여워 하더니 묻는다.

"강아지 놀이모임에 데리고 가보세요. 래드클리프 야드에 하나 있답니다. 주말 아침 9시에 모여요."

'강아지 놀이모임?'

잠시 후 다른 사람이 다가와서 말한다.

"아직 강아지 유치원에 안 가보셨나요? 제가 좋은 곳을 하나 알아요."

'유치원? 루실이?'

나는 말한 사람을 멍하니 쳐다본다. 그리고 개를 내려다보며 눈을 깜박인다. 다른 언어를 쓰는 나라에 들어온 느낌이다.

"소 발굽을 사주세요. 냄새가 심하지만, 씹기 장난감으로
는 최고랍니다."

가죽 재킷을 입은 남자가 길모퉁이에서 다가와 근엄하게
말한다.

"철장을 장만하세요. 그게 좋아요."

이들의 말은 모두 확신에 차 있다. 질문이 넘쳐나고 의견
도 들끓는다.

"개한테 뭘 먹이세요?"

"이암스 양고기 사료가 최고예요."

"아녜요, 유카누바가 최고죠."

"무슨 말씀, 사료라면 힐스사이언스다이어트예요."

"동물병원은 어디 다니세요?"

"이빨은 닦아주나요?"

'잠깐만, 이빨을 닦아주느냐고?'

어린 시절 우리 집 개들은 단순하게 살았고, 특별한 대접
같은 것은 받지 않았다. 동네 슈퍼에서 산 알포 사료를 먹었고,
낮에는 마당에서 지내다가 밤이 되면 부모님 방 문밖 마루에
서 잤다. 녀석들은 그렇게 집안에 들어왔다 나갔다 하는 것이

전부였고, 이따금 동네를 산책할 때를 빼고는 집 울타리에서 정해진 일상을 보냈다. 그렇다고 우리 집 개들이 사랑을 못 받았다는 건 아니지만, 우리 부모님은 당시 내가 만난 대부분의 개 주인과 마찬가지로 개들의 행복을 위해 각별한 노력을 기울이지는 않았다.

그로부터 10년도 지나지 않아(우리 집 마지막 개는 1990년에 죽었다) 내가 만나는 개 주인들은 개에게 각별한 노력을 기울였고, 비용 또한 적지 않게 쏟아부었다. 반려견 사교클럽과 여름 캠프에 등록하고 놀이방에 맡긴다. 거대한 반려동물 쇼핑몰에서 쇼핑하고, 10년 전이라면 생각도 할 수 없던 장소인 서점, 카페, 휴양 호텔 등으로 개를 데리고 다닌다. 이들은 아기 엄마들이 T. 베리 브래즐턴과 스포크 박사의 말을 줄줄 외는 것처럼 브라이언 킬커먼스와 캐럴 벤저민의 말을 입에 달고 산다. 아, 그리고 많은 사람이 매일 저녁 무릎을 꿇고 개의 잇몸을 마사지한다.

이런 것이 놀랍기는 했지만, 나 또한 루실과 뜨거운 사랑에 빠진 터라 녀석을 행복하게 해주겠다는 일념으로 그 대열에 훌쩍 뛰어들었다. 처음 몇 달 동안 나는 미친 듯이 물건을 사들였다. 강아지용 치과세트, 크고 푹신한 방석침대, 우아한 디자인의 도자기 밥그릇세트, 발자국 무늬가 예쁘게 새겨진 양털 담요.

나는 루실의 사회생활에도 열을 올려서 새벽잠을 누르고

일어나 7시에 열리는 놀이모임에 데려가고, 다른 개 주인들과 공원 주변에 서서 운동장에 모인 엄마들처럼 배변훈련이 어쩌고, 먹이 주는 간격이 어쩌고, 변 색깔이 어쩌고 하며 떠들게 되었다.

나는 물건도 늘었지만(훈련용 목띠, 개빗, 발톱깎기), 새로운 걱정도(전염성 기관지염, 편충) 늘었고, 의문도(가루먹이가 좋은가, 통조림먹이가 좋은가, 보통 목줄이 좋은가, 늘어나는 목줄이 좋은가) 늘어만 갔다. 집에서 한가롭게 《뉴요커》를 읽는 대신 반려동물 상점에서 《도그 팬시》 같은 잡지를 탐독하는 나, 내가 먹을 음식은 만들 생각도 하지 않고 개 사료 뒷면에 적힌 영양소 함량을 고민하는 나, 남자친구 대신 강아지를 안고 침대에 눕고 싶다는 생각이 드는 나, 이런 나를 느끼며 고개를 들고 생각한다.

'도대체 내가 왜 이러지? 내가 완전히 미쳐버렸나?'

단순한 대답은 '그렇다'이다. 나는 미쳤다. 나는 신문이나 방송에서 흔히 웃음거리로 삼는 그런 호들갑 떠는 개 주인이다. 과도한 개 사랑에 대한 이야기는 세상에 널리고 널렸다. 《USA 투데이》에는 뼈다귀 모양 침대와 반려견 전용 룸서비스를 제공하는 호텔에 대한 기사가 실리고, 《뉴욕타임스》에는 생일 출장요리 서비스를 비롯해서 반려견용 란제리까지 개에게 연간 1만 달러를 퍼붓는 맨해튼 사람들에 대한 기사가 난다. 《피플》엔 캘리포니아 주 웨스트우드의 반려견 헬스센터를(러닝머신, 기포 목욕탕, 견체?공학적으로 설계한 수영장이 딸린) 자세히 설명한다. 이런 기사의 메시지는 이렇다.

'경박한 미국인들이여. 자기가 벌이는 이런 어처구니없는 열광을 보라!'

그런데 진정한 대답은 좀 복잡하다. 과도한 개 사랑은 미국인의 집착이나 유행, 변덕 같은 것보다는 현대인이 개를 통해 채우려는 정서적 틈새와 더 관련이 깊다. 얼마 전에 나는 맨해튼에 사는 사진작가 마흔한 살 비키와 오랫동안 통화를 했다. 비키의 개는 초콜릿빛깔의 두 살짜리 래브라도로 이름은 서스턴이다. 우리는 예전에 비해 개를 키우는 것이 얼마나 달라졌나 하는 이야기를 했다. 우리 대화에는 신문 잡지에 넘쳐나는 어처구니없는 개 사랑으로 가득했다(우리는 둘 다 반려견용 아이스크림 '프로스티 포즈'를 사다 놓고 개 생일파티를 했고, 개와 한 침대에서 자며, 개를 놀이모임이나 데이트에 자주 데리고 나간다. 우리 부모님은 절대 이렇지 않았다). 하지만 그 밑에 깔린 내용은 좀 더 심각했다. 우리는 사회변화에 대해서, 미국 사회의 도시화에 대해서, 인간의 정서에 개의 역할이 나날이 커지는 새로운 현실에 대해서 이야기 했다. 비키도 나처럼 개를 마당에서 기르던 어린 시절을 보냈다.

"개가 종일 집안에서 지내는 일은 없었어요. 주로 밖에서 살았죠. 아침이 되면 어머니가 개들을 내보냈고, 그러면 녀석들은 온종일 마당을 어슬렁거리다가 누가 대문이라도 열어놓으면 집 밖으로 나가서 저녁까지 동네를 쏘다녔어요. 어떨 때

경찰이 전화해서 개를 찾아가라고 해서 가보면, 아예 다른 동네에 가 있기도 했어요. 그때는 목줄 규정 같은 건 없었으니까요. 개를 운동시킨다는 생각도, 개를 훈련한다는 생각도 없었어요. 개들은 그냥 바깥에서 자기 멋대로 살았어요. 지금처럼 우리 눈앞에서 살지 않았죠."

비키의 말마따나 서스턴은 비키의 눈앞에서 산다. 비키의 집은 5층에 있는 작은 원룸 아파트인데, 서스턴은 덩치도 크고 시끄러운 개다 보니, 비키가 녀석의 존재와 요구, 삶의 질, 둘의 관계 같은 것을 의식하지 않으려야 않을 수 없다. 운동하고 싶으면 녀석은 비키를 쿡쿡 찌르고 졸졸 따라다니고 짖는다. 바깥에 나가고 싶으면 끈질기게 조른다. 그러면 하는 수 없이 목줄을 묶고 데리고 나가야 한다. 녀석이 기초 복종훈련을 받지 않았다면 비키의 생활은 살아 있는 지옥이었을 것이다.

"30킬로그램 래브라도가 '가만있어' '저리 가' '조용히 해'라는 말도 못 알아듣는다고 생각해보세요. 전 아마 미쳐버렸을 거예요."

서스턴은 그 큰 덩치만큼이나 비키의 정서 세계에 크게 자리하고 있다. 비키는 이것도 과거와 확실히 다른 것 같다고 말한다. 이 역시 사회변화와 관련한 우리 대화 내용의 일부이다. 나와 마찬가지로 그리고 미국 인구의 4분의 1과 마찬가지로, 비키는 가족이라는 정서적, 경제적 울타리 없이 혼자 산다. 비키는 자주 고립감과 외로움에 빠진다. 나처럼 그리고 우리 모

69

68

두처럼, 비키도 변화와 불안정성 시대에 산다. 결혼한 두 쌍 가운데 한 쌍이 이혼하고 2천1백만 여성이 이혼모이거나 미혼모인 시대에 비키는 관계에 대해 명확한 전망이 없다.

'결혼을 원하는가? 글쎄…… 아이는? 모르겠음. 계속 혼자 살 것인가? 아마도, 하지만 역시 모르는 일.'

우리는 한동안 우리가 공유한 뿌리 잃은 정서 이야기를 했다. 친구들이 하나둘 다른 도시로 떠나고, 동료는 계속 새 직장을 찾고, 우리 또한 10년 사이에 여섯 번이나 이사하는 삶, 거리에서 마주치는 이웃이 누군지도 모르는 삶에 관해 이야기했다. 그리고 개가 이런 느낌을 다스려준다는 것, 그들의 존재가 우리를 안정시켜준다고 이야기했다. 그러다가 핵심을 정리하듯 비키가 불현듯 물었다.

"지금 루실은 어디 있나요?"

나는 아래를 보았다. 녀석은 내 발밑에 옆으로 누워 곤히 자고 있다.

"곁에서 자고 있어요."

"서스턴도요. 이 큰 래브라도가 바닥에서 코를 골고 있어요."

바로 이것이다. 세상 모든 불확실성 한가운데 개가 있다. 그것 하나는 분명하다. 녀석들은 개의 몸을 입고 찾아온 안정이다.

보호소에 가서 루실을 얻던 무렵 내 삶의 지평을 뒤덮었던 개인적 공허는 지난 30년의 격변이 촉발한 사회, 문화적 공허이기도 하다. 외로움, 무상함, 가족 해체, 대안적 집단에 대한 탐색. 더 많이 모여 살지만 더 깊이 고립되는 도시 미국인의 삶 스트레스. 이 가운데 5천5백만 마리 반려견이 있다. 현대인의 개 사랑이 때로 과도하고 광적으로 흐르는 것은 사실이지만(내가 보기에도 그렇다. 나 또한 반려견용 아이스크림을 사주는 사람이지만), 나는 그런 행동 뒤에 감추어진 충동을 이해한다. 우리가 녀석들에게 그렇게 크게 베푸는 것은 녀석들이 우리에게 그만큼을 돌려주기 때문이다. 녀석들은 우리가 집에 들어올 때마다 한 번도 어김없이 열렬한 환영을 바치고, 언제나 유쾌하고 언제나 우리 곁에 있다.

비키는 말한다.

"나는 개를 위해서라면 무엇이든 해주고 싶어요. 서스턴은 마치…… 적당한 말이 없네요. 대충 말하자면 남자친구 비슷해요. 내가 영화를 볼 때 소파에 같이 있고, 내가 잠이 들면 침대에 같이 있죠. 그리고 속이 상해서 울고 싶으면 녀석을 끌어안아요. 이것은 엄청난 친밀감이죠. 옛날 사람들은 개를 키워도 이런 경험은 하지 않았을 거예요."

우리 친할아버지는 부유한 한량으로 뉴욕 주 북부의 농장

지대에 살았고, 언제나 한 무리의 개를 거닐고 다녔다. 개들은 대부분 사냥용 하운드 종이다. 할아버지는 개를 좋아하고 아끼고 그 재주를 칭찬했지만, 그들에게 애정을 쏟는다거나 그들에게서 마음의 위안을 얻지는 않았다. 할아버지가 나와 루실의 모습을 보면 아마도 기절할 것이다. 뭐라고? 개를 침대에서 재워? 미쳤구먼. 할아버지의 개들은 실내 출입이라는 게 아예 없었다.

아버지라면 나와 루실의 관계를 좀 너그럽게 보겠지만, 역시 그렇게 바람직하게 여기지는 않을 것 같다.

'개는 개일 뿐이야. 유쾌한 동물이고 애착도 느낄 수 있지만, 일차적 관계의 대상은 아니지.'

아버지의 입장은 할아버지와 내 중간에 있다. 아버지의 개는 집안에는 들어왔지만, 소파나 침대에 올라가는 일은 없었다.

그리고 마지막에 내가 있다. 집안 곳곳에 붙은 개 사진, 테이블에 쌓인 반려견 잡지와 반려견용품 카탈로그. 그리고 소파든 침대든 가죽 의자든 가릴 것 없이 집안 곳곳을 멋대로 누비는 개.

할아버지와 아버지와 나는 셋이 함께 하나의 이야기를 이룬다. 그것은 사람들과 개가 맺은 계약이 세월에 따라 어떻게 변했는지를 보여주는 이야기다. 할아버지 시절과 그 이전 사람들은 개를 목축이나 경비, 사냥 같은 특별한 목적으로 키웠다.

개와 인간의 계약은 실용성이 본위였고, 할아버지가 개들에게서 정서적 유대감 같은 걸 느꼈다고 해도 그것은 부차적 효과였을 뿐 주요 동기는 아니었다.

우리 부모님이 처음 개를 산 1960년대는 미국 사회에 교외 문화가 만개할 때였고, 개를 키우는 목적은 목축이나 사냥 같은 것에서 멀어졌다. 교외에서 키우는 개의 주요 역할은 가정생활에 윤기를 불어넣는 것. 이로써 개는 실용적 존재에서 정서적 존재로 옮겨갔다. 우리 부모님은 개를 가족의 동반자로 여겼고, 아이들의 놀이 친구로 생각했다. 두 분이 앨크하운드를 고른 것은 도시에서 엘크사슴을 사냥하기 위해서가 아니라 그 종의 생김새와 지능, 온순한 성격 때문이었다.

그렇다면 나는? 루실과 내가 공식적 계약을 맺는다면, 그 계약의 주요 목적은 뭐라고 잘라 말하기 어렵다. 이 글을 쓰는 이 순간 녀석은 내 책상 밑 방석 침대에 조용히 엎드려 있는데, 이것이 바로 녀석의 가장 큰 임무다. 내가 컴퓨터 앞에서 일하는 동안 내 곁에 있어주는 것, 내 맹우가 되는 것, 내 인생에 흔들리지 않는 한 지점이 되어주는 것, 내가 돌보고 만지고 사랑할 대상이 되어주는 것.

친밀성은 예전부터 사람과 개의 관계에서 중요한 요소였다. 힘없는 강아지를 불쌍히 여기고 돌봐주는 능력이 없었다면, 사람은 개의 조상을 인간의 집에(마음속은 차치하고라도) 들이지 못했을 것이다. 하지만 미국 경우만 보면, 정서적 친근감을 이토록 중요하게 여긴 적이 없으며 또 이토록 떳떳하게 표현한 적도 없었다. 루실을 데리고 놀이모임에 나가보니 개들이 모두 세이디, 맥스, 프래니, 머리, 마티 같은 이름을 갖고 있다. 개 주인들은 개 이름만 보면 캣스킬산맥으로 주말여행이라도 가는 여행객 명단 같다고 농담하기도 했다. 이렇듯이 개에게 사람 이름을 붙이는 것은 개에 대한 강렬한 정서가 반영된 것이란 걸 모두 잘 안다. 요즘 개 절반이 사람 이름이다. 또 대부분이 주인 침실에서 잠을 자고, 그 가운데 또 절반 가까이가 사람과 함께 침대에서 잔다. 이러한 친밀성은 이제 개를 키우는 부산물이 아니라 개를 키우는 목적 자체, 존재 이유가 되었다.

캐시라는 여자는(30대 후반의 교사로 싱글인) 기네스라는 휘튼 테리어와 산다. 내가 왜 개를 키우느냐고 묻자 캐시는 간단히 답한다.

"개는 아이 같은 존재예요."

나는 고개를 끄덕인다. 개가 정말 아이와 똑같다고 생각하지는 않지만, 캐시가 무슨 말을 하는지 이해한다. 루실은 내가 돌보아야 할 가장 중요한 대상, 양육하고 보호해야 할 생명이다.

닥스훈트 세 마리를 키우는 도널드라는 남자는 이렇게 말한다.

"개는 내게 따뜻하게 끌어안을 신체를 주고 사랑을 줍니다. 아내나 아이가 없는 사람이라면, 그리고 친구들과 거칠 것

없이 포옹을 나누는 사람이 아니라면, 강아지가 해결책이 될 수 있어요."

나는 다시 고개를 끄덕인다. 나는 하루 동안 루실에게 키스를 40번쯤 하며, 쓰다듬기는 셀 수도 없이 많이 한다. 내 인생 그 어느 누구에게도 이런 것은 없었다.

깡마른 몸집에 지독하게 수줍은 성격을 지닌 폴라는 인터뷰 내내 손을 내려다보면서 자기가 키우는 푸들 강아지 브리지트에 관해 이야기한다.

"브리지트는 가족이에요. 실제 가족보다 그 애가 훨씬 더 가까워요."

폴라는 체면을 중시하는 집안 출신인데, 어디서나 얌전하고 착한 딸이 되어야 했고, 부모님에게 누가 되지 않게 행동해야 했다. 폴라는 결핍감과 혼란, 고립감 속에 자라났다. 하지만 브리지트는 폴라에게 어린 시절의 고통과는 반대되는 것들, 사랑받는 느낌, 자신에 대한 긍정, 유대감을 선물했다.

"브리지트는 내가 이 세상에 사는 이유예요. 그 애가 없으면 나는 완전히 갈피를 잃고, 내가 누구인지도 모를 거예요. 브리지트는 나를 규정하는 수단이에요."

폴라의 말은 내게 많은 공감을 일으키고, 루실을 만나던 무렵의 불투명하고 혼란했던 내 인생을 다시 상기시켰다. 나는 다시 고개를 끄덕인다.

'가족 같은 개. 마음의 가장 큰 의지이자 애정의 원천이 되

는 개. 자기규정의 수단이 되는 개.'

지난 수 세기 동안 아마도 우리는 개들에게 이런 역할을 수행시켰다. 그러나 이 역할이 이토록 강력하게 커진 것은 아무래도 최근이다.

그렇다고 개를 키우는 현대인이 모두 개와 고도로 복잡한 심리적 관계를 나눈다는 것은 아니다. 그러나 단순하고 안정적이던 옛날보다는 오늘날의 사람들이 개와 정서적으로 밀접한 거리에서 생활한다. 게다가 내가 루실에 느끼는 애착, 녀석이 내 인생에서 차지하는 중대한 역할을 생각해보면, 지금 우리 시대와 부모님 시대 삶의 차이를 생각하지 않을 수가 없다.

옛날 우리 집에서 토비와 톰을 키우던 시절은 맞벌이가 없던 시절이었고, 다섯 식구들 가운데 누군가가 항상 녀석들 곁에 있었다. 집에서 일하는 어머니가 오전에는 개들의 벗이 되었고, 오후면 학교에서 돌아온 아이들이 개들과 놀아주었다(열두 살 무렵의 어느 날, 내가 오후 내내 톰에게 과자 찾는 법을 가르치던 것도 생각난다. 내가 거실 여기저기에 과자를 숨겨두었더니, 영리한 톰은 숨긴 곳을 금세 다 알아내고 한 통을 몽땅 먹어 치웠다. 그러고 나서 어머니 오리엔탈 풍 카펫에 다 토해놓았다). 개들의 생활은 단순하고 한정되었지만, 외로울 틈은 없었다.

그와 달리 루실에게는 내가 전부다. 나는 집에서 일하니 녀석을 두고 출근하는 죄책감에 시달리지는 않지만, 루실 인생에 의미 있는 사람은 오직 나뿐이다. 오직 나만이 녀석을 산책시키고 먹이고 또 녀석이 바라봐줄 대상이다. 루실에게 내가 이토록 절대적 존재라는 상황은 엄청난 책임감을 유발한다.

부모님 개들은 루실과 나보다는 더 안전한 세계에 살았다. 토비는 바깥에 나가 돌아다닌 적이 많았다. 그럴 때면 어머니가 걱정하기는 했지만, 당시의 거리는 지금처럼 복잡하지 않았고, 녀석의 짧은 모험은 대개 예측 범위 안에서 결말이 났다. 한두 시간 뒤에 전화벨이 울리고, 던킨도넛 직원이 짜증 밴 목소리로 말한다.

"냅 부인이시죠? 여기 와서 개 좀 데리고 가시겠어요? 손님들이 질겁하고 있어요."

나한테 그런 일이 생긴다면? 만약 루실이 혼자 바깥에 나간다면, 나는 도로 교통에서 동네 미친 작자들까지 모든 것이 다 걱정일 것이다. 차에 치일지도 모르고, 동물보호소에 넘겨질지도 모르고, 무슨 연구목적으로 팔릴지도 모른다. 내가 데리고 나갈 때를 빼면 루실은 전적으로 실내에 산다. 그래서 녀석은 내 일상생활을 아주 근접한 거리에서 관찰한다. 녀석은 내가 냉장고에 손을 뻗을 때마다 강렬한 눈길로 나를 본다. 내가 샤워하면 욕실 안으로 고개를 들이민다. 내가 전화에 화를 내면 불안한 기색으로 방을 나간다. 내가 새로 남자를 사귄다면, 녀석은 우리가 사랑을 나누는 침대 위로도 올라올 것이다 (녀석이 어떻게 반응할지는 글쎄, 하늘만이 알겠지).

나 같은 개 주인들이 개와 정서적으로 더 가까워진 것은 녀석들을 더 잘 이해하기 때문이고, 그것은 상당 부분 개의 본성과 심리에 관한 폭발적으로 넘쳐나는 정보 덕분이다. 우리 할아버지는 시간이 남는다고 인터넷에 들어가 반려견 채팅방을 돌아다니거나 반려견 웹사이트를 찾거나 반려견 건강 관련 게시판에 참여하지 않았다. 또 서점에서 개의 집단생활 본능과 지능과 감정을 설명하는 책에 고개를 박고 있지도 않았다. 물론 이런 책이 시중에 있지도 않았다. 그런데 나는 루실과 함께 산 첫 달, 개에 관한 책에 묻혀 살다시피 해서, 바바라 우드하우스의 『나쁜 개는 없다No Bad Dogs』, 뉴스킷 수도원의 『개의 베스트프렌드가 되자How to Be Your Dog's Best Friend』, 브라이언 킬커먼스의 『좋은 주인, 훌륭한 개Good Owners, Great Dogs』를 모조리 읽었다. 모두 인간과 개의 유대를 열렬하게 강조하는 책들로, 세 권에 공통된 메시지는 이렇다.

'인간은 개에게 무리의 우두머리다. 개는 감각과 감정이 있는 존재다. 개를 키우는 것은 관계를 형성하는 것이다.'

"우리는 훈련이란 개와 관계를 맺는 방식의 한 가지로 생각한다"라는 유대 개념은 뉴스킷 수도원의 방법론에 핵심적 역할을 했고, 이런 태도는 우드하우스에게 이르러 훨씬 더 정서적인 방식으로 증폭된다.

"개의 정신세계에는 사랑하고 존경하고 복종할 주인이 절대적으로 필요하다. 개들의 내면에 잠재한 사랑은 이해심 깊은 주인을 만나면 그때 비로소 활짝 피어난다."

요컨대 사랑이라는 새로운 계약 조건이 등장한 것이다. 내가 너를 사랑할 테니 너도 나를 사랑해줘, 하는.

루실이 우리 할아버지 같은 주인을 만났다면 어땠을까? 생각만 해도 몸에 한기가 돈다. 폭신한 침대도 없고, 양모 이불도 없고, 반려견 공원에 나가 친구들과 놀지도 못하고, 반려견 아이스크림도 없는 생활. 물론 나도 개에게 그런 사치가 필요하다고는 생각하지 않지만, 그런 사치를 베풀면서 나 자신이 커다란 기쁨을 느끼고, 루실 또한 그런 내 기쁨을 함께 느끼리라고 믿는다. 때때로 책상 밑에서 쿵쿵 소리가 들려 내려다보면 녀석이 잠자면서 꼬리를 흔들고 있다. 다람쥐 꿈이라도 꾸는 걸까? 그런데 나는 내 꿈을 꾸는지도 모른다고 내 멋대로 상상한다.

그러나 이렇듯 정서에 토대한 계약에는 온갖 부가적 감정과 더불어 분명한 타협점이 있다. 루실의 나이가 한 살 반쯤일 때 나는 녀석을 사냥놀이에 데리고 갔다. 사냥놀이란 넓은 벌판에서 개들이 맹수 본능을 마음껏 발산하는 활동이다. 하얀 비닐봉지를 기계장치로 허공에 날리면 개들이 그걸 토끼 등으로 착각하고 쫓아 달려간다. 루실은 정신이 팽 돌았다. 들판에서 비닐봉지가 획획 날아다니는 모습을 보자 루실의 몸 전체가 흥분으로 팽팽해졌다. 녀석은 내가 한 번도 들어보지 못한 날카롭고 째지는 소리를 지르더니 목이 졸리도록 목줄을 끌어당겼다. 마침내 내가 목줄을 풀어주자 녀석은 거의 야생동물 같은 기세로 들판을 내달렸다. 가슴 뿌듯한 광경이었다. 녀석이 달리는 모습, 목표물에 집중하는 확고한 태도를 보면서 나는 녀석의 핏속을 흐르는 본성과(들판을 달리며 사냥하는) 현재의 생활(내 책상 밑을 어슬렁거리고, 밤이면 나와 함께 자는) 사이의 간극을 생각했다. 물론 나는 루실이 잘 산다는 것을 안다(오늘날의 많은 개가 잘 산다). 하지만 현대 도시 주택이 녀석의 본성과 상당히 어긋나는 환경인 것은 분명하다.

'조용히 해, 저리 가, 가만있어, 그거 놔.'

이런 명령들에 담긴 메시지는 그리 미묘한 것이 아니다.

'너는 내 세계에 순종해야 해. 내 요구를 들어야 해.'

코네티컷 주의 반려견 훈련사 레슬리 넬슨은 개의 본성과 인간이 기대하는 개 사이의 간극을 설명하는데 '래시 신드롬'이라는 용어를 사용한다. 래시는 교외 삶의 산물이자 상징과 같은 개로서, 개가 사역견에서 가족의 동반자로 넘어가는 시기를 대변하고 또 완성했다.

1950년대 중반에는 미국 내 가정에 대부분 TV가 있었고, 래시는 스크린을 통해서 인간 가족에게 개가 가져야 할 덕목이 무엇인지를 널리 전파했다. 그것은 바로 충성심, 희생정신, 그리고 무엇보다 완벽한 순종이었다.

어떤 의미에서 래시는 관계 중심의 새로운 계약의 출현을 예고했는지도 모른다. 반려견 훈련사나 동물행동학자들은 오늘날 미국인이 품은 개에 대한 환상에 가장 크게 기여한 문화 아이콘이 래시라는 데에 만장일치에 가까운 견해다.

레슬리 넬슨은 이렇게 말한다.

"많은 사람이 개 하면 낮에는 도시 외곽의 집을 지키고 밤이 되면 식구들 발치에 얌전히 누워 있는 모습을 떠올립니다. 그것이 바로 래시죠. 그래서 우리는 개에게 비현실적인 기대를 합니다. 반려동물이 되려고 이 세상에 태어나는 개는 거의 없습니다. 그들에게는 반려동물 생활로는 채워지지 않는 욕구가 있어요."

많은 개 주인이 이런 간극에 고통스러워한다.

보스턴 외곽에서 남편과 두 살짜리 보더콜리 잡종 엘머를 키우는 사라는 이렇게 말한다.

"때때로 우리가 개를 개가 아닌 것으로 만들려고 엄청나게 기를 쓴다는 생각이 들어요."

엘머는 약간 긴 몸집에 에너지가 넘치는 개로, 몸무게는 18킬로그램 정도. 털은 검고 성글며 보더콜리 종답게 눈이 깊고 따뜻하다. 녀석이 행복하게 산다는 증거는 차고 넘친다. 사라의 집 거실에는 온갖 개 장난감이(고무공, 끈 달린 장난감, 생가죽 뼈 등) 널려 있고, 녀석은 바깥에 나가서 지나가는 다람쥐나 자동차, 특히 UPS 트럭에 대고 마음껏 짖고 뛰어다닌다.

그러나 방 한구석 놓인 철장, 엘머는 식구들이 모두 외출한 낮에 홀로 철창에서 5~7시간을 보내야 한다. 엘머가 철장에서 지내는 데 별 불만이 없다는 것을 잘 알면서도 사라는 죄의식을 떨치지 못한다. 거실 커피 테이블에는 전기울타리 설치업체의 팸플릿이 놓여 있다. 전기울타리를 설치하면 엘머는 우리에서 벗어나 자유롭게 마당을 뛰어다닐 수 있다. 하지만 그럴 수 있는 행복과 이따금 받게 될 약한 전기 충격의 고통 가운데 어느 쪽이 더 클지 사라는 고민이다.

"어떨 때는 녀석의 팔자가 참 좋다고 생각해요. 같이 맥도널드에 가면 우리는 녀석 몫으로 맥너겟 1인분을 따로 주문하거든요. 하지만 어떨 때 녀석을 가만히 바라보면 '아, 우리 집 주변이 십만 평 농장이고 양 떼가 한가득 있으면 얼마나 좋을까?'라는 생각이 들어요. 그렇게 사는 것이 녀석이 더 행복하지 않을까요?"

비키가 씨름하는 문제는 이것보다 한층 미묘하다.

"서스턴에게 할 일이 없다는 건 걱정 안 돼요. 운동을 많이 하니까요. 내가 걱정하는 건 우리가 이토록 가깝게 지내는 것이 과연 우리 둘에게 건강한 것일까 하는 거예요."

비키는 둘 사이의 과도한 상호의존을 걱정한다. 서스턴은 비키가 자리를 비우는 것을 잠시도 용납하지 못한다. 비키가 샤워하면 욕실 앞에 엎드려서 기다린다. 비키는 걱정이다. 게

다가 서스턴은 극도로 예민하다. 목소리를 조금만 높여도 녀석은 불안해한다. 그래서 울 일이 생기면 녀석을 피해 다른 방에 가서 문을 닫아걸어야 한다. 안 그러면 함께 고통스러워하는 서스턴의 눈길을 피할 수 없다. 비키는 또 자신이 서스턴을 너무 걱정하는 것이 아닌가도 걱정한다.

"'그래봤자 개일 뿐이야'라는 말이 아주 싫지만, 때로는 나도 그렇게 생각할 수 있었으면 좋겠어요. 때로는 서스턴을 향한 내 열정이 좀 누그러들었으면 좋겠어요. 이런 마음 이해하시겠어요?"

당연히 이해한다. 개를 향한 열정은 복잡 미묘하다. 가족이나 애인, 친구, 치료사 같은 다른 중요한 관계에서는 상대와 마주 앉아서 서로 감정을 이야기 할 수 있다. 우리에게 필요한 것은 무엇이고 실망스러운 것은 무엇인지, 현재 관계는 어떻고 미래는 어떨지에 대해서. 그러나 개하고는 할 수 없다. 우리와 개 사이의 이런 깊고 넓은 골짜기는 때로는 기쁨의 원천이 되고 때로는 막막함의 근원이 된다. 사라는 개에게 묻고 싶다.

'철장에 들어가는 것이 정말 괜찮니? 우리가 너를 혼자 두고 나가도 나중에 돌아온다는 것을 아니? 집에 있고 싶니, 아니면 바깥에 나가서 뛰고 싶니?'

비키는 10분만 서스턴 마음에 들어가서 녀석이 정말 행복한지, 녀석도 나를 이렇게 심하게 걱정하는지, 도대체 무슨 생각을 하는지를 알고 싶다.

동물과 친밀한 관계를 이루고 살면 우리는 시시때때로 이런 질문에 시달린다. 물론 개가 제공하는 어떤 것은 우리에게 매우 소중하다(삶의 동행, 충성심, 유대감, 책임감). 그러나 개에게 친밀함을 느끼고, 개를 자기 인생의 핵심 자리에 놓는 것은 마음의 혼란을 피하기 어렵다. 커뮤니케이션은 힘들고 때로는 거의 불가능하다. 죄책감에 시달리고, 알 수 없는 것에 시달린다. 그리고 때로 애착의 짙은 안개 속에서 헤매다가 '개는 개일 뿐'이라는 사실을 쉽게 잊어버린다.

루실을 데려오고 처음 몇 달 동안 나에게도 이런 현상이 계속 일어났다. 루실을 태우고 차를 운전하다가 신호에 걸리면, 나도 모르게 다정한 말을 건네곤 했다.

"헤이, 뒤쪽 사정은 좀 어때?"

그리고 고개를 돌려보면 내 눈앞에는 검은 얼굴의 강아지가 앉아 있고 나는 움찔한다.

'이런, 세상에. 동물이랑 같이 가고 있었어.'

나는 녀석의 얼굴을 살핀다.

"내가 무슨 말을 하는지 너는 모르지?"

강아지는 가만히 나를 본다. 호기심이 빛나지만 어리둥절한 눈빛이다. 나는 그냥 손을 흔든다. 이런 황당한 느낌. 동물이라는 것을 잊고 말을 걸다니. 이런 경험은 내게 녀석의 '타자성'을 절감시켜 준다. 개는 커뮤니케이션과 관계의 방식이 나와 똑같은 존재가 아니다. 녀석은 언어를 구사하거나 인간적 관념을 이해하는 존재가 아니다. 또한 녀석은 개의 탈을 쓴 인간이 아니다. 내 차 뒷좌석에 앉은 루실에게는 명백하고 알기 쉽고 미약하게라도 인간과 비슷한 의도란 전혀 없다. 개는 어쨌거나 개일 뿐이다.

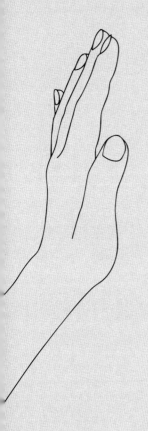

04

나쁜 개

Bad Dog

루실이 썩어가는 다람쥐 사체 속에서 뒹굴고 있다. 우리는 3킬로미터 산책로에 둘러싸인 인근 저수지 프레시폰드에 나와 있다. 녀석은 방금 풀숲이 우거진 언덕으로 뛰어가더니 덤불 속으로 사라졌다. 나무 틈새로 어렴풋이 보이는 녀석의 윤곽선이 천천히 몸을 낮춘다. 사체 위로 한쪽 어깨를 숙인 채 몸을 비스듬히 낮추더니 덥석 몸을 던진다. 다람쥐 내장을 목에 두른 채 몸부림치는 녀석의 긴장된 몸에서 기쁨이 철철 흘러넘친다.

아, 루실.

녀석은 이렇게도 분명히 또 이렇게도 빈번히 자기가 그저 개라는 사실을 상기시킨다. 이 순간 나는 이런 행동을 참지 않기로 하고 루실을 부른다.

"루실, 이리 와!"

아무 반응이 없다.

나는 더 큰 소리로 부른다.

"루실, 이리 오라니까!"

무반응. 개는 오지 않는다.

내 목소리는 더 크고 더 다급해진다.

"루실! 이리 와! 당장!"

결국 루실이 고개를 들고 내 쪽을 흘낏 본다. 그러나 다시 다람쥐로 돌아간다. 뒷다리가 기쁨에 부들부들 떨린다. 내 짜증은 분노로 변하고 기묘한 배신감까지 끼어든다. 루실은 이제 한 살이고, 저런 행동을 하면 안 된다는 것을 안다. 루실은 "이리 와"라는 말을 안다. 그런데도 나를 깡그리 무시한다. 나는 상처받지 않을 수 없다. 나는 아무도 내 이런 실패를 목격하지 않았기를 바라며(자기 개 하나도 못 다루다니 바보잖아) 주변을 둘러본다. 그리고 꽥 소리를 지른다.

"루실! 당장 이리 와!"

마침내 루실은 덤불에서 빠져나와 무슨 일이냐는 듯 천진한 표정으로 나를 본다. 유쾌한 얼굴이다. 녀석은 어쨌건 말을 들었다. 그러니 혼내면 안 된다. 내게 오는 것이(뒤늦게 왔건 마지못해 왔건 간에) 처벌과 연결되어서는 안 된다는 것을 잘 안다. 하지만 부글거리는 분노를 자제하기가 쉽지 않다.

이런 좌절감에는 짜증과 두려움이 뒤섞여 있다. 간단하게 말하면, 연못가에서 덤불을 향해 소리를 질러야 하는 난감함이다. 그것은 두려움이기도 하다. 그 산책로는 꽤 큰 찻길 가에 있다. 그래서 녀석이 찻길과 산책로 사이에 놓인 숲으로 뛰어들면 나는 그냥 숲속의 오물 속에서 뒹구는지 아니면 다람쥐를 쫓아 찻길까지 나가는지 알 길이 없다. 게다가 배신감은 좀 더 복잡하다. 그 배신감은 때로 나 자신도 놀랄 만큼 강렬하게 인다. 불러도 개가 오지 않을 때, 녀석이 이런 식으로 나를 무시할 때, 나는 무능하고 가치 없고 대책 없는 주인이라는 두려움의 우물이 차오른다. 마음에서 작은 목소리가 들린다.

'루실이 안 오는 것은 네가 한심하다고 생각하기 때문이야. 너를 사랑하지 않아서지. 네 인생은 실패야. 개 하나 통제하지 못하잖아.'

인간의 감정이여, 개를 만나보라.

환상과 자아여, 본능을 만나보라.

루실은 대개 총명한 편이다. 영리하고 민첩하며, 강아지 유치원에서 가장 장래가 촉망되는 학생으로 뽑히기까지 했다(이 증명서는 우리 집 냉장고에 자랑스럽게 붙어 있다). 그래도 루실은 개다. 그러니까 나와 무관한 충동과 본능에 휘둘릴 수밖에 없고, 이따금 우리는 충돌한다. 루실은 내가 품은 이상적 개의 환상을 짓밟고, 나는 상처를 입는다. 이렇게 우리는 개를 키우는 사람이라면 누구나 들어서는 감정적 소용돌이의 땅 '복종과 통제'의 나라에 들어선다.

언뜻 보면 이곳의 풍경은 별문제 없어 보이고 길도 잘 나 있는 것 같다. 훈련과 관련한 책을 몇 권 읽고, 복종훈련 교실에 개를 보내고, 여기저기서 귀동냥을 한다. 개는 위계질서의 동물로, 무리에서 자기 위치를 찾아야 한다는 것을 배운다. 야생에서는 '알파'라는 우두머리 개가 규칙을 정하고 실행시키며 먹이 먹는 순서, 처벌 방법 등을 정하고 갈등을 해결하는 역할을 한다. 그러니까 개를 키운다는 것은 바로 이런 역할을 하는 것이다.

'알파가 되어서 개를 통제하라.'

그러나 이 역할은 생각만큼 쉽지 않다. 개를 통제하는 것 자체가 어렵기도 하고(개들의 완강함과 신체적 힘은 때로 우리 예상을 뛰어넘기에), 사람들이 권위를 제대로 행사하지 못하기 때문이기도 하며, 또 개를 통제하는 과정에서 그들과 우리 사이에 놓인 근본적 차이, 다시 말해 그들은 물질 세계에 살고 우리는 정서 세계에 산다는 강고한 현실에 맞닥뜨리기 때문이기도 하다. 개의 우주는 즉각적 충동과 냄새, 소리, 쾌락, 고통으로 이루어져 있고, 우리의 우주는 감정과 환상, 상징, 추상적 사고로 들어차 있다. 개들은 행동하고 우리는 해석한다. 이런 두 가지 존재 방식 사이에 혼란과 갈등의 바다가 출렁인다.

개를 부르는 것을 생각해보자. 부름은 개 주인이 내리는 명령 가운데 가장 중요하고도 가장 문제를 많이 일으키는 항목이다.

루실이 어릴 때, 나는 녀석을 데리고 프레시폰드에 가서 목줄을 풀어주겠다는 기대를 하며 이렇게 상상했다.

'루실은 뛰어놀고 나는 슬슬 산책한다. 녀석은 이따금 한 번씩 내게 돌아와 내 곁을 걸으면서 애정 가득한 눈길로 나를

바라본다.'

인간과 개의 관계에서 이런 상상은 너무도 평범해서 거기 무슨 문제점이 있다고는 보이지 않는다. 하지만 그 이미지의 핵심은 인간은 지배하고 개는 굴복한다는 것이다. 이 이미지는 우리가 개 우주의 중심이며, 개의 사랑과 존경은 자동적이라는 (우리가 그것을 얻으려고 노력할 필요가 없다는) 뿌리 깊은 환상을 말한다. 개가 우리 곁에 있는 것은(그리고 부르면 오는 것은) 그들이 우리를 사랑하기 때문이고, 우리와 함께 있고 싶기 때문이라는 환상.

이런 환상은 생각보다 복잡하다. 겉으로는 그렇게 하기가 쉬워 보이기 때문이다. 초기에 루실을 데리고 강아지 모임에 나갔을 때, 나는 개 주인들이 한가롭게 공원을 거닐고 개는 목줄을 푼 채 그 곁을 얌전히 따라가는 광경을 여러 번 보았다. 그 광경은 내 마음속에 '나도 저렇게 하고 싶다'는 강렬한 열망을 불러일으켰다. 이 이미지는 내 마음속에 간직한 유대 관계나 가족에 대한 더 깊은 열망과 관련 있다.

'그래. 나는 부모도 없고 인간관계가 모두 불투명하지만, 그래도 내게는 이 개가 있어. 내 곁에 바짝 달라붙어 있는 이 개가.'

개는 내게 애착의 상징이었고, 나는 어린 루실을 데리고 열심히 프레시폰드로 나가서 목줄을 풀어주었다. 그러면 녀석은 재빨리 덤불 속으로 사라졌다. 녀석을 이끄는 것은 애착이

나 유대 관계에 대한 환상이 아니라 후각이었다.

내 행동은 내가 읽거나 들은 조언과(명령을 강화할 때가 아니라면 개를 부르지 마라. 개가 목줄에 매여 있어서 말을 안 들을 때 즉각 끌어당길 수 있는 경우가 아니면 개를 부르지 마라) 완전히 어긋났다. 명령을 강제하지 못하면 개는 자신이 가고 싶을 때 가도 된다고 생각할 것이고, 세상에는 주인에게 가는 것보다 재미있는 것이 널려 있는 법이다.

바로 이런 일이 일어났다. 루실은 쉴 새 없이 주변의 잡동사니에 코를 박거나 나무들 틈으로 헤매어 들어갔고, 나는 몇 걸음에 한 번씩 돌아서서 제발 따라오라고 사정했다. 그러면 녀석은 때로는 얼른 따라왔지만 때로는 전혀 말을 듣지 않았다. 단 일주일 사이에 나는 돌이키기 어려운 아주 흔한 오류를 저질렀다. '오라'는 명령이 선택적이라고 가르친 것이다. 명령의 의미는 허공으로 흩어졌다. 나는 소리 지르고 고함치고 때로 길 위에 주저앉아 울어버린다. 그러면 루실은? 물론 그러고 싶을 때 한해서 내 곁으로 슬금슬금 다가온다.

앞서 말했듯이, 인간의 감정이여, 개를 만나보라.

통제란 주인과 개, 또 두 관계의 특성이 복잡하게 조합한 아주 개별적인 문제다. 거기다가 품종과 기질이라는 와일드카드는 통제 문제에 아주 구체적인 내용을 규정한다. 썰매 끄는 사모예드 종을 키운다면 목줄에 매달려서 "천천히 가!"하고 소리치면서 애를 먹어야 한다. 오스트레일리언 셰퍼드를 키우면 조깅족을 쫓지 말라고 가르치는 데 몇 달을(때로는 몇 년을) 보내야 한다. 테리어는 땅을 파고, 래브라도 리트리버는 물속으로 뛰어든다. 센트하운드는 들판을 내달린다. 이런 본능적 충동은 개 성품에 따라 더 커지기도, 작아지기도 한다. 개에 따라서 지배적 성향이 강한 개가 있고 차분한 개, 신경질적인 개, 훈련하기 쉬운 개, 그리고 솔직히 말해서 불쾌한 개가 있다. 이런 온갖 속성이 우리가 개와 맺는 통제 관계의 내용을 특징짓는다.

프레시폰드에서 벌어지는 것만 빼면 루실은 내 통제 노력에 별달리 반항하지 않는다. 오히려 내게 좌절보다는 긍지를 더 많이 안겨주는 편이다. 강아지 시절 어찌나 말귀를 잘 알아듣는지 "앉아"라는 명령을 몇 분 안에 이해했고, 단 며칠 만에 배변훈련을 마쳤다. 루실은 지금도 복종의 임무를 즐거워하는 것처럼 보인다. 자기가 할 일을 정확히 알고 수행하기 때문이다. 어설픈 하이파이브와 완벽한 하이텐을 할 줄 알고, 내가 안아달라면 안아주며, 목줄을 풀고 따라오는 연습을 하면 귀를 납작 접은 채 꼬리를 촐랑이며 내 곁을 걷는다. 그럴 때면 마치 "나도 할 수 있어. 어때, 잘하지?"라고 말하는 듯하다. 또 루실은 보기 드물게 성숙한 개다. 내가 있는 어느 방에서나 조용히 엎드려 잠을 잔다. 우리 집 도우미 아줌마가 루실을 두 번째인가 세 번째로 보았을 때 녀석의 나이를 물었다.

"18개월 됐어요."

내 대답에 아줌마는 입이 떡 벌어졌다.

"말도 안 돼! 열한 살은 된 것 같은데!"

루실의 이런 기질은 내 일상에 중대한 영향을 미치고, 그래서 나는 이것에 감사한다. 내가 이런 태도를 좋아하기도 하지만, 그뿐 아니라 고집 세고 시끄럽고 신경질적인 개와 산다면 얼마나 큰 스트레스겠는가.

그러나 이 역시 제각각이다. 훈련과 질서에 대한 인간의 요구 수준은 그야말로 천차만별이다. 그래서 똑같은 개라 할지라도 어떤 주인은 통제 왕이 되고, 어떤 주인은 회피자가 되며, 어떤 주인은 즐거운 친구가 된다. 어느 날 프레시폰드에 나갔을 때 한 남자가 조깅하며 내 앞으로 달려오더니 물었다.

"혹시 큼지막한 골드 리트리버 못 보셨나요?"

내가 못 봤다고 하니 남자는 어깨를 으쓱해 보이고는 웃으며 뛰어갔다.

"그래요? 그러면 녀석이 나를 찾겠죠."

남자는 전혀 걱정하지 않는 눈치였다. 어쩌면 그동안의 경험으로 개가 그를 찾을 것을 알아서일 수도 있다. 또 그는 나처럼 동물의 안전과 사랑, 존경에 대해 오만가지 질문을 하며 쩔쩔매는 사람이 아닐 수 있다.

10분이 지나지 않아 종종 보던 여자가 포메라니안 개를 데리고 다가왔다. 여자는 적갈색 털이 탐스러운 그 개를 늘 목줄에 묶어 다녔고, 다른 개가 다가오면 얼른 끌어당겨서 안아 올렸다가, 낯선 개가 멀찌감치 사라진 뒤에야 도로 내려놓았다.

때로는 여자가 "이제 됐어, 아가야"라고 속삭이는 소리도 들었다. 몇 번인가 여자는 내게 수줍은 듯 웃어 보이며 "낯선 개를 무서워하거든요"라고 말했다. 그런데 내 눈에는 개가 겁먹는 신체적 징표는 보이지 않았다. 목털이 일어서지 않았고, 짖거나 으르렁거리지도 않았고, 다가오는 개를 피해 주인 뒤로 숨지도 않았다. 그래도 어쨌거나 이 사람에게 별일 아닌 것이 다른 사람에게는 공포의 대상일 수 있다.

또 이 사람에게는 적절한 통제인 것이 다른 사람에게는 혼란의 초대장일 수 있다. 샌프란시스코에 사는 앨리슨은 조용하고 통제된 행동이야말로 자기 개의 직업적 임무라고 말한다. 앨리슨의 개는 스카이라는 셸티 종인데, 앨리슨은 스카이에게 자기가 컴퓨터 앞에 앉아서 일하거나 전화 통화를 할 때 절대 시끄럽게 굴면 안 된다는 것을 확실하게 가르쳤다. 침대나 소파에 올라가서도 안 되고, 칭얼대거나 실내에서 짖는 것도 금지다. "조용해!"라는 말은 스카이가 가장 먼저 터득한 명령어였다.

스카이에 대한 앨리슨의 평가는 간단했다.

"훌륭한 개예요."

보스턴의 응급실 간호사 재닛은 이런 앨리슨을 비웃을지도 모른다. 재닛은 6킬로그램 무게의 포메라니안 테리어 잡종 킴과 산다. 킴이라는 녀석은 도무지 조신하게 앉아 있는 법을 모른다. 끊임없이 칭얼대고 발밑에 스프링이라도 달린 것처럼 깡충깡충 거실을 휘젓고 다니며 잠시도 쉬지 않고 과자를 달라고 조른다. 스스로 혼돈을 즐긴다고 말하는 재닛은 바로 이런 점 때문에 킴을 더욱 사랑한다.

킴에 대한 재닛의 평가는 이렇다.

"훌륭한 개예요."

통제라는 것은 이렇듯이 개의 품종과 기질, 인간의 성격과 스타일, 혼돈에 대한 내성, 권위와 사랑에 대한 규정 같은 온갖 변수를 인간과 개의 유대라는 거대한 냄비에 넣고 자아와 불안정을 약간 가미해서 끓인 결과로 나타난다. 이런 식으로 얼마나 다양한 요리가 만들어지는지 궁금한가? 반려견 공원에 나가서 개들이 별로 예쁘지 않은 짓(예를 들어 바짓가랑이 킁킁거리기)을 할 때 주인들이 어떻게 반응하는지 한번 살펴보라. 나는 온갖 다양한 반응을 경험한다. 낯선 개가 갑자기 내 다리 사이로 코를 들이민다. 그러면 주인이 깜짝 놀라서 개를 꾸짖는다.

"아서! 이 버릇없는 것."

그런데 어떤 주인은 옆에 서서 짐짓 모른 척하거나 때로는 은근히 재미있어한다. 또 다른 주인은 나를 나무란다.

"주머니에 뭘 넣고 있는 거 아니에요?"

그러니까 내 잘못이라는 말이다.

통제와 관련한 것이 흥미로운 것은 이 문제가 통제력 행사의 방법론에만 국한하지 않는다는 데에 있다. 이런 방법을 고민하는 우리 모습이, 바로 우리 자신을, 우리가 누구이고, 우리에게 관계란 어떤 것인지를 드러내 보인다.

　루실을 키우기 시작한 첫해에 나는 지금은 가지 않는 한 공원에서 스코티시 테리어 종 맥그리거를 데리고 다니는 준이라는 여자를 자주 보았다. 맥그리거는 다섯 달 된 수컷으로, 스코티시 종이 대개 그렇듯이, 몸집은 작지만 사납고 고집이 세다. 준은 녀석을 끔찍이 귀여워했다. 맥그리거를 만나고 처음 몇 주 동안 준은 공원으로 뛰어와 선언하듯 말하곤 했다.

　"맥그리거만 보면 미치겠어요! 너무 사랑스러워요!"

　그런데 시간이 흐르자 준은 점점 어려움을 느꼈다. 맥그리거는 준의 말을 듣지 않았다. 불러도 오지 않았고, 앉으라고 해도 앉지 않았으며, 끊임없이 준의 인내력을 시험했다. 기이하게도 준은 매우 사납고 고집 센 여자로, 뻣센 개 한 마리 때문에 쩔쩔매거나 겁을 먹을 사람이 아니었다. 준은 명령을 명확하게 전달했고(맥그리거, 앉아!), 녀석의 불복종을 그냥 넘기지 않았다. 앉으라고 했을 때 녀석이 앉지 않으면 강제로 앉혔다.

　"어떻게 해야 할지 모르겠어요."

　준은 걱정했고, 시간이 지날수록 걱정은 커졌다. 맥그리거는 준에게 대들기 시작했고, 장난감을 뺏으려고 하면 이를 드러내며 으르렁거렸다. 녀석을 욕조에 넣으려고 씨름하다가 발목을 두 번이나 물리기도 했다.

복종훈련 책에서는 이런 경우를 지배력과 공격성의 전형적 사례라고 말한다. 개가 집에서 최고의 위치를 차지하려고 주인과 겨룬다는 것이다. 이럴 때 주인은 권위를 더 직접적으로, 더 분명하게 행사해야 한다. 행동 수정도 더 굳건하게 이루어져야 한다. 개에게 동등한 지위를 부여하는 모든 행동은(사람과 한 침대에서 자는 등의) 중단되어야 한다. 하지만 맥그리거와 준을 지켜보다 보니 준이 지배성 문제를 놓고 녀석과 춤을 추고 있다는 인상이 강했다. 개 행동이 준의 깊은 곳에 자리 잡은 해묵은 감정을 흔들어 깨움으로써, 준은 자기도 모르게 녀석의 지배력을 부추겼다.

준은 자기 이야기를 별로 감추지 않는 편이라서 공원에서 어머니 이야기를 자주 했다. 준의 어머니도 매우 공격적인 성격이다. 독재마녀, 폭군엄마. 이것이 어머니에 대한 준의 평가였다. 준은 반항 가득한 청소년기를 보내고, 열여덟 살에 독립하고는 어머니와의 접촉은 최소한으로 유지했다.

그러나 이 사나운 어머니에 대한 준의 감정은 그리 잘 조절되는 것 같지 않았다. 어느 날은 준이 맥그리거를 자리에 앉히고는 과자를 앞에 놓고 꼼짝하지 말라는 행위를 본 적이 있다. 맥그리거는 아주 잠깐 가만히 있었지만, 곧 일어나서 과자로 다가갔다. 나는 준을 보았다. 준은 녀석을 향해 몸을 던졌다. "안 돼!" 하는 외침이 날카롭게 울리면서 준이 맥그리거의 목덜미를 움켜잡았다. 그리고 다시 한번 "안 돼!" 하고 외치며 녀석을 집어던지다시피 잔디에 주저앉혔다. 흥분으로 손이 덜덜 떨리고, 얼굴은 분노로 일그러졌다. 준이 다시 맥그리거에 달려들려는 기색을 보이자 지나가던 사람이 조심스럽게 준을 제지했다.

"개들은 귀가 밝아요. 그렇게 소리 안 질러도 될 거예요."

그러자 준은 움찔하더니 헛웃음을 터뜨렸다.

"이런, 내가 우리 어머니랑 똑같이 되어버렸네요."

준의 행동을 한동안 관찰해보니 한 가지 진실이 보였다. 준은 개의 공격성 앞에서 무력감을 느꼈다. 분개했다. 개의 행동은 지배력과 통제, 그리고 권력과 관련한 준의 깊은 감정을 건드렸다. 진짜로 맥그리거가 태생적으로 지배적 성향을 지닌 대책 없는 녀석인지도 모르지만, 준 또한 녀석의 그런 성질을 시험하고 가로막고 분개함으로써 이런 갈등에 공헌한 바가 적지 않았다. 개는 십대 시절의 준처럼 반항했다. 성인 여자와 다섯 달 된 강아지 둘이 서 있는 곳은 전형적인 권력투쟁의 장이었다.

그리고 정말 놀라운 것은 개의 통제 문제와 씨름하다 보면, 우리 자아의식의 핵심부에 있는 것들이(불안과 초조, 나와 남에 대한 환상과 망상) 어떤 식으로든 불거져 나온다는 것이다.

준과 맥그리거를 만난 바로 그 공원에서 만난 엘렌이라는 여자는 다른 개를 지켜보며 논평하기를 좋아했다. 키와 몸집이 큰 30대 중반의 대학원생 엘렌은 독선적이고 성마른 성격이다 (또 루실을 자꾸 '루시'라고 불러서 은근히 짜증났다). 개들이 사람들에게 과자를 달라고 조르는 모습을 보면 엘렌은 인상을 쓴다.

"내 개라면 저런 행동은 어림도 없지."

어떤 주인이 개를 부르자 그 개가 쏜살같이 달아나는 모습을 보고 엘렌은 말한다.

"내 개라면 저런 일은 절대 하지 않아."

엘렌의 개 종이(초콜릿 빛깔의 세 살짜리 래브라도) 다른 개보다 특별히 얌전한 것도 있었는데, 엘렌은 자기가 개를 잘 통제한다는 생각에 사로잡혀 있어서, 그것은 거의 안중에 없었다. '나는 완벽한 통제자'라고 쓰인 티셔츠를 입는다고 해도 전혀 이상할 것이 없을 것 같은 엘렌은 개 목줄을 푼 채 공원을 드나들었는데, 그 모습은 내 마음에 불편한 삐걱거림을 안겼다. 그것은 엘렌이 실제로 개에게 완벽한 통제력을 발휘해서가 아니라, 그것을 볼 때마다 내 마음에서 경쟁심이 촉발되었기 때문이다. 그것은 루실에 대한 애착이 내 불안감에 잇닿아 있는 경쟁심이었다.

어느 날 오후 나는 공원에 나갔다가 루실을 불렀다. 그리고 녀석이 말을 들으면 과자를 주었다. 그러자 엘렌이 나를 보고 말했다.

"우, 그건 술수예요!"

작은 사건이었지만, 엘렌 말에는 개에게 과자를 주는 간단한 행위에 정치적 해석이 담겨 있었다. 엘렌의 견해는(그리 드문 견해는 아닌데) 애착과 관련한 것이다.

개는 과자를 보고 오는 것이 아니라
스스로 오고 싶어서 와야 한다.
개는 주인을 사랑해서,
주인을 기쁘게 해주려는 내적 욕망에 따라서 와야 한다.

지금 나는 이 견해는 비합리적이거나 적어도 지나치게 순진한 견해라고 생각하며, 개의 욕망과 관련해서는 뉴스킷 수도원의 견해에 동의한다.

개들은 언제나 사람을 기쁘게 하려는 욕망보다는
자기가 기쁘고 싶은 욕망이 더 강하다.

이 견해는 사람을 기쁘게 해서 좋은 일이 일어난다면(과자를 먹거나 어루만짐을 받는 등), 개들은 그 행동을 자꾸 하려고 하겠지만, 그것을 우리에게 행복을 주려는 순수하고도 이타적 동기에 따른 행동이라고 볼 수는 없다는 것이다. 그러나 나는 복종과 통제력을 사랑과 등치시키고 싶은 욕망의 강도를 이해한다. 그리고 엘렌 말을 들었을 때 마음을 스치고 지나간 수치심도 생생히 기억한다.

'그래. 뭐가 잘못됐는지도 몰라. 내가 불렀을 때 녀석이 다가오는 것은 나에 대한 애착 때문인가? 아니면 내가 들고 있는 이 과자 때문인가? 나는 녀석에게 과자자판기에 지나지 않는가?'

나는 아직도 이런 질문에서 말끔히 벗어나지 못했다. 나는 루실을 인간의 방식으로 사랑한다. 다시 말해, 사람을 돌보듯이 루실을 돌본다. 나는 녀석을 안고 잔다. 문을 열고 들어가서 녀석이 누워 있는 모습을 보면(소파건, 자기 침대건) 자동으로 다가가서 녀석을 쓰다듬으며 다정히 말을 건넨다. 그러지 않을 수 없다. 때로 아무런 이유 없이 과자를 주고 싶을 때, 또 녀석이 참을 수 없을 만큼 귀엽게 느껴질 때, 나는 녀석의 검은 얼굴을 들여다보며 속으로 묻는다.

'너는 이걸 어떻게 생각하니? 이런 내 열렬한 사랑이 따뜻하고 정답게 느껴지니? 아니면 내가 미친 것 같니?'

"어떨 때는 루실이 날 사랑하는 것 같아. 하지만 어떨 때는 집사나 시종이나 뭐 그런 걸로 보는 것 같아."

얼마 전에 나는 친구와 이런 이야기를 하며 웃었다(제임스, 산책할 시간이군. 제임스, 얼린 간을 조금 더 줘). 그런데 이 말에는 내가 가진 저 강도의 긴장 즉, 내 권력과 강제력 대 루실의 존경심에 대해 수그러들지 않는 걱정이 담겨 있었다. 내가 루실을 어루만지며 사랑을 퍼부을 때 녀석은 이런 행동을 사랑으로 여기며 행복하게 받아들일 것인가? 아니면 나를 바보라고 생각할 것인가? 다시 말해서 나를 우두머리로 보고 있나? 아니면 상태는 별로 안 좋지만 마음씨는 그런대로 착한 하인으로 보고 있나?

이런 질문은 개인적으로 내 근원적 걱정과 관련한다. 나는 이제껏 강하고 권위 있는 역할을 한 적 없다. 그래서 개가 내 이런 어수룩한 측면을 알아챌까 봐 걱정이다. 이런 걱정은 나름대로 근거가 있으며, 개 주인 사이에서는 흔히 보는 현상이다. 어쨌거나 개는 본성상 우두머리와 행동규정이 필요한, 다시 말해 위계질서의 위치가 분명해야 하는 동물이다.

루실은 지배 성향이 있는 개는 아닌 것 같고, 내 권위에 도전하려는 의욕이 강한 것 같지도 않다. 그런데 때로 나는 개와 사람 사이에 지킬 어떤 중대한 선을 너무 멀리 넘어가는 것 아닌가, 지휘 지도의 영토를 벗어나 사랑이라는 영토로 헤매어 들어가는 것이 아닌가 하는 걱정에 사로잡힌다.

인간의 강제력과 개의 존경 관계에 대해서는 여러 학설이 있지만, 복종훈련 세계는 크게 세 진영으로 나뉜다. 첫 번째 진영은 가혹하고 냉정한 특징이 있다. 이 진영의 대표 주자인 작고한 빌 콜러는(캘리포니아의 전설적 훈련사로 특히 디즈니영화에 출연한 개를 훈련한 것으로 유명한) 나 같은 주인을 보았으면 경멸을 감추지 않을 것이다. 콜러는 인정사정없는 훈련법을 구사한다. 콜러는 저서에서 감정에 허덕이는 주인을 '겁쟁이,' '빙충이,'

'새가슴' 등으로 부르며 가차 없이 비난한다.

"그들은 '난 못해요' '세상에' '어떻게 어떻게' 하며 노래를
부른다."

콜러의 관점에서 나는 한심한 주인의 표본이다. 과자 따위
로 개를 구슬리고, 개가 얼마나 영악하고 오만한지 알지 못하
는 밸도 없는 사람이다. 콜러에 따르면, 통제란 단호하고 절대
적이어야 하며, 훈련은 확고하고 선명하고 물리적인 방식으로
이루어져야 한다. 그렇지 않으면 개들은 주인에 대한 존경심을
잃는다(그리고 게으름, 엉뚱한 반응, 뻔뻔한 불복종으로 그 경멸을 표현
한다). 개들이 찻길로 뛰어들거나 집배원에 달려드는 것을 예방
하지 못하는 주인은 결국 개를 잃게 된다. 그러므로 개를 향한
사랑은 강인한 사랑이어야 한다.

이 스펙트럼의 반대쪽에 있는 두 번째 진영은 『사랑과 칭
찬, 보상이 딸린 반려견 훈련Training with Love, Praise, and Reward』, 『반려
견 훈련법;온화한 현대 훈련법The Training; The Gentle Modern Method』 같
은 책의 바탕에 깔린 원칙이다. 이 책들의 저자는 개를 인간의
동반자 또는 약간 지적 장애가 있는 어린이로 본다. 개들은 근
본적으로 착하고 따뜻하고 다정하기 때문에, 벌과 강제보다는
친절한 가르침과 긍정적인 강화 프로그램으로 훈련해야 한다
고 했다. 이들은 콜러 같은 훈련사들이 주장하는 강압적 훈련
법은(초임목띠 등을 활용한) 지나치게 가혹할 뿐 아니라 불필요하
다고 본다. 또 개들이 사랑을 경험하는 방식은 인간의 방식과

크게 다르지 않다고 주장한다. 그러니까 개에게 사랑을 퍼부어서 복종을 이끌어낼 수 있다는 것이다. 이런 관점에 마음이 끌리기는 하지만 전체적으로 큰 공감을 얻지는 못한다.

훈련에 대한 세 번째 진영은 가장 규모가 커서, 뉴스킷 수도원, 브라이언 킬커먼스, 매슈 마걸리스 같은 주류 훈련사 또는 훈련집단이 다수 포함되어 있다. 위에 설명한 양극단의 중간 지점에 선 이들은 개에게는 공격성과 선량함이 모두 잠재되어 있다고 보고, 물리적 방식을 동원한 행동 수정과 열렬한 칭찬을 똑같이 강조한다. 이들은 인간적 방식으로 애정을 베푸는 행위를 무조건 배척하지는 않지만, 그 안에 담긴 위험을 경고한다. 개를 사랑하는 것과 개를 통제하는 것은 별개이며, 사랑을 베푼다는 것이 개에게는 전혀 다르게 받아들여질 수 있다는 것을 지적한다.

루실 훈련사인 캐시 드 네이탈이 이 진영에 속한다. 루실이 매일 밤 침대에서 나와 함께 잔다고 말했을 때 캐시의 얼굴에는 황당한 표정이 스쳐 갔다. 많은 훈련사는 개와 특히 어린 강아지와 한 침대에서 자는 것을 금한다. 개에게 인간과 자신이 동급이라는 메시지를 전달하기 때문이란다. 개가 사람에게 달려들거나 밥그릇에 다가오는 사람에게 으르렁거리게 내버려 두는 것도 마찬가지다. 개를 끌어안고 개에게 자유를 주면 기분은 좋을지 모르지만, 개와 인간의 관계에는 꼭 좋다고만은 볼 수 없다. 이런 행위는 주인의 권력을 약화하고 개에게 주인의 권위에 도전해도 좋다는 의식을 형성할 수도 있다.

루실이 훈련 교실에 다니던 초기에 캐시가 나누어준 인쇄물에는 이렇게 써 있었다.

공짜는 없다는 걸 분명히 일러주세요.
먼저 개를 앉힌 다음에 과자를 주든가 쓰다듬어 주세요.

이 글의 논지는 분명하다. 개에게 무언가 좋은 것을 줄 때는 그것이 우리 뜻에 달렸다는 것을 반복해서 인식시키라는 것이다. 하지만 이 글을 읽자 내 마음에는 지식과 감정의 충돌이 일어났다.

'녀석을 쓰다듬고 싶을 때마다 자리에 앉히기부터 해야 한단 말인가? 공짜 먹이는 이제 절대 안 된다는 말인가?'

나는 아무 이유 없이 베푼 수많은 선물과 애정 어린 손길을 생각해보았다. 그리고 밀크본 뼈다귀를 거저 한 개씩 줄 때마다 녀석의 존경심이 줄어드는 모습을 떠올렸다.

개의 통제가 이토록 어렵고, 우리가 그토록 큰 불안을 느끼는 것은, 그것이 우리 내면에 너무나 많은 도전 과제를 던지기 때문이다. 개를 바라볼 때마다(또 우리 마음을 들여다볼 때마다) 내가 존경의 스펙트럼 위 어느 지점에 서 있는지, 내가 속한 진영은 어디인지 따져봐야 한다(이 동물은 도대체 무엇인가? 영악하고 오만한 짐승인가? 개의 탈을 쓴 아기인가?). 우리는 애정 관계를 원하는 자기 욕구와 위계질서를 원하는 개의 욕구 사이에 균형을 맞추어야 한다. 사랑을 베푸는 데 그치지 않고 녀석에게서 그에 응당한 사랑을 이끌어내기 위해 노력해야 한다.

그래서 우리는 때로, 절대로 쉽지 않은 일이지만, 독해져야 한다.

레슬리의 경우를 보자. 서른여덟 살의 레슬리는 두 살짜리 휘튼 테리어 종 윌슨을 키우는데, 이 녀석이 지금 누군가의 조깅 장갑을 빼앗아 물고 달아나고 있다. 윌슨은 각진 몸집에 탐스러운 구릿빛 털, 천진한 얼굴이 곰 인형처럼 귀엽고 사랑스러운 개다. 그런데 녀석이 조깅하는 사람을 보더니 그 옆을 뛰다가 장갑을 빼앗아 달아나버렸다. 레슬리가 기겁해서 윌슨을 소리쳐 부르지만 아무 소용없다.

"내려놔! 윌슨, 내려놔!"

역시 무반응. 레슬리가 윌슨을 쫓아 뛰기 시작하자, 녀석에게 이것은 신나는 놀이가 된다. 레슬리가 손을 뻗을 만큼 거리가 좁혀지면 윌슨은 다시 화살처럼 튀어 달아난다. 윌슨의 눈에 짓궂은 장난기가 가득하다. 그러다가 행인 한 사람이 녀석의 목띠를 잡아 입에서 장갑을 빼낸다. 조깅하던 사람은 짜증스러운 표정으로 장갑을 받아들고 다시 길을 간다.

레슬리는 얼이 빠졌다. 2주일이 지나서도 '정말 창피해 죽겠다'고 말한다. 이 사건은 레슬리에게 수치심과 무력감을 주었다. 그리고 윌슨 때문에 자기도 좋지 않은 말을 들을 것이 걱정이다. 다시 말해, 윌슨이 버릇없이 굴면 그것은 개를 다스리지 못하는 주인이 무능력한 것이 된다.

"사람들이 녀석을 보고 '참 착하네요'라고 말하면 '당신도 착하겠죠'라고 말하는 것 같아요. 반대로 개가 말썽을 부리면 사람들이 나도 한심하게 볼 것만 같죠."

처음 윌슨을 키우기 시작했을 때 레슬리도 나만큼이나 개에 대해 아는 것이 없었다. 필요한 훈련이라고는 배변훈련밖에 없는 줄 알았다. 개가 사람 화장실을 자기 화장실로 생각하지 않으면, 그걸로 훈련은 끝이라고 생각했다. 윌슨은 휘튼 테리어 종답게 활기가 넘치는 개고, 레슬리는 윌슨의 그런 점을 사랑한다. 그런데 그것 때문에 문제도 발생한다. 녀석은 집에 사람만 들어오면 누구건 간에 덮어놓고 뛰어들고 본다. 윌슨을 데리고 산책하러 나가면 녀석이 레슬리를 질질 끌고 달려서 지나가는 사람들이 "사람이 개를 산책시키는 건지 개가 사람을 산책시키는 건지 모르겠다"며 웃음을 터뜨린다.

그런데도 레슬리는 여전히 개를 통제하지 못한다. 적어도 주류 훈련사들이 말하는 방식으로는 말이다. 윌슨이 여섯 달쯤 되었을 때 훈련센터를 찾아갔더니 그곳에서는 '목줄 이용 행동 수정'이라는 상당히 표준적인 훈련법을 알려주었다. 개의 목에 조임 목띠를 두르고 명령을 내린다. 개가 말을 듣지 않으면 목줄을 세게 당겨서 녀석이 잘못하고 있다는 것을 분명하게 인식시키는 훈련법이다.

나는 이 방법이 전혀 문제가 없었다. 개는 쾌와 불쾌를 분별하고 그에 따라 반응하는 물질세계의 동물이고, 그들은 생각보다 강인하다. 하지만 레슬리는 그 방법을 받아들일 수 없었다.

"정말 불쾌했어요. 훈련사는 냉혹하고 권위적이었어요. 목을 조여서 의사를 전달하라니, 상상도 못 해요. 사람에게 그런 식으로 의사를 전달하진 않잖아요."

레슬리는 다시는 훈련센터에 가지 않았다. 레슬리는 목을 조이는 권위주의적 훈련법의 잔혹함에 대해 성토하고는 낮은 목소리로 덧붙였다.

"내가 진짜 원하는 것은 개와 협상하는 거예요."

이 간단한 말(나는 개와 협상을 하고 싶다) 밑바닥에는 동물 본성에 대한, 관계에 대한, 그리고 사랑을 주고받는 것에 대한 온갖 어지러운 질문이 놓여 있다. 레슬리는 병원에서 어린이 환자들을 상대로 일하는 미술치료사다. 레슬리는 윌슨이 개라는 사실을 잘 알지만, 마음 한구석으로는 자신이 대하는 어린 환자처럼 생각하고 싶다. 또 레슬리는 모든 협력관계는 평등해야 한다고 믿는다. 그래서 윌슨과의 관계도 서로 주고받는 상호존중과 타협의 관계이기를 희망한다. 게다가 레슬리는 권위적이라거나 지배 성향이 강한 사람이 아니다.

"한계를 설정하고 통제력을 행사하는 데는 또 한 겹의 강인한 정신이 필요한 것 같아요. 나는 그런 식으로 행동하면 몹시 불편해져요."

권위는 레슬리가 가진 관계 방식, 애정적 유대에 대한 관념, 사랑에 대한 규정과 충돌했다. 물론 이런 갈등이 레슬리만의 것은 아니다.

"제 고객의 30퍼센트가 우두머리 역할을 제대로 수행하지 못합니다. 그들이 가진 사랑에 대한 관념이 그걸 허용하지 않는 거예요."

뉴햄프셔 수의학자 겸 작가인 머나 밀라니는 답답하다는 어조로 말했다. 반려견 훈련사이자 관련 서적 저자로 명성이 난 브라이언 킬커먼스도 개들에 쩔쩔매는 사람들에 대해 말할 때면 상당히 열을 낸다.

"사람이 하면 참지 않을 행동을 개가 하면 참는 사람이 많습니다. 당신의 남자친구가 다른 사람의 바지춤에 코를 들이밀거나 마음에 안 드는 사람을 할퀸다면 그냥 두겠습니까? 하지만 반려동물에게는 그런 기준을 적용하지 않아요. 개가 다른 사람에게 뛰어들어도 '반가워서 그래'하고 말하고, 집배원을 물어도 '그 사람이 개를 화나게 했을 거야'하고 말하고, 개가 말을 들은 척 만 척해도 '못 들었나 봐'하고 넘어가요. 하지만 개의 청력은 인간의 청력보다 훨씬 뛰어납니다."

뉴욕의 훈련사 조디 앤더슨은 대기업 CEO들, 그러니까 날마다 많은 사람을 고용하고 해고하고 통제하는 막대한 권력을 휘두르는 사람들이 정작 개에게는 자기가 식사할 동안 가만히 있으라는 명령조차 내리지 못한 경우를 털어놓는다.

이런 이야기는 재미있기도 하지만 한편으로는 한심하기도 하다. 일터에서는 호랑이 같은 CEO가 집에 돌아가서는 요크셔테리어 한 마리에 쩔쩔매는 모습이라니. 이런 식의 지도력 부재는 참담한 결과를 불러올 수 있는데, 그것은 개의 정신건강은 그 지도력에 따라 크게 달라지기 때문이다.

상황을 책임지고 결정하는 이가 없으면 개는 큰 스트레스를 받는다. 그러므로 개에게 규칙과 한계를 설정해주지 못하는 것, 기본훈련을 시키고 잘못을 교정해주지 못하는 것은 어리석을 뿐 아니라 잔인하기도 하다. 지도력을 세우지 않으면 개의 생활은 말 그대로 망가진다. 통제력이 발휘되지 않는 곳에서 개들은 제멋대로 되고, 결국 사람이 부르건 말건 자기 마음대로 돌아다니다가 교통사고를 당하고 만다(보스턴의 앤젤 메모리얼 동물병원 직원들은 이런 경우를 너무도 많이 봐서 이를 가리키는 용어까지 만들었다. 그들은 개가 자동차에 치이는 것을 '중금속 병'이라고 부른다).

그리고 차에 치이지 않는 개들은 동물보호소에서 죽는다. 해마다 400만~600만 마리 개가 보호소에 버려지는데, 그렇게 개를 버리는 주인의 상당수(약 40퍼센트)가 개와 사는 어려움을 뒤늦게 깨닫고 환멸과 좌절에 사로잡힌 경우다. 이런 수치는 반려견 훈련사들의 가슴을 아프게 한다. 보호소에 있는 개들은 어린 동물이 많다(수용 동물의 25퍼센트가 두 살 이전에 폐기된다). 그들의 주인이 기본훈련에 시간을 들였더라면 구할 수 있던 생명이다. 최근에 퍼듀대학에서 실시한 연구에 따르면, 기초 복종훈련을 받지 않은 개는 훈련을 받은 개보다 보호소에 버려질 비율이 3.5배나 높다. 당연한 일이지만, 훈련은 개의 품행을 개선할 뿐 아니라 개와 주인의 유대도 더 깊게 한다.

그러나 개를 통제하는 데 필요한 태도와 기술은 사람들에게 그리 쉽게 다가오진 않는다. 우리는 냉정해야 한다. 우리에게 익숙한 방식보다 훨씬 더 직접적이고 물리적인 방식으로 갈등을 해결해야 한다. 개의 세계에 애매모호함이란 없다. 늑대에 관한 다큐멘터리에서 어미 늑대가 새끼를 꾸짖는 장면을 보았다면 그들의 신호와 반응체계를 이해할 수 있을 것이다. 어미는 새끼들의 주둥이를 때리고 옆구리를 물고 으르렁거린다. 그 태도는 명확하고 직접적이고 가혹하다.

그러나 인간인 우리가 확고하고 엄격하고 일관된 '알파' 역할을 하려 할 때 문제는 가혹하고 폭압적이라는 마음속 느낌만은 아니다. 이런 행동은 우리가 겪은 여러 가지 불쾌한 기억과 연결되어, 권위주의적이었던 부모나 교사를 상기시키고, 소외당하고 차별받던 오랜 옛 감정을 들쑤셔 일으킨다. 레슬리에게 그랬듯이, 통제력 행사는 우리가 가진 사랑과 보살핌이라는 기본적 이상과 충돌할 수 있다. 특히 우리가 사랑하는 동물이 그 대상이라면 더욱더 그렇다.

내 친구 웬디는 오스트레일리안 셰퍼드 알래스카를 키우는데, 녀석과 함께 산 처음 몇 주는 그야말로 훈련에 정신이 없었다고 말한다. 지금은 세 살인 알래스카는 자기 혈통 특징을 그대로 간직한(20킬로그램의 무게, 실크처럼 부드러운 털에 박힌 흰색과 갈색 무늬, 초록색 눈) 개로, 특히 강아지 시절에는 복슬복슬한 모습이 몹시 귀여웠다. 녀석을 보면 웬디의 본능이 일제히 "끌어안아! 쓰다듬어!" 하고 소리치는 것 같았다. 하지만 전문가는 안 된다고 했다.

"책을 보면 다 한계를 설정하고 규칙을 세우고 우두머리가 되라고 하잖아. 그래서 처음부터 우리는 '아냐!' '아냐!' '아냐!'를 외치면서 살게 되지."

웬디는 이것을 첫아기를 낳은 25년 전 경험과 비교한다. 그때 아기는 많은 시간을 잠만 자며 보내서 웬디는 원 없이 아기를 끌어안으며 넘치는 사랑을 분출할 수 있었다.

"그런데 강아지를 얻는 것은 두 돌은 지난 아기를 얻는 것과 같아. 그게 좀 안타깝지."

통제훈련은 때로 우리의 모성 본능과 정면으로 어긋난다. 우리가 아주 인정머리 없는 사람처럼 느껴지기도 하고, 평범한 결정 하나를 둘러싸고도 죄책감에 휩싸이게 된다.

웬디와 이런 이야기를 나누면서 이미지 하나가 떠올랐다.

석 달 된 꼬마 루실이 철장에 들어가 검은 눈을 끔벅이며 나를 바라보던 모습이다. 아, 그때의 두려움과 고통이라니. 그리고 그 어리석음이라니. 반려견 훈련 책을 보면, 강아지 시절에 철장을 이용해서 훈련을 시키라고 한다. 나도 거기 수긍했다. 개는 잠자는 장소를 더럽히려고 하지 않으니 철장을 이용하면 배변훈련에 도움이 된다. 또 철장은 강아지가 집안 물건을 망가뜨리지 않게 하고, 강아지에게 굴속에 사는 듯 안온한 느낌을 주기도 한다. 그래서 나는 철장을 방구석에 사다 놓고는, 몸부림치기 시작했다. 이성은 강아지의 가련한 울음소리 앞에서는 아무런 힘도 발휘하지 못한다. 잠자기 전에 루실을 철장에 넣으면 루실은 곧바로 낑낑거리고, 나는 침대에 누운 채로 그냥 죽어버릴 것만 같았다.

'저렇게 괴로워하는데, 슬퍼하는데, 다 나 때문이야.'

그렇게 몇 분이 지나면 루실은 진정하고 잠이 들지만, 녀석을 잠시나마 고통에 빠뜨린다는 것이 내게 고문과 같았다. 그러다 녀석이 오줌이 마려워 깨어나면 나는 녀석을 데리고 밖에 나갔다가 들어와서는 내 침대에서 함께 잤다. 그렇게 사흘째 되던 날, 녀석의 울음소리에 깨어서 오줌 누러 나갔다 와서 시계를 보니 11시 30분이었다. 잠든 지 한 시간도 지나지 않은 시간. 개들은 그토록 영리하다. 철장은 추억 속 물건으로 전락했다.

나는 당시 그렇게 쉽게 무릎 꿇은 것을 후회한다. 그 무렵 내가 아는 많은 개 주인이 철장 정책을 꿋꿋이 고수했는데, 그래도 그 개들은 변함없이 주인을 사랑하고 주인의 무릎에 올라와 낮잠도 잔다. 그러나 내 경험은 지식과 감정의 어두운 싸움에 대한 증거였다. 루실을 철장에 넣으면 이성이 아무리 그렇지 않다고 소리쳐도 내 마음 한 부분은 녀석이 분노하고 좌절할 거라고, 그래서 나를 덜 사랑하게 될 거라고 굳게 믿었다.

우리가 사랑에 대해 무엇을 알 수 있을까?

내가 3일이 아니라 3개월간 루실을 철장에 넣었다면, 또 녀석과 한 침대에서 자는 것을 막았다면, 그랬다면 녀석은 나를 덜 사랑했을까? 내가 더 냉혹하고, 더 통제력 있고, 더 강압적이었다면 루실은 나를 더 사랑했을까?

루실이 14개월일 때 보스턴의 동물행동학자 제이 리빙스턴은 내게 이런 말을 했다.

"양쪽의 사랑과 존경이 균형이 맞지 않습니다. 선생님 사랑이 훨씬 크네요."

리빙스턴은 나와 루실을 3분 동안 관찰하고 이런 말을 했다. 나는 루실을 데리고 리빙스턴에게 상담하러 갔는데, 사람과 개의 관계에 대해 이런저런 이야기를 하던 끝에 그가 사람과 개의 관계를 몇 분만 봐도 파악할 수 있다고 했고 그 판단은 대개 옳았다고 했다. 고객과 상담하는 나머지 시간에는 그 판단을 확인할 뿐이라는 것이다. 나는 흥미를 느끼고 물었다.

"그러면 나와 루실의 관계는 어떤가요? 3분 동안 관찰한 모습을 토대로 판단하면요?"

리빙스턴은 개를 오만한 존재로 보는 학파 출신인지라, 내게 오늘날의 개 주인이 얼마나 줏대가 없는지, 개를 다루는 데 필요한 용기와 통제력, 추진력을 어찌나 완강히 거부하는지에 대해 한참 이야기를 했다. 그런 성향을 고려할 때 그가 루실과 나를 모범적 관계로 보리라고는 기대하지 않았다. 그런데 그의 말을 듣는 동안에도 난 루실에 대한 자부심, 루실과 내가 함께 이룬 것에 대한 자부심이 있었다.

나는 그의 말을 메모했다. 내가 공원에서 본 여러 모습, 주인이 아무리 불러도 제멋대로 뛰어다니는 개, 진흙 발로 지나가는 사람에게 뛰어드는 개, 다른 개에게 으르렁거리며 싸움을 거는 개의 모습이 떠올랐다. 그리고 이 세계에서 보고 들은 더 황당한 사건도 떠올랐다. 공격성 높은 핏불 종을 키우는 여자가 훈련사에게 전화를 걸어서는 개의 행동 수정이 아니라 집에서 간이 숙박업을 하려는 계획에 대해 상담을 요청했다는 이야기, 또 한 여자가 4개월 된 강아지가 자신을 따라온다는 사실이 자랑스러운 나머지 목줄도 매지 않은 채 하버드광장을 가로질러 반려견 공원까지 갔다는 이야기 등. 그러다 보니 나는 조금 으쓱한 기분도 들었다. 지배와 통제에서 독재적인 것과는 거리가 멀었지만, 어쨌건 1년 동안 루실 훈련에 큰 노력을 기울였기 때문이다. 그리고 여전히 때에 따라 불러도 오지 않기는 했지만, 전체적으로 루실의 행동은 내 노력을 반영하는 것 같았다. 리빙스턴과 상담하는 동안 루실은 내가 앉은 의자 밑에 엎드려 잠을 잤고, 나는 때때로 녀석을 내려다보며 생각했다.

'내 예쁜 강아지, 내 착한 강아지.'

그렇기에 나는 리빙스턴이 우리 관계에 약간은 호의적인 평을 내려줄 것을 기대했다. "별문제 없어 보이네요"라든가 "지금 관찰한 것만 두고는 뭐라고 딱히 말씀을 못 드리겠네요"라는 식의. 그런데 리빙스턴은 자세를 고쳐 앉고서 말했다.

"몇 가지 반려견협회의 기본 사항은 숙지시키셨습니다. 또 개가 애착을 잘 형성한 것 같군요."

그리고 잠시 말을 멈추었다 덧붙였다.

"그런데 양쪽의 사랑과 존경이 균형이 맞지 않습니다. 선생님 사랑이 훨씬 크네요."

이때 놀라웠던 것은 이 말이 내게 일으킨 상처의 크기였다. 나는 조용히 리빙스턴의 설명을 들었다. 그는 루실이 본래 사역견 혈통인데, 지금은 아무 일도 하지 않고 있다고 했다. 상담실에 들어갔을 때 루실은 이 구석 저 구석 코로 쑤시고 다니거나 선반에 놓인 장난감을 보려고 뒷다리로 일어서기도 했다.

"루실은 14개월이에요. 선생님한테는 아직도 강아지 같겠지만, 제가 볼 때는 이제 저런 행동을 하면 안 되는 청소년기입니다. 저런 행동은 바람직하지 않습니다."

나는 차분하게 고개를 끄덕였다.

"개들은 깊은 사랑과 확고한 통제를 함께 받을 때 가장 건강합니다."

그가 볼 때 우리에게는 그 조건의 두 번째 항목이 결여되어 있었다. 루실은 나보다 주변 환경에 더 관심이 컸다. 제멋대로 돌아다니지 않고, 내 명령을 받을 준비와 내게 정신을 집중하고 있어야 했다. 나는 몇 가지 모호한 질문을 던졌다(그러면 루실이 해야 하는 일이란 어떤 것인가요? 그의 대답. 선생님에게 기쁨을 주는 일이죠). 그런 뒤 나는 노트와 개를 챙겨서 집에 돌아와서는 울음을 터뜨렸다.

그날 나는 내내 미심쩍은 눈초리로 루실을 바라보며 하루를 보냈다.

'내가 루실을 사랑하는 만큼 루실이 나를 사랑하지 않는다고? 나를 존경하지 않는다고? 내가 이토록 사랑하는 이 개는 나를 얼뜨기로 보나?'

내 가장 깊은 곳에 뿌리박힌 두려움이 봇물 터지듯 쏟아졌다.

'너는 사랑받을 자격이 없어. 개도 그걸 알아.'

나는 며칠이 흐른 뒤에야 그리고 루실 담당 훈련사와 몇 차례 대화를 나누고서야 리빙스턴의 말을 나에 대한 평가와 분리하고, 그와 내 통제 개념이 서로 다르다는 사실과 개를 키우는 사람들은 스스로 그 균형을 찾아야 한다는 사실을 받아들였다. 하지만 그래도 그 충격은 가시지 않았다. 그것은 개를 통제하는 것이 인간의 자아와 얼마나 깊이 연결되어 있는지, 사랑에 대한 우리의 두려움이 거기서 얼마나 큰 역할을 하는지 명확히 상기해준 사건이었다.

리빙스턴 분석은 개의 사랑보다는 인간의 공격성과 더 관련이 깊을지도 모른다. 그러나 이 사건은 의외의 방식으로 내 마음에 물결을 일으켰다. 그 상담하던 무렵에 나는 더는 프레시폰드에 서서 덤불로 사라지는 루실을 보며 소리 지르고 싶지 않았다. 루실이 그럴 때마다 나는 너무 겁나고 화났으며, 내가 루실을 사랑한다는 사실 자체가 너무도 불편했다. 그래서 장기간의 행동 수정 프로그램에 돌입했다. 일종의 인간과 개 버전의 관계 개선 프로그램이다. 한 달 동안 나는 매일같이 9미터짜리 목줄과 냉동건조 간 조각을 챙겨 들고 루실과 함께 프레시폰드 근처 축구장으로 갔다. 그러고는 루실을 자리에 앉혀놓고 5~6미터 앞으로 가서는 내가 가진 가장 활기찬 목소리로 부른다.

"루실, 이리 와!"

루실은 고개를 돌린다.

나는 감정을 실어서 다시 부른다. 이번에도 반응하지 않으면 목줄을 잡아당겨서 물고기를 낚아 올리듯 루실을 끌어당길 것이다. 루실은 썩 내키지 않는 듯 꾸물꾸물 다가온다. 하지만 나는 무시한다. 그리고 루실이 내 앞에 도착하면 법석을 떨며 루실을 끌어안고 쓰다듬는다.

"아유, 착해라! 잘 왔어. 참 잘했어요!"

그러고는 얼린 간 조각을 주고 행동을 반복한다.

이런 연습을 하루에 10번, 20번, 30번 반복했다. 때로는 해병대 부사관이 된 것 같았고, 때로는 올림픽대표팀 감독이 된 느낌이었고, 때로는 참을 수 없을 만큼 지루했지만 그래도 계속했다. 그리고 이 훈련은 효과를 발휘했다. 한 달이 지나자 루실은 숲의 썩은 사체를 떨구고 내게로 왔다. 어떤 유혹적인 냄새도 무시하고 다른 개들도 무시했다. 부르면 덤불을 헤치고 나와 내 곁에 섰다. 내 가슴에는 자랑과 안도감이 물결쳤다.

'이제 루실의 눈에 나는 우주의 지배자가 된 것인가? 나에 대해 새로운 존경심이 생겼을까? 아니면 이 모든 게 그저 얼린 간 때문인가?'

누가 알겠는가. 어쨌거나 루실의 응답률은 상당히 높아졌다. 내가 부르면 90퍼센트는 왔다. 그리고 나는 통제라는 것과 관련해서 한결 편해졌다. 물론 그렇다고 모든 것을 초월한 상태는 아니다. 내 자아 일부는 계속 우주의 지배자 역할에 이끌리어, 아직도 잘 훈련되고 주인을 완벽하게 따르는 개를 보면 질투가 솟아오른다. 하지만 나에게는 그토록 높은 수준의 통제력을 발휘할 의지는 필요 없다는 것을 받아들이기로 했다. 그래서 나는 타협한다. 숲에서는 목줄을 풀고 거리에서는 목줄을 맨다. 아직도 시시때때로 루실이 나를 충분히 존경하는지 걱정은 들지만, 걱정의 강도는 줄어들었다(리빙스턴 말은 여전히 불편하지만, 어쨌거나 루실이 밤마다 내 곁에 누워 반역을 도모하지는 않을 것이다). 다시 말해서, 나는 내가 살아가는 데 필요한 수준의(내 자아도 다치지 않고 루실의 안전도 지킬 수 있는) 통제력을 얻었다. 그러나 우리 사이에 무슨 일이 일어나는지, 루실이 나를 어떻게 인식하는지, 루실이 왜 그런 반응을 보이는지, 내가 너무도 모른다는 사실에 나는 아직도(자주 그리고 크게) 놀란다.

나는 어느 정도는 루실의 행동을 성형한 셈이고, 그런 만큼 일정하게 예측도 할 수 있어, 전보다 더 편안해졌다. 내가 통제할 수 있건 없건, 불렀을 때 뛰어오건 달아나건, 루실은 여전히 개다. 불가사의하고 근본적으로 우리가 알 수 없는.

05

안개 속의 개

Inscrutable dog

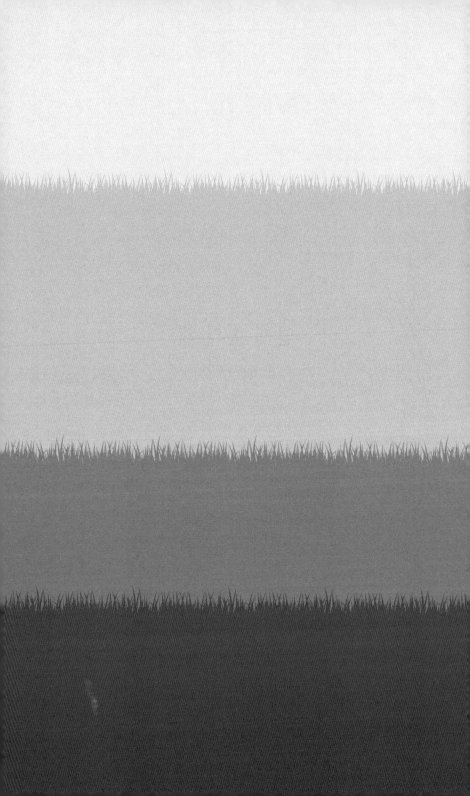

루실이 텔레파시라도 보내는 건가?

우리는 친구 집에서 저녁을 보내고 있다. 루실은 나와 친구가 커피 마시는 주방에 와서 강렬한 눈빛으로 나를 응시하며 앉는다.

내가 루실을 보고 묻는다.

"왜 그래, 루실?"

녀석은 귀를 쫑긋 세우고 나를 바라본다. 온몸이 팽팽히 긴장되어 있다.

나는 뻔한 질문을 한다.

"쉬 하고 싶니?"

루실이 움직이지 않는다. 그게 문제가 아니라는 뜻이다(그게 맞는다면 녀석은 벌떡 일어나서 가볍게 깡충거릴 것이다). 어쨌건 나는 목줄을 묶어 루실을 바깥에 데리고 나간다. 루실은 오줌을 누지만 그게 급했다는 기색은 없다. 그리고 10분 뒤에 똑같은 행동을 반복한다. 주방으로 들어와서 나를 바라보며 앉는다.

90분 동안 이런 일이 반복된다. 나는 이따금 손을 뻗어 루실을 쓰다듬으면서 엎드려 쉬라고 말한다. 그때마다 녀석은 말을 듣지만 곧 다시 몸을 일으켜 나를 바라본다. 분명히 나에게

무언가 요구하는 눈빛이다. 내가 이런저런 질문을 해보지만 소
용없다.

"장난감 줄까?"

녀석은 눈만 멀뚱히 뜨고 있다.

"집에 가고 싶니?"

여전히 반응이 없다. 마치 지금 중요한 약속이나 데이트가
있는데 엉뚱하게 여기 와 있다는 분위기다. 나는 우리 둘 사이
에 놓인 깊고 거대한 커뮤니케이션의 골짜기에 또다시 낙심한
다. J.R. 애컬리가 1965년에 출간한 앨제이션 개에 대한 회고록
『나의 개 튤립My Dog Tulip』에서는 이런 순간을 이렇게 묘사한다.

> 개들의 생활은 얼마나 긴장되고 불안하겠는가. 인간 세계와
> 정서적으로 그토록 밀접한 관계에서 인간의 사랑을 얻으려
> 고 안간힘을 써야 하고, 그들의 권위에 무조건 복종해야 한
> 다. 하지만 인간의 마음이란 개들로서는 완전한 이해가 불가
> 능한 영역이다.

그 순간 루실은 내 마음에 불완전한 이해를 시도하고 있다
(나는 녀석이 뭘 원하는지 뭘 느끼는지 알 수 없다). 나는 애컬리의 글
을 떠올리며 인간의 언어를 못 한다는 것이 개에게 얼마나 큰
스트레스일지를 생각한다.

스트레스는 인간도 마찬가지다. 개와 살면서 개를 이해하

려 하고 그 행동과 감정을 읽으려는 노력은 현실과 상상이 복잡하게 뒤엉키는 것이고, 컴컴한 어둠 속에서 명백한 진실과 억지를 뒤섞는 것이다. 때로 루실과 진실로 마음이 통하는 순간이 있다. 서로 종은 다르지만, 그 골짜기를 뛰어넘어 서로 이해한다고 느끼는 작은 일상이 있다. 눈길 한번, 손짓 하나, 말 한마디에 보이는 녀석의 반응. 하지만 이런 밝은 순간이 있는가 하면, 그날 친구 주방에서처럼 도무지 오리무중인 순간도 있다.

'뭘 달라고 하는 건가? 그게 뭐지? 기분이 안 좋은가? 어떤 기분인 거지?'

그 눈은 아무것도 알려주지 않는다. 루실의 내면은 외계의 영토다. 나는 수많은 개 주인과 마찬가지로 그 미지의 영토로 들어간다. 때로는 맹목적으로, 때로는 조심스럽게. 때로는 우리 사이의 깊은 골짜기를 수긍하고, 때로는 그것을 받아들이지 못하고(자주 그리고 불가피하게) 인간적인 해석으로 미끄러져 들어간다.

다시 말해서, 나는 투사한다. 나는 투사하고 의인화하고 온갖 것을 만들어낸다. 나는 내 감정과 경험의 필터로 루실의 내면을 들여다본다. 이것은 견디기 힘들다. 루실의 눈에서 세상 그 어떤 것도 읽을 수 있기 때문에. 나는 녀석이 나한테 화가 났다고 생각하기도 한다(녀석이 실제로 그러건 말건). 나는 루실이 외롭다고, 우울하다고, 걱정한다고, 슬퍼한다고, 안타까워한다고, 아니면 나 때문에 신경질이 났다고 생각하기도 한다. 얼마 전에 나는 개를 키우지 않는, 그래서 개에게 특별한 정서적 유대감이 없는 친구에게 내가 루실에게 느끼는 이런 감정의 목록을 줄줄 읊은 적이 있다. 친구는 그 항목을(우울, 후회, 두려움, 원망) 가만히 듣더니 빙긋 웃으며 말했다.

"개의 감정은 아주 단순할 거야. 잔다, 좋다, 오줌 마렵다, 싫다, 이런 식으로 말이야."

아마도 그 친구 말이 맞을 것이다. 어쨌거나 나도 루실이 느끼는 감정의 궤적이 나와는 다를 거라고 생각한다. 녀석의 내면은 즉각적, 감각적이며 연상 작용 같은 것도 흔치 않고, 명확성은 훨씬 크되 추상성은 훨씬 적을 것이다. 그런데 이것을 인정해도 '도대체 저 녀석 마음속엔 뭐가 들어 있는지 알고 싶다'는 호기심은 줄지 않고, 내 상상 또한 제동이 걸리지 않는다.

말하자면 개는 텅 빈 스크린이다. 루실은 이따금 아주 강렬한 감정을 느끼는 것 같고, 두 눈에서 뿜어 나오는 흥분과 기쁨, 욕망을 보면 그 방식이 거의 인간처럼 느껴지기도 한다. 하지만 녀석의 진정한 감정은 내게 불가사의다. 루실은 자기감정을 말로 표현할 수 없으니 나는 녀석의 마음을 어렴풋한 짐작과 막연한 추측밖에는 할 수 없다. 하지만 그 추측도 역시(때로는 의식적으로 때로는 무의식적으로) 감정에 대한 나 자신의 이해에 따라 형성된다. 동물의 세계란 그렇다. 녀석은 내게 로르샤흐 테스트(부정형의 그림을 보고 어떤 모양을 상상하느냐를 통해 심리를 해석하는)가 된다. 루실이 크고 검은 눈으로 나를 바라보면 나는 그 텅 빈 캔버스에 슬픔, 실망, 공감, 사랑 등 어떤 감정도 투사할 수 있다. 그리고 녀석이 내게 대답하지 못하니, 자기감정에 대한 내 해석에 이의를 제기하지 못하니, 나는 내가 본 것들만을 움켜쥔다.

친구들을 집에 불러 중국요리를 먹는데, 루실이 다시 주방에 들어와 내 의자 옆에 앉는다. 이번에 녀석의 눈빛은 애처롭고 열렬하다. 이번에는 그 눈빛의 뜻을 알아차린다. 루실은 간청하는 것이다. 머리 위로 '나도 그 소고기 요리를 먹고 싶어. 나도 사천 닭고기 먹고 싶어. 네가 먹는 걸 나도 먹고 싶어' 하는 말풍선이 떠오른 것 같다.

마음에서 불안과 약간의 죄책감이 인다. 녀석이 이토록 원하는 것을 안 주는 것이 싫고, 녀석이 이런 간청의 눈길로 나를 보는 것이 싫다. 그러나 음식을 주지 않는 것은 내가 어기지 않는 원칙이다.

평상시의 저녁, 그러니까 집에 우리 둘만 있을 때는 녀석에게 속 빈 뼈다귀에 사료를 채워서 던져주고 식탁에 앉는다. 이 방법은 아주 효과적이다(루실은 뼛속에 든 먹이를 꺼내 먹느라 내 식사가 끝날 때까지 딴짓을 하지 못하고, 그동안 나는 녀석의 눈길을 피해 편안히 식사를 마친다). 하지만 오늘 밤은 변수가 많다. 새로운 음식, 새로운 냄새, 새로운 사람들, 그러니 녀석은 '새로운 기회가 있지 않을까?' 하고 기대한 것 같다. 그래서 바라본다. 간청하고 간청한다. 결국 나는 견디지 못하고 일어나 서랍 속에 든 생가죽 막대기를 꺼내준다. 루실은 기쁨에 들떠서(드디어 해냈어!) 불법 거래물이라도 낚은 듯이 막대기를 물고 신나게 달려나간다. 하지만 10분이 지나면 다시 돌아와 내 의자 곁에 앉는다. 앉아서 하염없이 바라본다. 나는 다시 갈등에 빠진다. 그리고 다시금 투사의 비탈길에 올라서서, 나 자신의 감정에 따른 해석 속으로 미끄러져 내려간다.

개들은 참으로 대책 없이 순수하다. 이들의 생은 우리가 내리는 결정에 따라 형성되고 한정된다. 그래서 내가 아는 주인들은 예외 없이 이런 책임감의 무게에 시달린다. 이런 생각이 식탁에 앉아 개를 내려다보는 내게 밀려든다.

우리가 무리의 우두머리라는 지위를 어떻게 받아들이건 간에, 우리는 이 동물을 책임지고 있으며, 이들은 생존의 모든 측면을(어디서 잘지, 얼마나 자주 또 얼마나 오래 외출할지, 얼마나 오랫동안 혼자 지낼지, 다른 개들과 놀지 말지, 짝지을지 말지, 만날지 말지, 그리고 식탁 음식을 먹을 수 있을지 없을지) 우리의 손에 맡긴다. 이와 같은 영역은(성생활, 사회생활, 식생활) 사람이건 개건 아주 강력한 느낌을 갖기 마련이다. 그래서 의인화와 투사가 그토록 강력한 충동이 되고, 그토록 저항하기 어렵다. 우리가 다른 존재의 인생을 좌지우지한다면, 그리고 그 존재가 우리가 보살피고자 하는 말 못 하는 동물이라면, 우리의 감정을 거기서 떼어놓는 것, 즉 개의 행동에 우리 감정을 섞어 해석하지 않기란 실로 불가능하다.

이 순간 루실은 음식을 원한다. 이것은 단순한 사실이고 녀석 마음에는 이에 대한 어떤 감정적 연관도 없을지 모른다. '음식, 구미를 당기는 낯선 냄새, 먹고 싶다'가 전부일 수 있다. 캐런 셰퍼드가 자기가 키우는 개 버치의 입을 빌려서 쓴 시는 이런 상황을 4줄로 완벽하게 요약한다.

너 그거 먹을 거니?
너 그거 먹을 거니?
너 그거 먹을 거니?

나도 그거 줘.

그러나 먹는 것, 먹이는 것은 내게 그렇게 간단하지 않다. 내 마음속에서 음식은 아주 복잡한 의미를 띠고 있으며, 음식을 주거나 안 주는 것은 극히 예민한 사안이다. 음식을 주는 나는 사랑이 가득하고 너그러운 주인이다. 그러나 음식을 주지 않는 나는 냉혹하고 야비한 주인이다. 그러면 개는 내가 자기를 사랑하지 않는다고 생각하지 않을까.

이것은 별로 논리적인 생각은 아니지만 이를 품은 감정은 뿌리가 깊다. 이것은 박탈과 충족, 허기와 포만에 대한 내 경험으로 빚어졌다. 나는 다른 여성들과 마찬가지로 내가 가진 열망을 음식을 향한 집착으로 굴절시켰고, 열망과 보상을 둘러싼 정교한 춤을 추었으며, 내면의 이름 모를 공허를 음식으로 채웠다. 루실의 간청하는 눈을 바라보면 이 모든 경험이 파도처럼 밀려들어, 이런 연상을 도저히 피할 수가 없다.

그날 나는 녀석의 눈을 피하려고 최선을 다한다. 접시를 내려다보고 친구들과 이야기한다. 개에게는 아무것도 없다. 마침내 루실이 포기하고 나가 거실 소파에 웅크린다. 나는 주방을 나가는 녀석을 바라보며, 이런 박탈의 경험이 녀석에게는 별일 아닐 거라고 마음을 다진다. 루실은 내 접시의 소고기 요리가 궁금하겠지만, 그것을 어떤 맹아적 허기나 실존적 열망과 연관하지는 않을 것이다. 그래서 나는 다시 식탁으로 고개를 돌리고 마음에 남은 근거 없는 걱정을(녀석이 박탈감에 풀이 죽었나? 정신적 상처를 입은 건 아닌가?) 떨치려고 노력한다. 전투는 승리했지만, 너무도 힘겨운 승리였다.

개를 키우다 보면 이런 전투는 수도 없다. 이는 개와 함께 사는 삶의 핵심적 특징이며, 여기서 음식은(인간의 갈망과 결합하고, 애정적 양육 개념에 둘러싸인) 아마도 우리에게 가장 많은 투사의 현기증을 안기는 주범이다.

개에게 베이글을 구워서 거기에 크림치즈와 라즈베리 잼을 발라서 전용 접시에 담아서 준다는 사람들이 있다. 또 밤마다 개에게 아이스크림을(그것도 날마다 다른 맛으로), 그것도 장식 고명까지 얹어준다는 사람들도 있다. 그리고(나 또한 때로 여기

포함되는데) 자기 먹을 것보다 개 먹이를 준비하는 데 더 많은 시간을 보내는 사람들도 있다. 이런 것은 인간 입장에서는 아낌없이 사랑을 베푸는 행동일 수 있다(개를 먹이는 일은 어쨌거나 우리에게는 친밀한 느낌을 준다). 그런데 우리 스스로 먹을 것에 그렇게 복잡한 감정을 품고 있지 않다면, 그 정도까지 큰 수고는 하지 않을 것이다.

물론 개가 이런 투사의 불길을 부채질한다. 녀석들은 우리를 악기처럼 연주한다. 동물행동학자들의 말처럼, 우리가 개를 훈련하는 것이 아니라 개가 우리를 훈련하는 경우가 비일비재하다. 개들은 자기 의사를 전달하는 데 사람보다 훨씬 분명하고 일관한 태도를 보인다. 또 개들은 먹이와 관련해서는 학습 속도가 매우 빠르다. 어떤 행동에 보상이 따르고 어떤 행동에 따르지 않는지 금세 파악하며, 벌을 받지 않고 넘어갈 만한 행동은 무엇인지, 자기 앞에 놓인 음식을 먹지 않으면 어떤 일이 일어나는지를 금방 알아차린다.

도베르만 핀처 종을 키우는 사라는 먹이에 항상 엑스트라버진 올리브유를 두 스푼 넣어준다. 다른 기름은 절대 안 된다. 질 낮은 땅콩기름으로 때우려고 하면 냄새를 슥 맡아보고는 그냥 외면한다. 사라는 바보 같은 짓이라는 것을 잘 안다. 개를 먹이려고 28달러짜리 올리브유 병을 집어들 때마다 속으로 어처구니없다고 생각한다. 그런데 올리브유가 있어야 개가 밥을 먹으니 개 주인으로서 개를 굶길 수는 없다. 그래서 같은 일이 날마다 반복된다.

브라이언 킬커먼스와 사라 윌슨가 쓴 글을 보면, 개가 밥을 먹는 동안 식구들이 모두 집 밖에 나가 있는 가족 이야기가 나온다. 어쩌다 그렇게 되었는지는 아무도 모른다. 하지만 어쨌건 그 집 개는 식구들이 모두 아파트 복도에 나가서 벨을 눌러야 밥을 먹었다. 이 조건이 충족되지 않으면 개는 밥을 먹지 않고 굶는 방법으로 식구들을 걱정에 빠뜨린다. 그래서 식구들은 줄줄이 문밖으로 나가서 벨을 누르고 개가 밥을 다 먹을 때까지 바깥에서 기다린다. 기가 막힌다고? 그럴지도 모른다. 그런데 나는 판단이 서지 않는다. 나 또한 루실이 밥을 안 먹으면 먹이에 간 파우더와 파르메산 치즈를 얹고 당근과 값비싼 이탈리아 파스타를 섞어서 무릎을 꿇고 손으로 먹인다. 이런 노력을 루실이 어떻게 받아들이는지는 알 수 없다. 그런데 어쨌건 이렇게 하면 루실이 밥을 먹고, 내게는 그게 중요하다.

수의학자나 동물행동학자들은 이런 이야기를 들으면 혀를 찬다.

"제발 정신 차려요, 개는 개일 뿐이라고요. 우리가 그런다고 개들이 알아줄 것 같아요? 비싼 음식, 다양한 음식, 사람이 먹는 음식, 건강식 이런 거 다 필요 없고, 모양이나 색깔이 예쁜 음식도 필요 없어요. 그런 것은 다 주인들에게 마케팅하려고 꾸민 거라고요. 과자가 집배원 모양이건 고양이 모양이건 개가 차이를 알 것 같아요? 침대나 옷 같은 다른 용품도 마찬가지예요. 지난가을 비 오는 어느 날, 나는 완벽한 미용 상태의 흰색 푸들이 파란색 우비를 입고 밖에 나와 있는 것을 본 적이 있어요. 푸들이 정말 그걸 원했겠어요?"

푸들에게 고어텍스가 어떻게 느껴졌을지 짐작하기란 그리 어렵지 않지만, 좀 더 복잡한 전선에서 개의 경험을 측정하기는 그리 쉽지 않다.

레슬리는(휘튼테리어 종 윌슨을 키우는) 1년 내내 개의 거세 문제를 두고 고민했다. 이 문제는 섹슈얼리티, 성적 존재에 대한 레슬리의 감정과 밀접하게 연결되었다. 윌슨이 한 살 때 레슬리는 영화 <101마리 달마시안>을 보았다. 영화에서는 두 주인공 개가 사랑에 빠지고 결혼해서 가족을 이루어 함께 새끼를 기른다. 이 이미지는 레슬리가 윌슨의 생에 품던 환상을 고정했다. 물론 레슬리도 그것이 디즈니영화고, 지나치게 인간적인 묘사라는 것을 안다. 개들은 인간처럼 결혼이나 가정생활을 하지 않는다는 것도 안다. 그런데도 영화는 마음에 남았고, 레슬리는 영화가 보여주는 그것을(성적 사랑을 나누는 개, 성적 존재감을 표현할 기회가 있는 개) 원했다. 거세는 잔혹하고 돌이킬 수 없는 배신이라 생각되었고, 자신이 윌슨의 성적 능력을 해친다는 생각은 악몽으로 바뀌었다.

이런 두려움은 남자들에게 더 흔하다(인간과 동물 유대 연구의 선구자인 앨런 벡과 에이런 캐처에 따르면, 일부 남자들은 남성성을 신체기관의 유무에서 찾아서 개를 거세하느니 차라리 죽이는 것이 낫다고 말한다). 어쨌거나 레슬리는 좀처럼 거세 결정을 내리지 못했다. 수술 약속을 잡았다가 취소하기를 몇 번 거듭하는 동안, 윌슨은 발정 난 암컷 냄새만 맡으면 공원을 뛰쳐나가 차도로 뛰어들기 시작했다. 레슬리는 윌슨의 안전을 위해 다시 수술 약속을 잡아야 했다.

나는 수술 전날 레슬리와 만났다. 레슬리도 이제 수술이 필요하다는 것을 안다. 그리고 해낼 거란 결심도 확고하다. 그러나 윌슨에게 섹슈얼리티란 로맨틱한 어떤 것이 아니라 육체적인 호르몬 반응이라는 사실은 끝내 받아들이지 못한다. 내가 일어서려는데 레슬리가 말했다.

"생각을 좀 해봤는데 암컷을 하나 들여야겠어요. 윌슨의 정관을 자르고 암캐의 난관을 묶으면 공평해질 테니까요. 내가 출근하면 둘이 섹스를 할 수 있게 말이에요."

멋진 환상이지만 개의 현실과는 동떨어진 이야기다. 내가 개의 섹슈얼리티는 사람처럼 깊은 친밀감과 관련이 없을 거라고 말하자, 레슬리는 한숨을 내쉬었다.

"그 말이 맞아요. 하지만 나는 윌슨을 사람 아닌 개로 보기가 왜 이렇게 어려운지 모르겠어요."

실제로 개 주인 가운데 절반 가까이가 이런 어려움을 토로 한다. 펜실베이니아대학에서 시행한 조사에서 응답자의 48퍼센트가 자신들이 키우는 개를 사람으로 본다고 말했다. 그리고 조금 더 과격하게 말하면, 개는 개일 뿐이라는 사실을 잘 아는 사람들도 때로는 이 문제 앞에서 혼란을 느낀다.

정신과 의사 마흔두 살의 밀턴도 자신의 개 젤다를 강아지 유치원에 데려갔을 때 이런 혼란스러운 투사를 겪었다. 개를 키우는 것이 처음인 그는 개들이 노는 모습을 제대로 본 적이 없었다. 개들이 서로 바닥에 때려눕히고 이를 드러낸 채 으르렁거리고 엉덩이를 사납게 쳐대는 모습을 본 밀턴은 참담한 느낌을 피할 수 없었다. 그것은 젤다의 안전이 걱정되어서가 아니라(싸움 놀이는 개에게는 공을 쫓아가는 것만큼이나 자연스러운 행동이다. 밀턴은 이 사실을 잘 알았다), 녀석들이 뛰어노는 모습을 보니, 그의 눈앞에 극도의 수치심 속에 보냈던 중학교 체육 시간이 펼쳐졌기 때문이다(당시 그는 몸집이 극히 왜소하고 운동신경은 한없이 둔했다).

"개들을 보는데 가슴이 울컥하면서 머릿속에 이런 소리가 울렸어요. '젤다가 맞고 있어! 젤다가 맞고 있어!' 내 마음속 오랜 두려움이 솟아오른 거예요."

실제로 젤다는 그 유치원에서 지배 성향이 강한 편에 속했고, 다른 일곱 마리 개를 여유롭게 상대했다. 하지만 밀턴은 아직도 그 생각에 몸서리를 친다.

"놀이시간은 공포였어요."

개를 통해서 자기 어린 시절을 상기하기란 너무도 쉬운 일로, 오히려 안 그러기가 더 어렵다. 나는 예전보다는 루실에 내기억을 투사하는 것이 줄었지만, 루실이 어렸을 때는 항상 녀석의 세계와 내 경험을 뒤섞지 말라고 마음을 다그쳐야 했다. 반려견 공원에서 루실이 다른 무리에 끼지 못하고 바깥에서 빙빙 도는 것을 보면 내 가슴은 미어진다. 그 고통스러운 숫기 없음, 망설임, 자의식, 다른 개들을 바라보는 눈길. 다시 마음을 다그친다.

'개들은 사람처럼 인기 같은 데 연연하지 않아. 외톨이가 된다는 걱정도 없고, 남들과 어울려야 한다는 강박도 없어. 루실은 그냥 놀고 싶지 않을 뿐이야.'

또 루실이 복종 훈련 교실에서 명령 실행에 실패하면, 나는 순간적으로 녀석의 눈 속에 좌절이 지나가는 것을 느끼지만, 곧이어 다시금 성공과 실패를 둘러싼 인간과 개의 차이에 대해서 나 스스로 타이른다.

'루실은 A 학점 못 받을 것을 걱정하지 않아. 개들에게는 수행 불안이라는 것이 없어. 이런 걱정은 다 네 마음속에서 나오는 거야.'

그런데 놀라운 것은 이런 감정이 자동으로 솟아올라서 무의식적으로 개에게 달라붙는다는 것이다. 뉴욕에 사는 편집자 쉰두 살의 벳시는 네 살짜리 티베턴 테리어 종 루시를 데리고 센트럴파크에 갔다가 귀여운 강아지와 함께 온 젊은 여자와 만났다. 잡담하다가 벳시가 젊은 여자에게 개 나이를 물었다. 9개월이라고 했다. 이번에는 젊은 여자가 벳시에게 루시의 나이를 물었다. 그러자 자기 나이도 속여본 적 없는 벳시가 자기도 모르게 말했다.

"두 살이에요."

벳시는 스스로 당황했다.

'이게 도대체 무슨 일이지? 나이 드는 두려움을 개에게 투사한 건가? 아니면 누구 개가 더 예쁜지 경쟁심을 품었나? 그것이 내 자아상에 대한 표현이었나?'

원인이 뭐였건 간에 어떤 것이(어떤 마음의 상처, 어떤 숨겨진 불안, 진실을 감추고픈 어떤 욕구) 일었고, 루시는 그런 감정을 빨아들이는 피뢰침 역할을 했다.

처음 1년 동안 나는 일주일에 한 번 루실을 반려견 놀이방에 데리고 갔다. 놀이방은 매사추세츠 주 서머빌의 한 쓰러질 듯 낡은 3층 건물에 있었다. 거기 들어가면 사방이 온통 개 천지다. 널따란 두 개의 방이 개로 가득 차 있다. 낡은 소파에도 개, 개 침대에도 개, 바닥에도 개, 문 앞에도 개, 큰 개, 작은 개, 중간 개, 온통 개, 개, 개다.

나는 그 광경에 질겁했는데 그것은 개가 무서워서가 아니라, 내가 떠나면 루실이 미아가 된 듯 공황에 사로잡힐 거라는 본능적이고 무의식적인 두려움 때문이었다. 그것은 바로 내가 어린 시절 낯선 사람들 틈에 남겨지면 느끼던 감정이었다. 나는 루실을 끌고 안으로 들어가며 생각한다.

'어쩌지, 루실이 여기 개들의 바다로 떠내려갈 텐데.'

내 안의 어떤 부분이(주목받고 싶던 어린 시절의 나, 사람들 속에 섞이면 항상 불안해지던 나, 사교성과 자신감이 부족한 나) 솟구쳐 올라서 나는 거의 눈물이 터질 지경이었다. 루실을 익명성의 바다로 떠나보낸다는 생각이 그토록 나를 괴롭혔다. 물론 별로 근거 있는 생각은 아니었다. 루실을 보면 겁을 먹었다거나 주눅 들었다거나 그 많은 개 틈에서 존재감을 상실한 기색은 보이지 않았다. 하지만 놀이방 창문에 바짝 붙어 내가 건물 밖으로 나와 차에 오르는 것을 물끄러미 바라보는 루실의 검은 얼굴을 보니 나는 죽고만 싶었다.

이럴 때 가장 답답한 것은 개에게 물어볼 수가 없다는 것이다.

'루실, 놀이방에 가는 게 좋니? 내가 너를 여기 두고 가는 게 좋니? 아니면 그냥 집에 있는 게 낫니?'

그런데 놀이방에 데리고 간 그 자체가 전형적인 투사의 또한 가지 예였다(이런 투사 탓에 우리가 녀석들에게 무언가를 해주려 할 때 무엇이 좋고 무엇이 그렇지 않은지 명확히 판단하기가 어렵다). 개들의 바다에 루실을 두고 떠나는 불안감에도 나는 6개월간 루실을 놀이방에 데리고 갔다. 표면적인 이유는 나 혼자 있을 시간이 필요하다는 것이었다. 그런데 지금 보면 거기에도 투사된 믿음이(녀석은 다른 개들하고 있는 게 더 좋을 거야, 놀이방은 재미있을 거야) 작용했던 건 아닌가 싶다. 루실이 14개월일 때, 나는 같은 이유로 녀석을 반려견 캠프에 데리고 갔다. 시골에 가서 일주일 동안 즐겁게 놀고(루실도 나도), 새로운 친구와 경험도 나누고, 괜찮을 것 같았다. 하지만 지금 돌아보면, 그것은 개보다는 인간이 품은 소망, 즉 우정이나 놀이에 대한 인간적인 규정에 기초한 조금 위태로운 계획이었던 것 같다.

두 가지 모두 인간의 환상에 봉사하는 것이다. 보스턴 지역의 한 놀이방에서는 직원들이 개를 아이들이라고 부르고, 아이들이 밤에 베개 싸움을 한다고 농담한다. 다른 놀이방에서는 밤이면 파자마 파티를 연다고 한다. 개를 의인화하는 경향은 캠프일정표에도 나타난다. 복종훈련, 민첩성훈련 같은 기본 활동 외에 쌍쌍댄스, 꼬리흔들기 대회, 소시지 따먹기 대회 같은 것이 있다.

개들이 정말 이런 것을 좋아할까?

잘은 몰라도 루실은 그렇지 않은 것 같다. 개들은 습관과 일상의 동물이다. 변화를 별로 좋아하지 않으며, 나이가 들수록 더해진다. 또 개들은 낯선 개와 오랫동안 뒤섞여 지내는 것을 피곤해한다. 특히 예민하거나 수줍은 성격의 개는 더욱더 그렇다. 루실이 다닌 놀이방은 낮에는 서른 마리가 넘는 개를 수용했다. 루실은 조용하고 적응력이 높은 편이긴 하지만, 그래도 녀석에게 그 경험이 재미있었는지는 모르겠다.

저녁 무렵 루실을 찾아서 차에 태우면 녀석은 몇 분도 지나기 전 털썩 쓰러지곤 했다. 그럴 때 루실의 얼굴에 떠오른 피로는 익숙한 환경에서 뛰놀 때 보던 것과는 다른 정신적인 피로 같았다. 캠프에는 90마리 정도의 개가 있었고, 루실은 지쳤다. 쌍쌍댄스, 소시지 따먹기에 홀딱 빠져서가 아니라, 그렇게 많은 개 속에 있다는 것이 과도한 자극과 스트레스를 주었기 때문일 것이다.

투사의 위험성을 과장하고 싶은 마음은 없다. 어떤 개에게는 놀이방이 잘 맞을 수 있다. 사교성과 자신감이 크고 강아지 때부터 놀이방에 자주 다닌 개라면 더욱 그렇다. 그리고 개를 8시간, 10시간, 12시간씩 혼자 두는 것이 견디기 힘든 사람에게도 놀이방은 마음의 부담을 더는 좋은 선택일 수 있다. 캠프도 어떤 개들에게는 좋은 경험일 것이다(반려견 대회에 단골 출전하는 개들은 군중 속에 있는 게 익숙해서인지 아주 편안해 보였다. 또 캠프에는 일류 훈련사들이 있기 때문에, 자신이 사는 지역에 이렇다 할 훈련 시설이 없는 사람들에게는 도움이 될 수 있다). 하지만 루실의 스트레스는 내게 인간의 관점과 개들의 욕구 사이의 간극이 얼마나 큰 혼란을 만들 수 있는지를 가르쳐주었다.

투사된 감정 하나는 다른 감정, 또 다른 감정으로 이어진다. 이것은 러시안 인형처럼 서로 안쪽에 겹겹이 포개져 있다.

개와 나

내가 루실을 놀이방이나 캠프에 데리고 간 것은 아주 일찍부터 나를 괴롭히던 한 가지 의구심 때문이었던 것 같다. 루실이 나랑 사는 것을 별로 좋아하지 않을 거라는 생각, 더 재미있고 신나는 주인이랑 살고 싶을 거라는 생각, 그러니까 루실이……지루할 거라는 생각.

인간관계에서 나는 늘 이런 두려움에(내가 사랑하는 사람들이 내게 흥미를 잃을 거라는) 시달린다. 그러니 개라는 텅 빈 스크린을 앞에 두고 그런 감정이 다시 튀어나온 것이 그리 놀랍지는 않다. 녀석이 자기 침대에서 나를 바라본다. 속을 읽을 수 없는 무심한 표정이다. 그러면 내 머리에 가장 먼저 떠오르는 생각이 있다.

'루실이 지루해하고 있어. 내가 지겨운 거야. 당연하지.'

나는 때로 이런 생각 때문에 미칠 지경이다.

얼마 전, 비바람이 몰아치는 어느 추운 날 오후에 루실과 나는 외출을 생략하고 대신 내 친구 톰 집에 놀러 갔다. 톰은 코디라는 오스트레일리안 셰퍼드를 키웠는데, 루실은 코디를 좋아했다. 편안한 오후였고, 개들도 사람들도 즐거웠다. 톰과 나는 따뜻한 아파트에서 커피를 마셨고, 개들은 거실에서 서로 엉켜 놀았다. 루실은 톰과 코디를 모두 좋아하는 것 같다(그의 집에 갈 때마다 녀석은 계단 위에서 춤이라도 추는 듯하다).

그날 오후 나는 계속 루실의 기색을 살폈고, 행복한 그 모습에 만족했다. 루실은 감정을 늘 뚜렷하게 드러내는 개는 아니다. 어떤 개는 본성이 명랑하고 쾌활해서 쉴 새 없이 꼬리를 흔들고, 즐거운 표정이 가시지 않는다. 하지만 루실의 표정은 주로 심각하고, 행동은 차분한 편이다. 그래서 실제로는 편안히 쉬는 건데도 언뜻 우울하고 상심한 것처럼 보일 때가 있다. 그런데 톰 집에만 가면 녀석은 기쁨을 발산한다. 우리 앞에 다가와서 꼬리를 흔들고 입을 맞춘다. 신이 나서 코디에게 달려간다. 녀석의 눈빛은 서커스에 간 어린아이처럼 반짝인다. 그렇게 두 시간이 지나서 집에 돌아오자, 녀석이 자기 침대에 가 엎드린다. 그 표정은…… 시무룩했다. 무표정한 얼굴, 반짝이던 기쁨은 사라졌다. 나는 가슴이 덜컹 내려앉는다.

미칠 지경이 되는 건 바로 이런 순간이다. 실제로 개는 그냥 지쳤던 것일 수 있다. 무표정한 얼굴은 육체적 피로 이상을 가리키는 것이 아닐 수 있다. 하지만 내게는 그것이 실망으로 보였다.

'코디가 보고 싶어. 코디네 집이 우리 집보다 훨씬 재미있어.'

루실이 비교하고 있을 것 같았고, 체념의 한숨을 쉬는 것이 들렸다.

'다시 왔군. 이 지겨운 집에 말이야. 아 지루해.'

이런 생각이나 감정은 개의 것이 아니다. 나도 잘 안다. 나는 다시 나를 다그친다. 개하고 사람은 지루함을 느끼는 방식이 다르다. 개가 지루해지는 것은(정확히 말해 불안해지는 것은) 너무 오랫동안 혼자 있거나 운동을 충분히 못 하거나 자극이 부족할 때이다.

루실에게는 이런 것이 전혀 해당하지 않는다(오히려 정반대다. 나는 하루에 두세 시간씩 녀석을 꼬박꼬박 운동시킨다. 산책도 거르지 않고, 코스를 단축하는 일도 없다. 장마가 닥쳐도 녀석을 데리고 숲으로 나갈 것이다. 지루함을 떨쳐낼 일념으로 나는 개를 약간 혹사하는 경향이 있다). 그리고 개들은 익숙한 환경을 더 편안해한다. 밤이면 밤마다 소파에 누워 빈둥거리며 지내면 나는 끔찍할 만큼 지루한 일이겠지만, 루실에게는 천국일 것이다.

무엇보다 개들은 비교 같은 것을 하지 않는다. 다른 곳에 있기를 바란다거나 다른 주인을 꿈꾼다거나 더 멋진 환경을 상상하지 않는다. 루실이 이런 생각을 할 수 있다는 관념 자체가 전혀 말이 되지 않는다. 나는 잘 안다. 그러나 인간의 불안이 말 못 하는 짐승을 만나고, 거기 약간의 편집증이 더해지면, 거기서 투사는 피어오른다.

다시 말하면, 이것은 내 문제다. 나는 지루해지는 것이 두렵다. 지루한 상황이 극히 싫다. 내 기억에서 지루함은 항상 소외와 좌절, 우울과 결부되어 있다. 나는 또 내가 지루한 사람일 거라는 생각이 두렵다. 나는 재미도 없고 매력도 없으며, 나와 친해지면 누구라도 그 사실을 금세 알아챌 거라는 생각이 두렵다. 이런 불안이 루실에게 투사된다. 루실의 멍한 눈을 보면, 녀석이 나와 같은 방식으로 지루함을 겪는 건 아닐지 두렵다.

그리고 그 못지않게 섬뜩한 것은 녀석의 텅 빈 표정 속에서 내가 가진 최악의 모습을 발견한다.

'사람들이 내 곁에 있는 건 아직 다른 기회를 못 찾았기 때문이야.'

이런 고통스러운 두려움은 내 마음 깊은 곳에 산다. 바이러스처럼 끈질기며, 어떤 논리로도 격파되지 않는다. 이런 감정이 불끈 일어나면(루실이 지루해해. 어떡해, 지루해해) 이성은 종적을 감춘다. 내 두려움이 녀석의 현실이 된다.

나는 내 개고, 내 개는 나다. 둘 사이의 경계는 이렇듯이 삽시간에 흐려진다. 뉴욕 동물병원의 상담부장 수잔 코언은 바로 이런 이유로 투사가 진단에 흥미로운 도움을 준다고 말한다.

"누군가 개 행동에 인간적 해석을 한다면, 바로 그 지점을 탐색하면 됩니다. 그것은 개하고는 별로 상관없지만, 그 사람이 무얼 생각하는지, 무얼 희망하고 두려워하는지, 무얼 느끼는지 말해주지요."

내가 투사를 통해 들어가는 곳은 대개 두려움의 영역이다(나는 루실의 눈 속에서 내 가장 어두운 두려움을 읽는다). 하지만 나와 정반대 방향으로 가는 것도 얼마든지 가능하다. 즉 개의 눈 속에서 온갖 고상하고 아름다운 감정을(실제로 그런 게 있건 없건)

읽을 수도 있다.

1년 전쯤에 나는 인터넷 반려견 사이트에서 플로리다에 사는 마흔한 살 마샤가 올린 글을 읽었다. 며칠 전에 마샤는 식탁에서 먹던 피자 부스러기를 네 살 에어데일 테리어 개와 5개월 된 딸에게 주었다. 그러자 개가 갑자기 아기에게 으르렁거리며 허공을 무는 시늉을 했다. 마샤는 알 수 없었다.

"개가 왜 그럴까요? 제가 걱정해야 하는 일인가요? 무슨 조치를 해야 하나요?"

마샤의 질문에 사람들이 열심히 댓글을 달았다.

"공격성 경보! 개가 아기를 먹이의 경쟁자로 생각하는 거예요."

"맞아요, 걱정해야 해요. 에어데일 개들은 자칫하면 아주 사나워져요."

"맞아요, 조치를 해야 해요. 복종 훈련을 시키고, 먹이를 준비하는 동안 꼼짝 말고 기다리게 하고, 사람과 따로 먹이세요."

마샤는 이런 댓글이 별로 믿기지 않았다. 그러고 나서 마샤는 나와 이메일을 주고받았는데, 마샤는 이 사건을 일회성으로 받아들였고, 개가 아기에게 해를 가할 수 있다는 생각은 전혀 하지 못했다.

"개가 아기를 얼마나 사랑하는데요. 자기 꼬마 동생이라는 것을 잘 알아요."

이것은 근거 있는 믿음인가? 아니면 개를 인간화한 소망인가? 아기를 생각하면 전자가 좋을 것이다. 그러나 마샤의 감정은 개를 인간과 다름없는(인간처럼 사랑과 충성과 헌신을 바치는) 존재로(널리 퍼져 있지만 때로 위험하기도 한) 보고 싶은 소망에 뿌리를 두고 있다.

이 소망은 여러 방식으로 표출되어 우리 마음 깊은 곳에 흐른다. 요즘 개 주인들 옷깃 단추에 새겨진 글귀가 생각난다.

'개는 털옷 입은 사람이다.'

반려견 공원에서 만난 도베르만 주인 여자가 생각난다. 여자는 6개월 된 어린 개가 자기가 물을 사러 길을 건너갔다 올 동안 목줄이 풀린 상태에서도 얌전히 가방을 지키고 있었다고 자랑했다. 루실이 어렸을 때 공원에서 자주 만난 독일셰퍼드 남자 주인도 생각난다. 그 개는 루실만 보면 목털을 세우고 이를 드러내며 덤벼들곤 했다. 그러면 남자는 즐겁다는 듯 웃으며 말했다.

"친하게 지내고 싶어서 그러는 거예요. 같이 놀고 싶어서요."

우리가 갖고 싶은 훌륭한 속성을 우리 개가 구현하고 있다는 생각은 매우 유혹적이다. 개는 금세 우리 인격의 연장이 되고(개의 행동이 우리 덕망을 높여주기를 바란다), 쉽게 이상화의 대상이 된다. 그래서 많은 사람이 자신이 가진 희망의 렌즈를 통해서 개를 보고는, 이상적인 관계를 뒷받침하는 여러 증명 사례를 갖다 대는데, 그것을 거부할 수 없게 된다. 저 허공을 물어뜯는 에어데일은 우리 행복을 바라는 성실한 가족의 일원이다. 저 6개월 된 도베르만은 충성과 영민함이 넘치는 동반자다. 사나운 셰퍼드는 그저 애정이 넘치고 활달한 것이다. 개는 개의 탈을 쓰고 있을 뿐, 우리를 사랑하는 사람이라는 환상은, 투사된 소망은, 깊고 질기다.

나는 개를 낭만적으로 보고자 하는 충동을 이해한다. 나도 그런 충동에서 자유롭지 못하다. 내가 의자에 조용히 앉아 있으면 루실은 하루에 적어도 한 번은 다가와서 내 손에 코를 문지른다. 이런 순간 나는 우리 둘의 유대를 확인하는 깊은 교감을 느끼고, 이런 느낌은 내게 몹시 소중하다. 녀석이 내게 손을 달라고 한다. 내가 손을 내밀면 녀석은 몇 분간 내 손을 핥는다. 그럴 때면 녀석은 소금을 핥는 새끼 사슴 같다. 귀는 뒤로 접히고, 행동은 조용하고 단호하다. 그리고 때때로 흔들림을 막으려고 앞발을 내 손목에 얹는데, 이 행동은 내게 너무도 섬세하고 따뜻하고 다정하게 느껴진다.

'정말 그런가?'

나는 이게 사랑이라고, 루실 나름의 키스라고 생각하고 싶다. 하지만 녀석이 다른 것(예를 들면 핸드로션의 맛) 때문에 그러는 것일 수도 있다.

'어떤 해석이 맞을까?'

나는 루실의 손 핥기는 로션하고 나를 동시에 좋아하는 행동이라고 생각하는 쪽을 선택한다(어쨌건 녀석이 핥는 건 내 손이니까). 그러나 이것은 명백한 사실이 아니라 개와 나누는 사랑에 대한 내 방식의 해석에 기초한 선택적 견해임을 나는 잘 알고 있다.

그래서 어쩌면 우리에게 남는 것은 선택뿐이다. 개에 대해 극히 낭만적인 견해를 담은 책 『개는 사랑을 속이지 않는다 Dogs Never Lie About Love』에서 저자 제프리 무세예프 메이선은 자기 개 세 마리를 데리고 산책하는 이야기를 썼다. 함께 산책하다가 한 마리가 무리에서 떨어지면 두 마리가 멈추어 서서 동료를 기다린다는 것이다.

개들은 자기들이 옳다는 듯, 나 또한 함께 기다려야 한다는 듯 나를 바라본다. 그들은 셋 중 하나라도 무리에서 빠지면 움직이지 않는다.

어떤 사람들은 이런 행동을 오직 본능과 연관해서 해석한다. 개의 조상인 늑대에게 무리를 보존하는 행동은 생사를 가르는 일이기 때문이다. 하지만 메이선은 정서적인 해석을 선택한다.

이런 행동은 녀석들의 동료애를 뚜렷이 보여준다.

그럴 수도 있고 아닐 수도 있다. 어쨌건 메이선도 개들의 동료애가 인간의 동료애와 같은지 어떤지는 결코 알 수 없을 테고, 나 또한 루실이 내 손을 핥는 것이 로션 때문인지 사랑 때문인지 끝내 모를 것이다. 그들은 개다. 우리에게 아무것도 설명하지 못한다. 그리고 나 또한 그들의 설명이 꼭 듣고 싶은 건 아니다.

루실이 한 살가량 되었을 때 주변에서 '이종 간 텔레파시 커뮤니케이션'이라는 이야기를 들었다. 텔레파시로 동물과 대화할 수 있다는 것이다. 나는 《뉴욕》잡지에서 그 기사를 읽었는데, 뉴욕의 한 반려동물박람회에서 열린 세미나는 입석 참가까지 받을 정도로 성황을 이루었다고 했다. 반려견 쇼핑몰에도 그에 대한 광고지가 쌓여 있었고, 루실의 훈련사도 자기 고객 중에도 동물 커뮤니케이터와 상담하는 고객이 많다고 했다. 지난 몇 년 동안 이 활동은 일종의 사회운동 비슷한 지위를 얻었다. 그 분야 사람들은 동물의 감정 질문에 아주 똑 부러지는 대답을 한다.

"네, 동물도 우리처럼 사랑이나 연민 같은 감정을 느낍니다. 종의 경계를 뛰어넘는 직접적 커뮤니케이션이 가능합니다."

300년 전에 누가 이런 주장을 했다면 화형대가 그를 기다

렸을 것이다. 당시는 동물에게 감정이 있다는 생각 자체가 이
단이었고, 그 시절 학문을 장악한 교회로서는 이런 견해를 유
지해야만 했다. 동물에게 의식과 감정이 있다면, 동물이 영
혼이 있는 존재라면, 교회는 엄청난 윤리적 문제에 부닥쳐야
한다.

'감정과 정서가 있는 동물을 어떻게 잡아먹을 수 있는가?
어떻게 그들의 자유 의지를 부정하고 강제 노역을 시키는가?
천국에는 이 동물 영혼들이 갈 자리도 마련되어 있는가?'

동물은 아무것도 느끼지 못하는 살아 있는 기계로 여기는
쪽이 훨씬 편리했다. 동물에게 의식이 없다고 주장한 최초의
학자는 17세기 철학자 르네 데카르트다. 그의 주장을 이어받은
니콜라 드 말브랑슈는 이런 말을 남겼다.

"동물은 먹지만 즐거움을 모르고, 울지만 슬픔을 모르고,
행동하지만 이유를 모른다. 그들은 욕망하는 것도 없고 두려워
하는 것도 없으며, 아는 것 또한 없다."

오늘날의 관점으로 보면 어처구니없고 잔인하기까지 하
지만 이런 견해는 오래도록 면면히 이어져 내려왔고, 1950년대
행동주의 심리학자들의 기계론적 관점으로 계승되었다. 이들
에 따르면 동물을 움직이는 것은 정서가 아니라 본능이며, 뉴
런, 근육, 호르몬처럼 외적으로 관찰 가능한 것이다. 적어도 과
학의 영역에서는 동물의 내면은 탐구 대상이 아니었다.

현대 과학자들도 동물의 감정을 학문의 영역으로 끌어안

았다고 볼 수는 없다(여기에는 동물이 자기 느낌을 직접 말해줄 수 없다는 실제적인 이유도 있다). 그러나 일반 대중은 분명히 이런 시도를 하고 있다. 반려동물에게 쏟는 애정이 커지고, 동물을 어떤 수단이 아닌 삶의 동반자로 여기는 경향이 강해져서 요즘 사람들 눈에는 데카르트 같은 사람이 오히려 이단으로 보인다.

우리는 동물이 감정을 느낀다는 견해에 깊은 관심을 기울이고 있으며, 그 구체적 내용을 알고 싶어 촉각을 곤두세운다. 지난 5년 동안 개 주인들은 엘리사베스 마샬 토머스의 『개들의 숨겨진 생활The Hidden Life of Dogs』(1993년), 스탠리 코렌의 『개의 지능The Intelligence of Dogs』(1994년), 제프리 무세예프 메이션의 『코끼리가 울 때When Elephants Weeps』(1995년)와 『개는 사랑을 속이지 않는다Dogs Never Lie About Love』(1997년)처럼 정서 쪽에 기운 저자들을 베스트셀러 작가로 만들어놓았다. 그리고 일부 주인들은 이런 흐름을 조금 더 멀리 밀고 나가서, 동물 커뮤니케이터 같은 사람들을 찾아간다.

나도 궁금함이 발동해서 그중 세 사람에게 전화를 걸어보았다. 하지만 그들이 루실에게서 실제로 무엇을 듣는가 하는 것보다는 동물과 대화할 수 있다는 주장 자체에 더 호기심이 갔다. 세 사람은 비슷한 방식으로 작업했다. 가격은 한 번에 45달러에서 65달러 사이였다. 그리고 작업 자체가 텔레파시로 이루어져서 굳이 그들에게 루실을 데리고 갈 필요도 없었다. 그냥 전화를 걸어서 루실에 대해 설명하고 궁금한 것을 물어보면 그들은 전화로 개와 커뮤니케이션했다.

놀란 것은 감정이 배제된 그들의 담담한 태도였다. 내가 일반적인 질문을 한다(루실은 행복한가요?) 그러면 몇 초의 시간이 흐르고(커뮤니케이터가 텔레파시를 주고받아야 하니까) 아주 명확한 대답이 되돌아온다.

"네, 아주 행복해요. 루실은 선생님과 사는 것을 한없이 기뻐하고 있어요. 선생님이 왜 그런 질문을 하는지 모르겠다고 하네요."

더 구체적으로 질문해도 마찬가지다.

"루실이 가장 좋아하는 놀이 친구는 누구죠?"

"살구 빛깔의 스패니얼 개가 보이네요."

"먹이에 문제는 없나요?"

"채소를 좀 더 먹고 싶다는군요.

그들의 말투는 확신에 차 있었고 절대적이었다. 그들의 신념도 마찬가지였다.

'물으라, 그러면 들을 것이다.'

이 얼마나 간단한가.

나는 이것이 조악한 사기라고는 생각하지 않았다. 커뮤니케이터들은 모두 제정신인 것 같았다. 그들의 태도는 진지했고, 진실로 개와 접촉한다고 믿었다. 물론 그들과의 통화가 내 머릿속을 특별히 밝혀준 건 없지만, 찻잎에 대한 글을 읽는 듯 신선한 경험이었다.

개와 나

'한없이 기뻐한다고?'

듣기 좋은 말인 건 분명했다.

'스패니얼 개? 시금치? 글쎄, 알 수는 없지.'

나는 고개를 끄덕이며, 노트에 질문들을 끼적였다(그런데 포르투갈 워터 독은 포르투갈어를 할까). 그리고 나는 채소를 사들이지도 않았다.

그러나 그들의 말이 모두 재미있던 것은 아니다. 루실에게는 두 가지 공포가 있다. 나는 세 명의 커뮤니케이터 모두에게 이것을 물었다. 첫 번째 공포는 고속도로 운행이다. 루실은 고속도로 운행을 싫어한다. 이유는 분명하지 않지만 고속도로에만 나가면 뒷좌석에 앉은 채 벌벌 떨었고, 트럭이 옆을 지나갈 때마다 몸을 아래로 곤두박질쳤다. 두 번째는 파리 공포증이다. 한 살 무렵 버몬트 주의 한 농가에서 일주일간 지내다 온 이후 생긴 것이다. 그 집은 낡고 으슬으슬했으며, 밤이면 전등 주변에 나방이 잔뜩 몰려들었다. 당시 남자친구였던 마이클은 잡지를 말아 쥐고 나방을 쫓거나 그게 안 되면 벽에다 철썩철썩 때려서 죽였다. 루실은 이 행위가 겁나는 듯했다. 철썩 소리가 나면 자기 침대로 슬금슬금 기어들었다. 파리 공포증은 우리가 집으로 돌아오고서 구체적으로 나타났다. 집안에 파리 소리가 윙윙 나면 루실은 불안한 표정을 짓고 일어나서 다른 곳으로 갔다.

두 명의 커뮤니케이터는 막연하지만 나름대로 일리 있는

해석을 내놓았다. 고속도로 운행은 속도 때문에 불편함을 주는 것이고, 파리에 대한 두려움은 버몬트에서 벌에 쏘여서 그럴 거라는 거였다. 그런데 세 번째로 전화를 건 매사추세츠 주 셔번에 사는 마샤라는 여자는 좀 더 복잡한 이야기를 했다.

"아, 참 슬픈 이야기예요."

마샤는 루실이 전생에 검은 머리, 갈색 피부를 가진 못된 부부와 살았는데, 그 부부가 루실을 학대했다고 했다. 루실이 마샤에게 전생의 한 장면을(그 부부가 고속도로를 달리다가 녀석을 차창 밖으로 던져서 죽인 순간) 텔레파시로 전한 듯했다. 마샤는 루실과 나눈 대화 녹취록을 보내주었다.

"내가 죽어갈 때 파리가 사방에 날았어요. 파리는 내 눈에도 들어오고 내 살을 뜯어 먹었어요. 파리가 아주 크고 무서웠는데, 나는 너무 아팠어요."

그래서 고속도로와 파리를 동시에 두려워하게 되었다고 한다.

나는 마샤가 보내준 글을 읽고 한 마디도 믿기지 않는 것이 다행이라 생각하며 고개를 저었다.

'이것이 개의 두려움인가? 사람의 두려움인가?'

개의 의인화나 검증되지 않은 투사를 볼 때 내가 안타까운 것은 개의 경험이라는 닿기 어려운 진실을 전화 한 통화로 알아낼 수 있다는 생각이다. 커뮤니케이터 가운데 한 명은 상담이 끝나갈 무렵 내게 직접 루실과 대화하는 법을 배울 것을 권했다. 머릿속에 녀석에게 보낼 이미지를 떠올리고, 나 또한 마음을 열고 녀석의 의식 속에 있는 이미지나 감각을 받아들이라는 것이다.

"루실이 선생님과 대화하고 싶대요. 언제나 선생님을 돕고 싶답니다. 아주 간절히요."

나는 전화를 끊고서 내 발밑에서 자는 녀석을 내려다보았다.

"너 나랑 얘기하고 싶니? 그러면 좋겠니?"

녀석은 고개를 들고 무심한 표정을 지어 보였다. 나를 빤히 바라보는 검은 눈, 총명하고 차분하지만 전혀 속을 짐작할 수 없는 표정.

나는 허리를 숙여 루실의 배를 쓰다듬며, 아무것도 말하지 않는 두 눈을 들여다보았다. 그리고 피식 웃었다. 나는 루실이 이 세상을 어떻게 경험하는지 모른 채로 지내는 것이 좋다. 개와 함께 사는 이런 미스터리가 좋다. 녀석과 내가 언어의 장벽을 뛰어넘는 순간, 인간과 동물의 경계선을 넘어서 상대와 커뮤니케이션을 이루는 순간, 상대가 무얼 원하고 느끼는지 이해하는 그 순간은 우리 영혼을 밝히는 소중한 순간임에는 분명하다. 하지만 그러지 못하는 순간을 존중하는 것도 그 못지않게 우리 영혼을 밝히는 것이 아닐까?

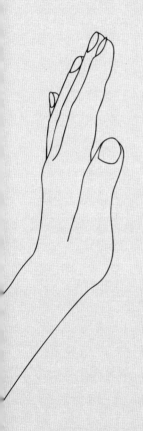

06

우리의 드라마,
우리의 개

Our dreams, our dogs

2년 전 어느 날, 몸집이 작은 검은 머리의 30대 후반인 진은 11개월짜리 독일셰퍼드 샘과 함께 샛길을 걷고 있었다. 그때 길 저편에서 한 남자가 다가왔다. 목줄을 잡은 진의 손이 뻣뻣해지고 심장 박동이 빨라졌다.

헤어진 남자친구다.

진은 숨을 깊이 들이쉬었다. 거의 1년 만이다. 짧은 연애 후 남자는 어느 날 저녁 식사 자리에서 이별을 통고했다. '좋은 친구로 지내자'라는 등 '계속 연락하자'라는 등 여러 약속을 했지만, 그는 곧 진의 궤도에서 싹 사라져버렸다. 그런 그와 길모퉁이에 꼼짝없이 마주칠 생각을 하니 진은 머리가 아찔했다.

남자가 다가오자 샘이 목털을 세우고 으르렁거렸다. 진은 별로 놀라지 않았다. 샘은 강아지 시절부터 진에 대한 보호 본능이 강해서 툭하면 지나가는 사람들에게 으르렁거렸다.

"샘, 그러지 마. 괜찮아."

진은 샘의 행동을 대수롭지 않게 여기고, 목줄만 몇 번 잡아당겼다(물론 효과는 없었지만). 남자가 다가와 손을 흔들며 진을 불렀다. 그리고 포옹하겠다는 듯 두 팔을 벌렸다.

진은 아직도 그다음 순간을 잘 기억하지 못한다. 샘이 앞으로 돌진하는 것이 느껴졌다. 검정과 갈색 몸뚱이가 눈앞에서 날뛰었다. 사나운 소리가 한꺼번에 울렸다. 개 짖는 소리, 옷 찢어지는 소리, 고함치는 소리, 욕하는 소리. 샘은 남자에게 달려들어 그의 가죽 재킷을 찢고, 팔을 할퀴어서 일곱 바늘을 꿰매는 상처를 남겼다.

이것은 개 주인의 감정이(의식적이거나 무의식적인 두려움, 결핍감, 소망) 개에게도, 또 개와 우리의 관계에도 영향을 미친다는 사례다. 진은 9개월 전 아파트에 강도가 든 뒤로 샘을 키우기 시작했는데, 그 강도 사건은 진이 일생 지녀온 두려움과 연결되어 있었다.

"불안한 사람이라는 말로는 내 상태를 다 표현할 수 없어요."

아파트 침입 사건은 진의 오랜 상처를 다시 끄집어냈다. 어린 시절 진은 아버지에게서 성적 학대에 버금가는 행동을 당했다. 열여덟 살에는 공항주차장에서 성폭행을 당하고 몇 달 동안 불면의 나날을 보냈다. 친구가 개를 키워보라고 했을 때 기운차고 영리하고 고집이 있어 보이는 샘은 진에게 꼭 맞는 개로 보였다.

"작은 애완용 개는 싫었어요. 크고 힘센 개를 원했어요. 커다란 수컷으로 말이죠. 나한테는 이 세상이 너무도 무서웠으니까요."

진은 샘이 사나운 개로 자라난 데는 자기 역할도 있었다고 말한다. 독일셰퍼드가 대개 그렇듯이, 녀석에게도 기본적인 보호 본능이 있다. 강아지 때도 녀석은 문 앞에 사람만 나타나면 짖고, 길에서도 행인들에게 짖고, 집 창가에 앉아서 지나가는 사람들에게 으르렁거렸다. 그러나 진은 녀석의 보호 본능이 뿌듯한 나머지 은근히 때로는 무의식적으로 그것을 조장했다. 샘이 짖거나 으르렁거려도 모른 척했고, 때로는 녀석이 위협적 행동을 보여도 "나를 지켜주려고 그러는 거지?" 하며 흐뭇한 마음을 내비쳤다. 다시 말해서, 진은 샘에게 공격성을 보여도 된다는 신호를 지속해서 보낸 것이다.

진은 샘이 자기 마음을 읽고서, 그러니까 목줄을 타고 전해지는 두려움과 긴장을 느끼고 자기가 무서워한다는 사실을 알지 않았을까 하고 추측한다. 실제로 샘의 행동은 그랬다. 샘은 진을 지키는 것이 임무인 것처럼 행동했다. 샘이 강아지였을 때는 이것이 문제가 되지 않았다. 하지만 10킬로그램 강아지가 촐싹거리는 것과 35킬로그램 성견이 으르렁거리는 건 전혀 다르다. 진이 전 남자친구를 만나던 무렵 샘은 그야말로 폭력 무기가 되어서 길에서건 집에서건 아무에게나(친구들, 수도 기사, 진의 칠순 어머니를 막론하고) 짖어대며 물기도 했다. 진은 말한다.

"동물하고 기이한 정신적 관계를 맺는 사람들의 이야기가 있죠. 그게 바로 나예요."

샘이 사나워질수록 진의 행동반경은 좁아졌다. 다른 곳에 맡긴다는 것은 생각할 수도 없었다. 샘이 하루 24시간 내내 낮선 사람과 낯선 개들 틈에서 어떻게 지낼지 상상할 수 없었다. 그래서 진은 1년 휴가를 낼 계획을 세웠다. 샘을 산책시키는 것도 엄청난 노역이라서 거리가 한산한 새벽 한 시라든가 오후 두 시쯤에 데리고 나갔다. 집에 사람을 초대하는 것이 고역스러워서 만남을 줄였고, 그 결과 다른 사람들과의 관계는 점점 멀어졌다.

"내 생활에 남은 것은 이 큰 개뿐이에요."

그런데 진은 이것이 기묘한 방식으로 자신의 의도에 부합했다고 생각했다.

"샘을 키우고 1년이 지나지 않아서 나는 사람하고는 거의 만나지 않게 되었어요. 힘들지 않은 건 아니었지만, 한편으로는…… 안심도 되었죠. 아무도 내 근처에 올 수 없었으니까요."

애초에 진이 원한 것은 위험을 막아주는 안전의 그물이었는데, 결국 진이 쌓은 것은 견고한 성채였다.

개를 인간화하는 것도(개의 감정을 멋대로 상상하고, 그 행동을 인간적 관점에서 해석하고, 있지도 않은 악의를 읽고, 박탈감을 주지 않으려고 호사스러운 음식을 대접하는 등) 문제지만, 개를 복잡한 인간 드라마 속에 엮어 넣는 것 또한 문제다. 개는 고도로 예민한 지각으로 우리가 전달하는 신호에 반응하는 동물이다. 미묘한 신호도 놓치지 않는다. 그러므로 녀석들은 인간 감정의 대상에 그치지 않고, 부지불식간에 거기 동참한다. 진의 경우에서 보듯이, 우리가 녀석들에게 쏟는 감정은 우리와 녀석들의 관계에

예기치 못한 영향을 미칠 수 있다.

우리의 드라마, 우리의 개들이여! 이 어둠에 온 것을 환영한다.

어찌 보면 개와 함께 사는 것은 말 없는 정신분석가에게 24시간 관찰을 당하는 것과도 비슷하다. 텅 빈 스크린은 아무런 비판도 하지 않고, 어떤 해석도 제공하지 않으며, 어떤 통찰과 방향 제시도 이성적 설명도 없다. 우리 안에서 떠오른 온갖 감정이(이성적인 것, 비이성적인 것, 있는지 없는지 인식도 못 하는 것까지) 개에게 달라붙는다. 개는 그것들이 유효한지 묻지 않고, 우리 행동을 탐구하지도 않고, 우리의 인식에 의문을 제기하지도 않는다. 개의 탈을 쓴 프로이트, 치료의 임무가 없는 프로이트. 우리는 개 앞에서는 마음대로 행동하고 표현한다.

앨런 벡과 에이런 캐처의 책 『반려동물과 사람 사이Between Pets and People』를 보면, 배와 허벅지에 할퀸 상처를 가득 입고 동물병원을 찾아온 여자 이야기가 나온다. 여자는 집에서 키우는 중간 크기의 암캐가 자신을 그렇게 할퀸다고 하소연했다. 그런데 자세히 물어보니, 이 여자는 밤에 개와 함께 자는데, 이때 개를 너무 꼭 끌어안아서 벗어나려고 몸부림치는 개에게 그런 상처를 입었단다. 수의사는 그녀에게 개로서는 그럴 수밖에 없

167

다고 설명하면서 개를 안지 말고 잘 것을 조언했다. 그러자 여자는 울음을 터뜨렸다. 개를 끌어안지 않고는 잠을 잘 수 없다는 것이다. 그녀는 오랫동안 우울증을 앓은 결과 친구가 전혀 없었는데, 밀접한 스킨십을 원했다. 여자는 수의사에게 자신이 세게 끌어안아도 가만히 있도록 개에게 진정제를 처방해달라고 부탁했다. 수의사가 거절하자, 여자는 다시 울음을 터뜨리고 떠났다.

이런 극단적인 이야기는 사람이나 동물 양쪽에 매우 불행한 사례다. 하지만 개가 그렇게 많은 욕구를 끌어낼 수 있다는 사실 자체는 별로 놀랍지 않다. 개는 그토록 깊은 감정을 이끌어내는 기막힌 능력이 있다. 녀석들은 우리의 방어벽을 무너뜨리고, 인간관계에서는 잘 감추어지는 우리의 면모를 드러나게 한다. 사람과 동물 간 관계의 전문가인 맨해튼의 심리치료사 캐롤 E. 푸딘 박사는 그 원인을 개가 가진 눈길에서 찾는다.

"슬픔을 겪는 내담자들과 이야기하다 보면, 동물이야말로 인간 감정을 가장 잘 반영하는 거울이라는 이야기를 자주 듣습니다. 슬픔이나 상실감 같은 강렬한 감정에 사로잡힌 채 개의 얼굴을 들여다보면, 개가 우리를 옆에서 지켜줄 뿐 아니라 우리 내면의 감정을 이해한다는 깊은 유대감까지 느낍니다."

개가 가진 연민의 눈길은 낭만적으로 포장되기 십상이며, 여기서 굳이 그 힘을 과장하고 싶은 생각은 없다(루실이 4개월이었을 때 나는 처음으로 녀석 앞에서 울었다. 나는 공감과 위안을 찾아 녀석의 얼굴로 고개를 돌렸다. 루실은 연민과 근심 가득한 커다란 눈으로 나를 보더니 돌아서서 하품하고 조용히 성기를 핥았다). 그러나 나는 푸딘의 말도 이해한다. 루실이 성장하면서 내 눈물의 시간에 큰 위안이 되었다. 내가 울면 녀석은 가만히 앉아서 나를 바라본다. 때로는 근심과 연민을 전달하려는 듯 앞발을 내 팔 또는 무릎에 가만히 올려놓기도 한다. 이런 종류의 말 없는 공감은 (고통스러운 사람을 지켜보면서 이해심을 전달하는 능력) 사람들한테는 흔히 찾아볼 수 없다. 그래서 사람들은 개 앞에서 그토록 큰 정서적 자유를 느낀다.

사람과 동물 사이에 가로놓인 언어의 장벽도 커다란 해방의 효과를 발휘한다. 개 앞에서는 우리의 말과 감정을 묶어두는 내면의 검열 장치가 풀린다. 지난여름 내 친구 호프가 며칠 출장을 가면서 부모에게 개를 맡기기로 했다. 그래서 그의 부모가 개를 데리러 반려견 공원에 들렀다. 두 분을 보자 호프의 개는 펄쩍펄쩍 뛰며 두 분에게 달려들어 정신없이 핥았다. 나는 이 모든 광경을 차분히 지켜보았다.

'호프도 그렇고 부모님도 참 좋으신 분들이네.'

그러고 나서 2분도 지나지 않아 고개를 돌려보니 루실이 무표정한 얼굴로 잔디에 가만히 앉아 있었다. 그런데 난데없이 내가 이런 말을 던졌다.

"루실, 할머니 할아버지가 없어서 속상하지 않니?"

그날 저녁 집으로 돌아와서도 내 마음에는 루실이 우울한 것 같다는 막연한 걱정이 들었다. 결국 나는 밤이 깊어서야 그 감정의 정체를 알 수 있었다. 나는 30대 중반의 내 또래 부모님 존재가 늘 고통스러웠다. 부모님이 내 세계에서 너무도 순식간에 사라져버렸다는 사실이 울컥하게 곱씹히기 때문이다. 이것은 전형적인 투사 사례지만(내 안의 슬픔을 인정하는 것보다 녀석의 눈에서 슬픔을 찾는 것이 훨씬 더 수월하다), 개의 표정이 인간 감정을 촉발하고, 다른 방도로는 접촉하기 어려운 느낌을 일깨우는 것 또한 분명한 사실이다.

그리고 또 개의 깊은 수용력도 있다. 이것은 아마도 개가 가진 가장 소중한 특징일 것이다. 개들은 우리를 판단하지 않는다. 그들은 인간이 서로를 판단하는 기준치를(외모, 사회적 지위, 인종, 계급, 직업) 모른다. 그래서 그들과 있을 때 우리는 경계심을 풀고 사람들 앞과는 다른 말과 행동을 하고, 감정의 자유를 느낀다. 우리는 개와 함께 바닥에 구르고 틀린 음정으로 노래 부르고 자유 연상을 하면서도, 그 꼴이 얼마나 우스울지 걱정하지 않는다.

마찬가지로 우리는 우리의 슬픔을 개들에게 멋대로 굴절시킨다. 그들에게 끝없는 두려움을 퍼붓고, 밤새 끌어안고 자기도 한다. 그들은 우리의 품에서 벗어나고 싶어서 몸부림을 치면서도 우리를 비난하지 않는다. 즉 개 앞에서 우리는 어떤 미친 짓도 할 수 있으며, 그에 대해 개는 한마디도 하지 않는다.

이것이 바로 이 관계가 갖는 가장 큰 해방적 속성이다(흔히 사람들은 개 앞에서 진정한 자아를 만난다고 말한다. 개 앞에서 우리는 자의식의 짐을 내리고 비판의 두려움에서 벗어난 채 끝없이 수용되는 느낌을 받는다). 그런데 이것이 문제를 복잡하게 만들기도 하는데, 그 진정한 자아란 것이 그리 아름다운 모양이 아닐 때가 많아서다. 그래서 우리는 때로 개와 함께 아주 이상한 방향으로 가기도 한다.

예를 들면, 루실은 이제 5개월이다. 녀석은 집에 있고 나는 영화를 보러 간다. 그런데 놀랄 만큼 거센 불안이 휘몰아쳐서 나는 극장 의자에 앉은 채 몸을 비튼다. 나는 개를 혼자 두고 나오는 것이 싫다. 너무도 싫다. 내가 현관문으로 갈 때마다 녀석은 불안한 시선으로 나를 바라본다. 그 표정을 보면 내 가슴은 무너져 내린다. 너무도 슬프고 겁먹은 표정. 또…… 나는 참을 수 없다. 그래서 나는 극장 의자에 앉아서 몸을 꿈틀댄다. 6분에 한 번씩 시계를 들여다보며.

'괜찮을까? 버려졌다고 느끼지는 않을까? 내가 돌아온다는 사실을 알까? 아니면 그냥 겁에 질려 있을까?'

이런 두려움은 나만의 것이 아니다. 내가 아는 개 주인 대부분이 어린 개를 집에 혼자 두고 나올 때 죄책감을 느끼며, 개와 일정 수준의 애착을 이룬 거의 모든 사람이 개의 실망한 표정을(우리가 문을 향해 걸어가는 것을 바라보는 그 애처로운 눈길) 보는 것을 힘들어한다.

우리는 개들의 시간 감각을 걱정한다(녀석들이 5분과 5시간의 차이를 알까). 또 우리의 귀환을 확실히 알지 걱정한다(금방 오겠다는 말뜻을 알까). 녀석들을 두고 나올 때마다 그들이 우리 없이는 꼼짝도 못 한다는 사실을 늘 절감한다. 그러므로 내가 느끼는 불안이 그리 특별할 것은 없다. 하지만 그 강도에 나는 당혹한다. 나는 나 자신을 상당히 독립적이고 독자적인 사람으로(다른 사람에게서 많은 것을 기대하지도 않고 그들에게 많은 것을 베풀지도 않는) 생각한다. 그런데 루실을 얻고 난 뒤 이런 독립심은 온데간데없고, 개와 떨어진다는 것이(겨우 두 시간 동안 영화를 볼 뿐인데) 무슨 생사를 좌우하는 것처럼 여겨진다. 나는 다시 시계를 보고 고개를 든다. 그리고 몸부림친다.

드디어 영화가(끝날 것 같지 않던) 끝나면 나는 병원 응급실이라도 가듯 전속력으로 달려서 현관문을 열고 위층으로 올라간다. 루실이 달려와서 기쁨에 펄쩍펄쩍 뛴다. 그러면 나는 안도감과 함께 참담함에 휩싸인다.

집안은 회오리바람이라도 휩쓸고 지나간 것 같다. 빨래바구니는 쓰러졌고 안의 내용물이 사방에 찢어발겨져 있다. 구멍 난 운동복이 여기, 찢어진 속옷이 저기, 부서진 바구니 조각이 또 여기저기. 녀석은 또 실크커튼도 끌어내렸다. 커튼봉이 바닥에 구르고, 커튼 한 곳에 포도송이만 한 구멍이 나 있다. 나는 바닥에 주저앉는다.

'아, 루실, 나더러 어쩌라고.'

개와 나

그때는 몰랐지만, 당시 우리는 이미 복잡한 드라마 속으로 들어가고 있었다. 1부는 어린 개의 행동으로 이루어지고, 2부에서 6부는 인간 감정으로 이루어진 드라마. 우리는 분리 불안의 교과서적인 사례였다.

이 행동을 면밀히 해부해보면, 루실을 두고 나가는 것이 문제가 된 것은 녀석을 얻고 불과 며칠 지나지 않아서였다. 루실을 혼자 두고는 도저히 5분도 외출할 수가 없었다. 그럴 엄두도 나지 않았다. 이런 불안이 전혀 근거 없는 것은 아니었다 (루실은 아직 어렸고, 아무런 훈련도 받지 않은 상태였다. 녀석이 공포에 휩싸일까 봐 걱정이었고, 온 집안에 오줌을 눌까 봐 걱정이었고, 가구들을 씹어놓을까 봐 걱정이었다). 하지만 여기에는 좀 더 모호한 차원의 걱정도 있었는데, 그것은 내가 쉽게 파악하거나 이해할 수 없는 것이었다. 내가 아는 것은 그저 그럴 때마다 내가 미칠 것 같았다는 것이다. 손에 열쇠를 들고 문 앞에 서서 녀석을 바라본다. 나를 올려다보는 녀석의 작은 몸 전체가 물음표가 되어 있다.

'무슨 일이야? 나를 두고 나갈 거야? 그러면 나는 어떻게 해? 나는 어떻게 되는 거야?'

루실의 눈은 이렇게 말하는 것 같다.

전문가들은 우리의 외출에 개를 적응시키기 위한 구체적인 조언을 한다.

개를 철장에 넣고 잠시 외출하고 돌아옴으로써 개가 우리의 부재에 익숙해지게 한다. 나갈 때도 돌아올 때도 조용히 행동해서 개가 흥분하지 않도록 한다.

나는 이 조언을 읽고 수긍했지만, 결국 이것과는 전혀 상관없이 나 스스로 스트레스를 받지 않는 방법을 택했다. 아예 집을 나가지 않는 것이다. 루실을 얻고 나서 처음 6개월 동안 단 한 차례의 저녁 식사 외출도 하지 않았다. 그리고 꼭 외출해야 할 경우에는 루실을 놀이방에 맡기고 모든 일을(점심 식사, 각종 잡무, 병원 가기 등) 반나절 만에 우겨넣어 해치웠다. 친구가 연락하면 우리 집으로 부르거나, 친구 집으로 루실을 데리고 갔다. 또 개를 별로 환영하지 않을 만한 상점, 카페, AA 모임 등에도 녀석을 데리고 다녔다. 더불어 예전에 하던 것을 단념했다.

'쇼핑? 개랑 갈 수가 없잖아.'

'마사지? 손톱 손질? 안 돼, 거기도 개랑 못 가.'

'여행? 농담하니?'

그리고 몇 번 되지는 않았지만 피치 못하게 개를 혼자 두고 나갈 때는 참으로 바람직하지 못하게 행동했다. 나는 그냥 불안을 뚝뚝 흘렸다. 과자를 들고 루실을 내 방에 꾀어 들이고는 다정한 말로 녀석을 달랜다.

"금방 돌아올게. 정말이야."

그러고 나서 루실이 방에서 못 나가도록 보호망을 친 뒤,

계속 불안한 눈길을 던지다가 휙 돌아서서 달아난다. 문제적 행동을 원한다면 바로 이렇게 하면 된다.

개들은 놀라울 만큼 유연한 동물이다. 그들과 함께 사는 것이 한편으로는 그렇게 멋지고. 한편으로는 그렇게 복잡한 것은 그 때문이다. 집단생활 동물로서 개의 생존은 주변 환경을 얼마나 철저하게 이해하느냐에 달려 있다(이 집단이 어떤 원리로 움직이는가, 누가 대장인가, 내 자리는 어디인가). 그러므로 녀석들은 생래적으로 주인의 의도를 읽으려고, 무엇이 적절한지 무엇이 안전한지 무엇이 위험한지 자신이 할 일은 무엇인지 지금 벌어지는 일은 무엇인지에 대한 신호를 받으려고 노력하도록 프로그램되어 있다.

원래 독립적이고 환경에 초연한 고양이와 달리 개들은 주인에게 정교하게 코드를 맞추고, 우리의 감정 변화에 민감하게 반응하며, 놀라운 적응력을 발휘한다. 그렇다고 고양이 주인은 동물을 둘러싸고 복잡한 정서의 그물에 사로잡히지 않는다는 것이 아니다. 고양이도 당연히 그런 대상이다. 하지만 고양이는 우리와 그렇게 깊이 얽히지 않는다. 그들은 우리가 괴롭히면 다른 곳으로 가버리고, 우리를 따라 외출하지 않으며, 개처럼 직접적으로 우리의 내면을 받아들이지도, 거기 반응하지도 않는다. 반대로 개는 스펀지와 같다. 녀석들의 본능은 우리 기분과 행동에 따라 촉발되며, 정서 상태도 우리가 전달하는 욕구, 필요, 감정에 따라 성형된다.

루실도 마찬가지였다. 내가 외출을 두고 불안에 떨수록 녀석의 불안도 커졌고, 시간이 갈수록 외출은 우리에게 점점 더 어려운 숙제가 되었다. 내가 "얌전히 있어!" 또는 "베개 물어뜯지 마!" 같은 말을 하면, 녀석은 말뜻은 몰라도 내 목소리에 깃든 안타까운 어조를 알아차리고서 무언가 안 좋은 일이 일어날 거라는 두려움에 빠진다. 그러다 결국 내가 나가면 루실은 스트레스받은 자존심 있는 개가 할 수 있는 정당한 행위를 한다. 빨래바구니를 뒤엎고 속옷들을 씹어놓는 행동. 그러면 나는 이런 난장판을 녀석의 스트레스 증거로 읽고 다음번에는 외출하는 데 더 어려움을 겪는다. 문제는 갈수록 커지고 악순환이 거듭된다. 외출을 주제로 한 나의 내면 드라마는 순식간에 녀석의 내면 드라마가 되고, 나는 결국 10킬로그램 강아지에 인질로 잡힌 것처럼 거실에 갇혀 살게 되었다.

물론 루실이 나를 인질로 잡은 것은 아니다. 나를 사로잡은 건 해묵은 기억이다. 녀석이 10개월쯤 된 어느 날 밤, 자리에 누워 이렇게 외출이 어려워서야 어떻게 하나 하는 생각을 하던 중 내 마음은 내가 열두 살, 열세 살, 열네 살 때 갔던 케이프 코드의 승마캠프로 흘러들었다.

그 캠프는 좋은 기억이 많았다. 캠프에 참가한 여학생들은 모두 자기가 돌볼 말을 배정받았다. 멋진 소녀들, 멋진 말들, 멋진 시설, 나는 이런 활동을 즐겁고 여유롭게 즐겼다.

그런데 그 밤 나는 아주 오랜만에 내가 승마캠프에만 가면 처음 며칠은 알 수 없는 슬픔에 사로잡혀 보냈다는 사실이 떠올랐다. 그런 감정은 조용히 있는 시간이면(승마 교습이 끝난 뒤 또는 점심 뒤의 자유시간 같은) 울컥 솟아올랐다. 그것은 어떤 두려움, 불안, 그리고 이 세상에 나한테 안전한 곳은 없다는 처절한 외로움이 뒤섞인 감정이었다. 다른 아이들은 웃기도 하고, 2층 침대에서 책을 읽기도 하고, 승마구두를 닦기도 했지만, 나는 낮잠을 자는 척 벽을 바라보고 누워서 눈물을 삼켰다.

그때 나는 집 생각이 나서 그런 거라고 여겼다. 그런데 지금 생각해보면 그게 아니었다. 그것은 다른 결핍감이었다. 캠프는 케임브리지의 우리 집에서 차로 두 시간 거리였는데, 어머니가 거기까지 나를 태워다주었다. 그런데 어머니는 운전을 싫어해서 캠프에 갈 때마다 두 손으로 운전대를 부둥킨 채 아무 말도 하지 않았다. 그런 어머니 곁에 앉아서 나 역시 아무 말도 할 수 없었다. 나는 막연한 열망을 느꼈고, 그 침묵이 싫었고, 그 침묵을 채워줄 어떤 것을 간절히 바랐다.

자리에 누워 이런 기억을 떠올리다 보니 나는 그때 내가 원했던 것이 사랑의 확인이었다는 생각이 들었다. 어머니가 차를 타고 가면서 '이제 한동안 못 봐서 어떡하니' 라든가 '여름이 빨리 끝나서 네가 집으로 돌아올 날만을 기다리겠다'는 식의 말을 해주기를 바랐다. 그리고 캠프에 도착하면 나를 끌어안고 작별 인사하기를 바랐다. 그러나 어머니는 그러지 않았다. 우리 어머니는 극히 내성적인 성격이라 감정을 말이나 몸짓으로 표현하는 데 서툴렀다. 어머니와 아버지는 그분들 방식대로 우리를 깊이 사랑했겠지만, 두 분 다 말수가 적은데다 약간 병적일 만큼 스킨십을 꺼렸다. 그래서 캠프에 도착하면 어머니는 내 뺨에 점을 찍듯 가벼운 키스만 살짝 남기고 얼른 차로 돌아갔다. 캠프장 앞에 서서 어머니 차가 사라지는 모습을 지켜보고 있으면, 내 마음에서는 불안이 싹텄다.

'저렇게 말을 안 하는 것이 나에 대한 엄마의 진심인가? 엄마도 나를 떼어놓는 것이 좋은 건 아닌가? 과연 엄마가 나를 데리러 올까?'

캠프 침대에 누우면 그런 고통이 마음속에 솟아올라 나를 눈물과 비참함에 잠기게 했다. 내가 루실을 두고 나갈 때 솟아오르던 고통도 바로 그것이었다. 내가 그냥 조용히, 포옹도 키스도 따뜻한 말 한마디도 없이 나가버리면, 내가 어릴 때 겪은 그런 슬픔을 루실 또한 겪을 것만 같았다.

개라는 텅 빈 스크린의 힘은 이토록 강력하다. 루실이 사람이라면 나를 올려다보며 이렇게 말했을지도 모른다.

"외출하는 일 가지고 왜 그렇게 힘들어해? 영화 한 편 보러 간다며? 나는 잘 있을 테니 걱정하지 마."

그러나 녀석이 말을 하지 못하니 나는 녀석의 눈 속에 내 생각을 읽어 넣는다.

'나는 어떡하라고? 나는 어떻게 되는 거야?'

이것은 내 질문이다. 내가 평생 끌고 다닌 무거운 실존의 질문이다. 그리고 아무 악의도 없는 루실은 그저 말없이 내 곁에 산다는 사실만으로 나를 천천히 그리로, 어린 시절 내가 지나온 불안의 영토로 몰고 간다. 나는 오랫동안 심리치료를 받으며 그 땅을 밟고 지나왔다. 하지만 집을 나서다가 루실의 근심스러운 얼굴을 보면, 그 두려움과 의심의 오랜 역사가 내게 되튀어오는 것이 느껴진다. 저 눈. 나는 열두 살이다. 부모님이 파티에서 돌아오기를 기다린다. 그런데 아무래도 오는 길에 교통사고가 나서 부모님이 돌아가셨을 것만 같다. 저 두려운 표정. 나는 열세 살이다. 아버지가 마사즈 비니어드 섬 앞바다에서 수영하는 것을 본다. 아버지가 작은 점만 해졌다. 나는 아버지에게서 눈을 뗄 수가 없다. 잠시라도 눈을 뗐다가는 아버지가 물에 빠져서 내가 아버지를 사랑한다는 말도 할 겨를 없이 눈앞에서 사라져버릴 것만 같다. 저 불안한 눈길. 나는 여섯 살인가 일곱 살이다. 열 살, 열다섯 살, 아니 서른다섯 살이 되어도 나는 내가 사랑하는 사람들이 그만큼 나를 사랑할지, 그들이 내가 원하는 것을 줄 수 있을지 알지 못한다.

나는 이런 연결 고리를 발견하고는, 마음을 굳히고 전문가의 조언을 받아들였다. 집을 나가거나 들어올 때 되도록 차분히 행동했고, 나갈 때마다 땅콩버터를 바른 뼈다귀를 주어서 내 외출이 긍정성을 연상하게 하는 노력을 했다.

루실은 이미 오래전에 물건을 물어뜯는 습관을 버렸다. 그리고 내가 없는 동안 울부짖거나 낑낑거리지도 않으며, 불안했다거나 스트레스를 받았다는 기색도 보이지 않는다. 내가 아는 한 녀석은 혼자 남으면 대부분의 개가 그렇듯이, 소파에 엎드려서 잔다. 그래서 나는 녀석을 혼자 두고 다닐 수 있게 되었다. 하지만 여전히 그러기 싫은 것은 어쩔 수 없다. 그리고 루실의 눈길이 내게서 이끌어내는 감정의 폭은 아직도 놀랍기만 하다.

알코올 중독자를 위한 12단계 프로그램 같은 것이 상호의존적인 개 주인에게도 마련된다면, 나는 의심할 여지 없이 거기 참여해야 하는 강력한 후보다. 그런데 나만 그런 강력한 후보는 아니다. 그 프로그램이 있는 교회 지하실에는 나와 함께 조너선도 있을 것이다.

네 살짜리 바센지 종 토비를 키우는 마흔한 살 조너선은 나와 맞먹는 수준의 분리 불안이 있다. 조너선은 1년간 거의 한시도 개와 떨어지지 않았다. 직장으로 그를 찾아간 친구들은 개가 그의 무릎에 엎드려 있는 모습을 보고도 별로 놀라지 않았다. 조너선 옆에는 서른아홉 살 엘리자베스가 있다. 엘리자베스는 비글 종 마지를 키우는데, 개의 건강 걱정이 어찌나 큰지 개가 딸꾹질만 해도 기겁을 한다. 엘리자베스 옆에는 서른네 살 조안이 있다. 스프링어 스패니얼 종 에마를 키우는 조안은 3년 만에 처음으로 개를 두고 휴가를 갔다. 그리고 이 때문에 너무도 큰 죄책감에 시달린 나머지 여행을 떠나기 전 며칠 동안 생가죽, 골수가 든 진짜 뼈, 남은 식탁 음식을 정신없이 퍼부어주었다.

조안이 떠날 때가 되자 에마는 침울한 기색으로 밥도 먹지 않았다. 조안은 자신이 떠날 거라서 에마가 우울해졌다고 생각했다. 하지만 실제로 에마는 과식으로 위병이 생겼던 것이고, 조안이 없는 동안 동물병원에 실려 갔다.

인간의 내적 고투와 개는 이렇게도 쉽게 얽혀든다. 조너선은 보스턴에 산재한 중독치료센터를 이끄는 책임자로, 인간관계에서 지나친 오지랖이 있었다. 그는 관계의 경계선을 잘 지키지 못했고, 상대에게 지나친 친절과 관심을 베풀었는데, 이런 오지랖은 반려견인 토비와의 관계에서도 유감없이 발휘되었다.

"내가 없을 때 일어나는 일을 통제할 수 없다는 것도 나한테는 문제였어요. 자기 인생의 구석구석을 완벽하게 통제하고 싶은 저 같은 사람에게 이토록 의존적인 동물을 혼자 둔다는 것은 정말 괴로운 일이죠."

조너선은 이렇게 말한다.

게다가 그 괴로움은 조너선이 토비를 얻은 상황 때문에 더욱 복잡한 성격을 띤다. 토비는 조너선의 애인 케빈이 에이즈로 숨지면서 그에게 물려준 개이기 때문이다. 깊은 슬픔을 느낄 때보다 통제력에 대한 욕구를(그리고 그것을 잃을지도 모른다는 두려움) 더욱더 강하게 불어넣어 주는 순간은 흔치 않다. 조너선이 가진 두려움, 거기에 인력과 상황을 관리하는 직업병이 합해져서 그는 토비에 과도하게 집착했고, 토비는(루실과 마찬가지로) 조너선의 불안을 읽고 그것을 그에게 고스란히 돌려주었다. 토비는 갈색 털이 덮인 날렵한 몸집에 꼬리가 동그랗게 말린 작은 개지만, 마음만 먹으면 10초에 온 방을 흩어놓을 만큼 사납고 격렬했다. 그래서 똑같은 악순환이 일어난다. 조너선은 토비를 직장이건 모임이건 가리지 않고 데리고 다녔다. 그리고 개를 데려갈 수 없는 영역은 그의 주변에서 점점 정리되어 나갔다. 그렇게 1년이 흐르자 직장 사람들은 조너선에게 조심스럽게 말하기 시작했다.

"이번 투자자 회의에 토비를 데려가면 조금 부적절해 보이지 않을까 걱정되는데요."

그래도 조너선은 토비를 데려갔다. 이런 갈등은 시간이 지나면서 조금씩 누그러들었고(철장을 사용한 것도 도움이 되었다), 조너선은 지금은 웃으면서 초기의 상황을 이야기한다. 하지만 그의 경험은 개와 주인 사이에 일어나는 상호의존성(그리고 그 굴절된 고통)의 교과서적인 사례다.

인간의 내적 고투가 개의 행동에 언제나 직접적 영향을 주는 것은 아니지만, 그 고투가 빚어내는 감정은 개 주인을 미칠 지경으로 몰아간다. 엘리자베스는 자리에 누워 천장을 바라보며 개가 죽을지도 모른다는 걱정에 한숨 쉬며(때로는 울며) 지샌 밤이 얼마나 되는지 헤아리지 못한다. 엘리자베스도 자기가 심하다는 것을 잘 안다. 엘리자베스의 반려견 마지는 이제 겨우 네 살이며, 15킬로그램 몸무게로 나무랄 데 없이 건강한 비글종이다. 하지만 그래도 걱정을 막을 수가 없다. 엘리자베스가 열네 살 때 어머니를 암으로 잃었고, 3년 후에는 할머니가 돌아가셨으며, 다시 2년 후에는 언니가 죽었다.

시간이 흐르면서 슬픔은 누그러들었지만, 사랑하는 사람이 언제라도 세상을 떠날 수 있다는 두려움은 사라지지 않았고, 그 두려움은 마지를 보호해야 한다는 강렬한 충동으로 이어졌다. 엘리자베스는 몇 년 동안 정기검진 정도를 빼고는 병원에 가지 않았다. 열이 나거나 두통에 시달려도 아스피린 하나 먹지 않는 사람이다. 그러나 개한테 조금 이상한 기색만 보이면(다리를 절뚝거린다거나 밥을 안 먹는다거나 기운 없어 보인다거나) 온통 녀석에 대한 걱정에 사로잡힌다.

'마지가 왜 저러지? 어디가 아픈가? 죽으려는 건가?'

엘리자베스는 이렇게 말한다.

"나한테는 안 그래요. 나 자신의 안전이나 건강은 걱정하지 않아요. 나 때문에 걱정하는 일 같은 건 없어요. 내가 하는 걱정은 모두 마지 걱정이죠. 내가 마지 걱정에 쏟아붓는 정신적 에너지는 엄청나답니다."

조안의 경우, 정신적 에너지는 죄책감과 싸우는 데 쓰인다

(죄책감은 참으로 많은 개 주인에게 심리적 독이다). 모든 것이 조안에게 죄책감을 일으킨다. 아침에 녀석을 두고 출근하는 것, 산책을 짧게 줄이는 것, 조금이라도 짜증을 부리는 것. 조안은 이런 감정이 괴롭지만, 그것이 갖는 의미도 알고 있다. 조안은 어느 겨울 아침 뒷문에 서서 마당에 나간 에마를 부르던 일을 이야기했다. 조안은 바빴고 피곤했고 또 생리 직전이었다(그러니까 총체적으로 괴로웠다). 그런데 개가 말을 안 듣자 인내심이 바닥났다. 슬리퍼와 가운 차림으로 마당에 나가 목띠를 움켜쥔 채 씩씩대며 에마를 끌고 들어왔다. 그러고는 허겁지겁 출근했는데, 종일 책상에 앉아 죄책감에 몸을 비틀었다.

'내가 에마를 괴롭혔어. 외로움과 비참함에 빠뜨렸어.'

이것은 그다지 극적인 사건도 아니고, 많은 해석을 이끌어 낼 만한 상황도 아니었지만, 이 사건으로 조안은 개에 대한 자신의 과민한 감정을 돌아보게 되었다.

"개와 내 관계가 자꾸 나와 어머니 관계처럼 생각되는 거예요. 내가 어머니한테 느낀 감정을 개가 나한테 느낄 거라고 말이에요. 어머니는 철저한 완벽주의자였고 그 곁에서 나는 잔뜩 주눅 들어 지냈죠. '나는 실망스러운 딸이야. 아무것도 제대로 하지 못해. 머지않아 나는 모든 것을 망칠 테고, 엄마는 나를 더는 사랑하지 않을 거야.' 나는 이런 느낌 속에서 자랐어요. 언제나 극도로 아슬아슬한 느낌 속에서 말이에요. 그래서 내가 소리를 질러서 에마의 기를 죽이면, 에마 또한 그런 느낌에 사로잡힐 것 같아요."

휴가 전 에마에게 정신없이 먹을 것을 던져주다 탈을 낸 사건은 조안에게 각성의 계기였다. 조안은 자신의 죄책감과 불안이 얼마나 지나친 수준에 이르렀으며, 이런 감정이 얼마나 큰 위험을 부를 수 있는지 깨달았다.

개에게 이토록 복잡한 감정을 갖는 것을 자랑스러워하는 주인은 없을 것이다. 동물과 심리 드라마를 연출하는 것은 아주 위험하고 기묘해질 수 있다. 이것은 과도한 의존관계를 만들고, 개의 건강을 해치며, 걱정하는 우리의 정신 건강도 해친다. 그리고 이보다 훨씬 더 나쁠 수도 있다. 그리고 많은 주인이 범하는 동물을 향한 과도한 감정이입은 인간의 감정이(공격성, 적대감) 개를 해칠 수 있다는 가장 강력한 증거다. 12단계 프로그램의 언어로 말하면, 우리는 모두 개 앞에서 무력감을 경험했음을, 시시때때로 이성을 잃었음을 인정해야 한다.

엘리자베스는 이렇게 말했다.

"개들은 그렇게 오묘한 차원을 건드립니다. 달리 어떻게 표현할 방법을 모르겠어요. 인생의 다른 영역에서는 칼 같은 이성을 빛내는 사람도 개 옆에서는 완전히 미치광이가 되는 거죠."

아멘.

개에 관해 15권의 책을 저술하고 현재 미국 반려견작가협회 회장이기도 한 모더케이 시겔은 이렇게 말했다.

"개를 키우는 것은 인간이 자기 가족을 직접 고르는 유일한 기회인지도 모릅니다."

재미있는 이야기다. 그러나 인간의 가족은(자신이 고른 배우자의 경우라도) 개들만큼 우리 약점을 수용해주지 않으며, 개들만큼 고분고분하지도 않다. 인간은 훈련될 수 없고, 상대에게 감정적인 자유를 그렇게 허용하지도 않으며, 상대가 그렇게 무절제한 채 행동하도록 허락하지도 않는다.

그러므로 나는 시겔의 말을 약간 바꾸어서 표현하고 싶다. 개를 키우는 것은 우리가 가족을 만들고, 서로 규칙을 정하고, 그 규칙의 조건을 규정하는 모든 것을 내 마음대로 할 유일한 기회라고. 그런데 이것은 좋은 점과 나쁜 점이 함께 있다.

좋은 점은 개들은 우리의 소망에 맞추어 능란하게 자기를 변화시킨다는 것이다. 그들은 예민한 레이더를 갖춘 적응의 동물이다. 우리가 메시지 전달만 명확하게 한다면 그들은 우리가 정한 규칙에 따라 행동한다. 우리가 개에게서 최소한의 애정을 요구하면 녀석들은 거리를 지킨다. 집안의 2인자 역할을 요구하면 그 역할을 받아들인다. 산책을 하루 한 시간으로 정하건, 20분으로 혹은 두 시간으로 정하건, 녀석들은 정확히 그만큼을 기대한다. 이로 말미암아 그들은 우리와 진실로 만족스러운 파트너십을 이룰 수 있다. 개들과의 관계를 일정 정도는 우리가 설계할 수 있다. 그들은 조직구조와 위계질서에 반응하기에, 양쪽 다 만족한 결과를 이룰 수 있다.

나쁜 점은 우리가 때로 지배 개념과 거기 뒤따르는 책임에 대해 더없이 흐릿해진다는 것이다. 언제나 개의 행동을 명료하게 이해하지도 못할뿐더러, 우리가 그들에게서 무엇을 원하고 요구하는지도 제대로 파악하지 못한다. 또 우리의 상대적인 둔감함이 개와 사람 모두를 문제에 빠뜨릴 수 있다.

사소하지만 의미심장한 예를 하나 들어보겠다. 얼마 전에 나는 개와 함께 외출하려다가 현관 자물쇠가 고장 난 것을 알았다. 열쇠가 들어가지 않고 중간에 막혔다. 안 그래도 기분이 별로인 데다 시간이 촉박해서 짜증이 벌컥 났다. 그래서 가방을 바닥에 쾅 내려놓고 루실을 도로 집안으로 끌고 들어가서는, 부엌에 투덜투덜 달려가 열쇠에 올리브유를 발랐다. 그러고 나서 다시 현관으로 가니 빙고! 열쇠는 미끄러져 들어갔고 문은 잠겼다.

당연히 루실은 이런 사정을 몰랐다. 그저 내게서 예닐곱 발짝 뒤에 서서 내가 화내는 모습을 가만히 지켜보았다. 내가 문을 잠그고 돌아서 보니, 루실의 얼굴에 걱정이 가득했다. 녀석은 내게 애원하는 눈길을 보내더니, 펄쩍 뛰어서 내 팔에 앞발을 갖다 댔다. 귀가 뒤로 접히고 꼬리가 정신없이 흔들렸다. 윗입술이 말려서 이빨을 모두 드러낸 입은 비굴한 미소를 지었고, 목은 내 얼굴을 핥으려는 일념으로 뻗어 올랐다. 마치 '화내지 마, 나는 아무 짓도 안 했어'라고 말하는 것 같았다. 이 모습에 나는 잠시 가슴이 뭉클하면서 개의 적응력에 다시 한번 놀랐다. 녀석들은 이렇게 우리의 일거수일투족에 호흡을 맞추며, 우리의 일에 책임감을 느낀다. 그만큼 우리의 기분과 행동이 녀석들에게 크나큰 영향을 미친다. 나는 녀석을 보며 생각했다.

'세상에, 이 녀석 하나 망치기는 정말 쉽겠구나.'

개가 지닌 예민함은 둔감한 인간의 손에서는 위험한 결과로 이어질 수 있다. 우리는 우리가 녀석들에게 어떤 신호를 전달하는지, 우리 마음에 어떤 결핍감과 감정이 끓고 있는지 모를 때가 많기 때문이다.

마사라는 여자의 경우를 보면, 마사는 남편이 죽고 나서 여섯 살짜리 잡종 개를 떠맡았다. 마사 남편은 알코올 중독에 폭력 남편이었다. 툭하면 술에 취해 싸움을 걸었으며, 마사를 거실 한쪽에 몰아넣고 때리기도 했다. 어느 날 마사는 광견병 예방접종을 하려고 동물병원을 찾았다가 수의사에게 개를 키우는 것이 어렵다고, 개가 자기를 싫어하는 것 같다고 털어놓았다. 수의사가 자세히 묻자, 마사는 남편이 죽고 나서 개가 남편 자리를 이어받은 것처럼 자신을 거실 한쪽으로 몰아넣고 으르렁거리며 물려고 한다고 답했다.

수의사는 이 개의 공격성은 학습된 행동의 전형적인 사례라고 했다. 개는 전 주인의 행동을 보고서 이유는 잘 몰라도 마사는 거실 한쪽에서 공격당해야 한다고 생각하고, 이제 남편이 죽었으니 자신이 그 임무를 떠맡아야 한다고 판단했다는 것이다. 그런데 수의사는 그뿐 아니라 마사 또한 이 관계에서 일정한 역할을 했다고 했다. 일상적으로 벌어지던 부부싸움은 마사에게도 학습효과를 발휘해서, 마사는 부지불식간에 개에게 공격하라는 신호를 주었고, 그 결과 남편과 찍은 드라마를 개와 다시 펼치게 되었다. 말하자면, 매 맞는 아내 증후군이 인간과 개 사이에 나타난 셈이다.

피해자를 비난하는 논리라고?

그럴지도 모른다.

그러나 나는 막강한 무의식의 힘을 믿기에, 개가 마사의 신호를 받고 그에 따라 행동했다는 견해도 일리는 있다고 생각한다.

또 개는 우리의 세계관을 흡수한다. 그들은 우리가 자신들에게서 무엇을 원하는지 능란하게 알아채고, 기꺼이 그 역할을 떠맡는다. 사람과 개의 관계는 미니 결혼과 같아서 때에 따라 크나큰 만족과 행복을 주기도 하고 때에 따라서는 고통스럽게 삐걱거리기도 한다. 하지만 어느 경우나 서로의 욕구와 기질, 의사소통과 단절의 복잡한 작용에 그 토대를 두고 있다.

내 친구 조앤의 어머니는 개와 정신병적 관계를 맺었다. 조앤의 말에 따르면, 60대 후반인 조앤의 홀어머니는 성미가 사납고 불평불만이 많은 데다 편집증적 경향이 있는데, 어머니가 키우는 네 살짜리 테리어 잡종도 성미가 사납고 불평불만이 많고 편집증적 경향이 있다. 이 개는 지배 성향과 영토 의식이 강해서, 길에서 마주치는 다른 개들에도, 집으로 찾아오는 손님에게도, 사납게 으르렁거리며 짖는다. 그동안 녀석에게 물린 사람만 해도 조앤의 남편을 포함해서 헤아릴 수 없이 많다. 조앤은 어머니에게 개를 어떻게 좀 하라고 부탁하지만(저 개는 대책이 없어요. 복종 훈련을 받게 하세요. 이건 정말 문제라니까요, 라고) 어머니는 들은 척도 않는다. 개가 조앤의 남편을 물었을 때도 어머니는 개를 옹호했다.

"네 남편이 먼저 신경을 건드렸겠지. 개가 공연히 그랬을 리는 없어."

얼마 전 조앤이 어머니와 함께 길을 가는데, 젊은 여자가 미니어처 푸들을 데리고 옆을 지나갔다. 그러자 두 개가 서로 으르렁거렸다. 팽팽한 분위기가 형성되는 순간, 조앤의 어머니가 테리어를 번쩍 들어 안고는 젊은 여자에게 "못된 개" 어쩌고 하며 악다구니를 퍼부었다. 그러다 여자가 멀어지자 다시 개를 내려놓고 도대체 어딜 가도 문제가 생기지 않는 곳이 없다며 사람들을 향해, 이 세상을 향해, 독설을 쏟아냈다. 그때 조앤은 이런 생각이 들었다.

'저 개는 엄마의 완벽한 동반자구나. 저 맹렬한 성격, 자기 영토에 대한 텃세, 들끓는 분노가 엄마와 똑같아. 엄마가 녀석의 저런 행동을 부추기지. 녀석이 궁지에 몰리면 들어 올려 보듬어주고, 사납게 행동해도 아무런 추궁을 하지 않는 방식으로 녀석의 공격성을 강화하고 있어. 엄마도 그런 행동이 필요하니까. 개는 우리 엄마의 악의와 이 세상에 대한 경멸을 담아두는 저수지야. 녀석은 엄마의 감정을 대신 발산해주고 있어. 개가 엄마가 가진 두려움과 적의의 표현 수단이 되고 있어.'

그렇다고 대부분의 사람이 개와 복잡한 정서적 관계를 엮어간다는 것은 아니다. 또 오늘날 개를 키우는 모든 미국인이 자신의 두려움과 신경증을 개에게 무의식적으로 불어넣어서 동굴 속처럼 어두운 드라마를 엮어낸다고 생각하지도 않는다.

개를 둘러싼 여러 강렬한 감정은(혼자 두고 나가는 죄책감, 건강 걱정, 그들의 안녕에 불안) 대개 애착의 산물이며, 우리가 다른 존재를 깊이 사랑할 때 겪는 심리적 지평의 일부이다. 하지만 개가 심리 드라마의 가능성을 높이는 것 또한 사실이다.

개들과 우리의 관계는 극히 내밀하다. 우리가 개와 함께 있는 시간은 대부분 집에서 문을 닫아걸고 있는 시간이며, 그 공간에서 우리는 비교적 꾸밈없는 본연의 모습을 보인다. 바깥

세상은 우리를 이토록 근거리에서 보지 못한다. 그러므로 나와 개 사이에서 벌어지는 것은 인간관계와 같은 수준의 사회적 추궁을 받지 않는다(나와 개 사이에 아무리 이상한 일이 벌어지더라도, 학교 선생님이 나한테 전화를 걸어서 개가 요즘 왜 그렇게 침울해하느냐고 묻지 않는다). 또 인간관계와 같은 수준의 개인적 추궁도 받지 않는다. 개들은 우리에게 맞서지도 않고 협상을 요구하지도 않기 때문에, 우리가 보내는 온갖 크고 작은 신호를 놓치지 않고 받아들이기 때문에, 우리는 정작 개와 함께 있는 동안 무슨 일이 일어나는지, 우리가 그들에게 무얼 요구하는지, 우리가 그들을 어떻게 이용하고 해석하는지, 그들과 어떤 동맹을 이루는지 모르는 경우가 허다하다. 사람과 개의 춤은 비밀스러운 안무를 거쳐 탄생하며, 그 배경 음악도 우리 의식에 걸릴 듯 말 듯 미묘하다. 우리는 그저 느끼고 움직이며, 그런 우리를 개가 따라 움직인다.

우리에게 행운이 있다면(또 실수를 통해서 성장할 지혜가 있다면) 우리는 우아하게 이 춤을 추며 우리가 가야 할 곳으로 갈 수 있다. 이 춤은 때로 인간 세계에서 맞닥뜨린 힘든 감정을 처리해준다. 이곳은 우리의 복잡한 충동을 표현할 상대적으로 안전한 공간이기 때문이다.

엘리자베스는 이렇게 말한다.

"나한테 마지가 없으면 내가 가진 두려움을 어떻게 다 처리할 수 있을지 모르겠어요. 그러면 나 자신이나 친구들 걱정에 발을 동동 구르겠죠. 녀석은 두려움을 막아주는 힘이 있어요. 그 조그만 몸뚱이가 내 두려움을 모두 빨아들여서 내가 처리할 수 있도록 해주는 것 같아요."

조너선도 이에 동의한다. 다른 존재를 돌보고자 하는 그의 욕구를 토비가 충분히 채워주기 때문에, 그가 가진 과도한 오지랖이 크게 줄어들었다. 그는 이렇게 말한다.

"예전 인간관계를 돌아보면 내가 사람들을 마치 반려동물처럼 대했던 것 같아요. 내 마음대로 통제하려고 했고, 자유로운 공간을 주지 못했죠. 토비는 이런 감정의 방출구예요."

그렇다고 이것이 토비에게 나쁜 것도 아니다. 토비는 기본적으로 외부의 돌봄과 통제가 필요한 의존적 동물이기 때문이다.

"내가 20년 전에 개를 키웠다면 인간관계에서 문제가 좀 덜 생기지 않았을까 하는 생각이 들 때가 있어요. 상호의존성이 높은 저 같은 사람에게는 개가 최고의 해결책이죠."

개와 함께 엮는 드라마는 좀 더 복잡한 사례에도 도움이 될 수 있다. 남들만 보면 으르렁 거리는 사나운 샘을 키우는 진은 샘과 함께 추었던 춤은 기묘한 아름다움이 있었다고 생각한다. 일부러 노력했다 해도 그보다 더 강렬하게 마음을 끄는 안무를 만들지 못했을 거라는 것이다. 사나운 샘은 진과 세상 사이를 가로막아서 진을 은둔자와도 비슷하게 만들었지만, 한편으로 그 생활은 진에게 익숙한 것이기도 했다. 크고 위협적인 수컷에게 지배당하는 삶. 그러나 이번에는 트위스트 춤을 추가해서 대본을 바꾸었다. 그 수컷의 위협 대상이 진이 아니라 다른 사람들로. 진은 이렇게 말한다.

"이 무서운 개하고 사는 것이 나는 무척 만족했어요. 어떻게 보면 나는 전과 다름없이 무력감과 두려움에 휩싸여 지냈지만(초인종이 울릴 때마다 샘이 어떻게 반응할지 몰라 가슴이 오그라들었거든요), 샘과 함께 있으면 폭 파묻힌 듯 편안하기도 했어요. 아무도 날 건드릴 수 없으니까요."

진의 친구들이 개에게 조치를 하라고 권했다. 훈련센터에 보내든지 해서 통제가 되는 녀석으로 만들라고. 결국 옛 남자 친구와 거리에서 부딪힌 사건 이후 진은 샘을 훈련센터에 보내서 기초 복종 훈련을 받게 했다. 그 결과 둘 사이의 의사소통도 훨씬 원활해졌고, 위계 서열 속에서 진의 위치도 상승했으며, 샘의 폭력 행동도 통제할 수 있었다. 하지만 진은 1년 가까이 이를 미루었고, 진도 그 이유를 잘 알았다.

"마음 저 구석에서는 이 문제를 만든 것이 나라는 걸 알았어요. 내가 이 사나운 짐승을 만든 거죠. 하지만 다른 일부는 그냥 그대로 살고 싶었어요. 샘은 나한테 그냥 개 한 마리가 아니었으니까요. 샘은 내가 이 불안한 세상을 살아가는 무기였어요."

사나운 개는 아니지만, 루실을 놓고도 이와 똑같은 이야기를 할 수 있다. 관계가 지극히 가까워지면, 개들도 사람과 마찬가지로 우리가 가진 여러 층위의 감정을 자극하면서 여러 다른 드라마를 만들어낸다. 예를 들어, 내가 외출하는 문제를 두고 루실과 펼쳤던 드라마는 내 어린 시절의 드라마이기도 하지만, 한편으로는 내가 그 무렵 품고 있던 친밀감에 대한 갈등, 인간 세상에 대한 두려움과도 연관된 것이었다.

마지막 산책을 마치고 개와 함께 집에 돌아와 문을 잠글 때면 나는 때로 커다란 안도감을 느낀다. 무서운 세상을 벗어나 안전한 곳에 도착했다는 느낌, 우리가(더 정확히 말하면 내가) 긴장을 풀고 방어벽을 내리고 숨 쉴 수 있다는 느낌. 이럴 때 느끼는 안도감이 너무도 순수해서 어떨 때는 구원의 순간처럼 여겨지기도 한다.

'다 했어.'

이런 느낌이다.

'세상에서 내가 해야 할 일을 다 했어. 이제 집에 개하고 나뿐이야. 더는 두려워하지 않아도 돼.'

이때의 두려움은, 그러니까 나를 가둔 두려움은 아주 간단한 것들에서도(직업 관련 약속, 사회 활동, 아니면 평범한 잡무 같은) 빚어지는데, 이것은 모두 인간 교류라는 카테고리로 분류된다. 인간 교류란 두려운 것일 수 있다. 게다가 나처럼 술이라는 마취제와 인연을 끊고, 단절감과 불안감에 붙잡힌 채 이 세상을 헤쳐나가려고 할 때는 말이다.

'다 했어. 무서운 세상은(실망하게 하는 사람, 교란하는 사람, 심

지어 죽어버리는 사람이 있는) 저 바깥에 있어. 우리는 여기 들어왔고 이제 안전해.'

이런 느낌은 진이 샘과 함께 아파트에 파묻혀 사는 그런 느낌만큼 깊고 강렬하다. 샘이 그렇듯이, 루실 또한 내게 개의 몸을 입고 온 부적이다. 루실은 어떤 면에서는 내가 집에 은둔하는 데 필요한 구실이다. "가기 싫어"라고 말하는 것보다는 "갈 수 없어"라고 말하는 편이 훨씬 쉽다. 내가 두려워한다는 것보다 루실이 두려워한다고 말하기가 훨씬 쉽다.

물론 이런 전략에는 단점도 있다. 은둔은 고립으로 이어질 수 있다. 그래서 우리와 관련한 사람들이 영향을 받을 수 있다. 그들은 우리가 바깥세상을 등지고 문을 잠가버릴 때 문 바깥에 남는다. 한 마디로 남자친구와 문제가 빚어진다.

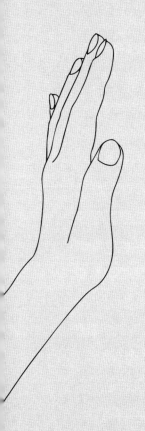

07

가족과 개

Family Dog

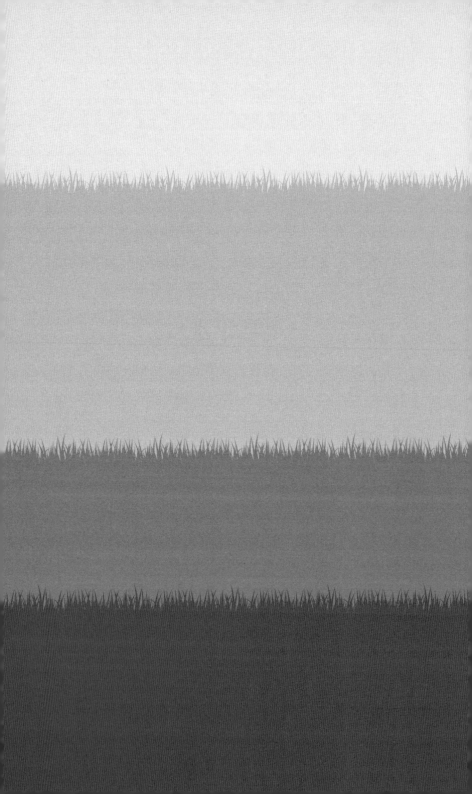

루실을 키운 지 15개월쯤 되는 11월 중순의 어느 날 아침, 나는 남자친구 마이클과 커플 치료사 사무실에 와 있다. 나는 눈물을 참으며 말을 한다. 우리는 처음으로 커플 치료를 받고 있고, 우리는…… 개에 관해 이야기한다.

내가 말한다.

"나는 루실이 내 것이라고 느끼고 싶어요."

마이클이 옆에서 말한다.

"루실은 당신 거야. 루실이 당신을 얼마나 사랑하는지 알잖아."

"하지만…… 하지만……."

나는 목이 멘다. 사랑과 신뢰, 독점욕을 둘러싼 어설픈 생각이 목구멍에 걸려 빠져나오지 않는다.

루실은 처음부터 우리 관계에 문제가 되었다. 대낮의 토크쇼에서나 들을 법한 한심한 이야기(개를 지나치게 사랑하는 여자들) 같지만, 사실이 그랬다.

루실을 데려온 그 날부터 나는 녀석에게 엄청난 소유욕을 느꼈다.

'내 거야, 내 거, 내 거. 이 녀석은 내 거야.'

루실이 없던 시절, 나는 일주일에 4~5일, 때로는 6일 밤을 마이클 집에서 보냈다. 그런데 루실이 생기고 나서 그 횟수를 3일, 때로 2일로 줄였다. 그런데 그것마저 불편해지기 시작했고, 집에 가고 싶은 충동을 누르기가 어려웠다. 물론 핑계는 있었다. 우리 집에는 파티오가 있어서 루실이 밤중에 오줌이 마려워 깨어나면 잠옷 차림 그대로 파티오로 루실을 데리고 나가 볼일을 보게 할 수 있다는. 마이클 집은 아파트라서 우리 집이 훨씬 편했다.

진실은 루실을 오직 나 혼자 누리고 싶다는 것.

나는 루실이 오직 나하고만 유대 맺기를 바랐다. 이런 소유욕은 나 자신도 놀랄 만큼 격렬한 기세로 나를 감쌌다. 나는 루실이 마이클이 아니라 내 뒤를 따라다니길 원했고, 침대에서 그가 아니라 내 곁에서 자기를 원했다. 마이클과 내가 함께 소파에 앉아 있는데, 루실이 그의 다리에 머리를 얹거나 그의 몸에 기대어 누우면 나는 사악한 질투심에 사로잡혔다. 그러나 이런 사실을 밝히기는 고통스럽고 또 민망하기도 했다. 그래서 나는 그를 만나는 시간을 줄이는 방향으로 일을 꾸며나갔다.

"하룻밤 나 혼자 있어야겠어."

"오늘은 그냥 집에 있을게."

그리고 내가 마이클을 내 집에 부르지 않는다는 것에 대해서, 마이클도 나도 침묵했다. 이런 식으로 그와 거리를 벌리는 나 자신이 한심했지만, 그래도 어쩔 수 없었다. 이런 열망은 몸속에서 치솟듯이 내 온 존재를 압도했다.

개와 나

마이클은 내가 지금껏 만난 남자 가운데 가장 친절한 사람이다. 커플 치료를 받기 시작했을 때 우리는 이미 7년을 함께한 사이였다. 그동안 그는 나의 가장 가까운 보호자이자 최고의 친구였다.

나는 친절함과는 거리가 멀었던 옛 애인 줄리안과의 동거를 끝낸 직후에 그를 만났고, 마이클은 내가 그 결별의 시기를 (그 뒤로도 몇 년을 질질 끌던) 다 건널 때까지 차분히 지켜주고 도와주었다. 내가 줄리안을 떠나 새 아파트로 이사한 뒤에 직장에서 마이클에게 전화를 걸어 미칠 것 같다고 울던 기억이 난다. 그는 보스턴 공원으로 나를 불렀고 우리는 양지바른 벤치에 앉았다. 나는 울고 또 울며 줄리안과 헤어진 괴로움을 토로했고, 그는 내 어깨를 감싼 채 가만히 이야기를 들었다.

그는 언제나 그랬다. 내가 아무리 그에게 상처와 좌절을 안기는 말을 해도 늘 내 곁을 지키며 가만히 들었다. 때로 그것은 보기 드문 너그러움으로 보이기도 하고, 때로는 한계를 설정할 줄 모르는 어떤 무능력으로도 보였지만, 이유가 무엇이건 간에 마이클이라는 남자는 꾸준함 자체였다. 그는 아버지가 투병하던 11개월 동안 고통에 몸부림치던 나를 보았고, 그 1년 뒤 어머니의 죽음을 겪는 나를 보았고, 그 8개월 뒤 내가 술을 끊고 알코올 재활센터에 들어가는 것을 보았다.

그 시절 그는 내게 레드소스를 얹은 리가토니, 덤플링을 곁들인 닭고기, 으깬 감자를 곁들인 이탈리아 소시지 등 헤아릴 수 없는 가정식 요리를 해주었다. 그리고 내가 그의 헌신에 충분히 응답하지 않는다는 사실을 한 번도 원망하지 않았다.

나는 그와 한 마디 상의도 없이 루실을 데려왔다. 루실을 데려온 날 아침, 나는 동물보호소에 구경 한번 가보겠다고 말했다. 그리고 그날 오후 루실을 그의 집으로 데리고 가서 인사시켰다. 루실은 불안한 기색으로 걸어 들어 가더니, 30초도 지나지 않아 카펫에 오줌을 누었고, 잠깐 사이에 두 번이나 배변했다(한 번은 거실에 또 한 번은 그의 침실에).

돌아보면 루실의 행동은 기이한 방식으로 나에게 딱 들어맞았다. 말하자면 루실은 내 마음의 메시지, 다시 말해, 나는 이렇게 일을 지저분하게 만들 수 있다는 신호를 전달한 것이다. 마이클은 언짢았지만, 언제나 그랬듯이 이것을 두고 왈가왈부하지 않았다. 나는 루실을 데리고 밖으로 나갔고, 그가 오물을 치웠다. 그는 이번에도 내가 그를 배제한 채 이런 중대한 결단을 내린 것을 질책하지 않았다.

그로부터 1년 전에도 똑같은 짓을 저질렀다. 그때도 거의 하룻밤 새 결심을 하고, 이곳 케임브리지에 우리 둘이 살기에는 지나치게 좁은 집을 사고 말았다. 나는 말했다. 언제일지 몰라도 앞으로 3층을 그의 작업실로 개조할 수도 있을 거라고. 아니면 주방 옆을 달아내서 공간을 넓힐 수 있을 거라고. 하지만 내 마음에 울리는 다른 목소리를 나는 잘 알았다.

'여긴 내 집이지, 우리 집이 아니야.'

루실의 경우도 마찬가지였다.

'내 개야. 녀석은 내 거야.'

나는 이런 마음이 차츰 누그러들기를 바랐다. 마음에 여유가 생겨서 마이클도 루실의 곁을 허락할 수 있기를 바랐다. 그러나 소유욕의 불길은 사그라지지 않았고, 나는 그를 허락할 수 없었다. 나도 이런 내가 싫었고, 내가 가진 이기심에 진저리가 났지만, 그래도 어쩔 수 없었다.

개는 상징이 되고, 거울이 되고, 인간사의 바로미터가 된다. 우리는 흔히 개를 가정생활의 단순한 장식물 정도로 여기고, 단순한 역할을 부여한다(가족에게 사랑을 나누어주고, 아이들과 함께 놀아주면서 책임감도 가르쳐주고, 또 집도 지키는). 개는 이런 일을 잘할 수 있고 실제로도 잘 해내지만, 가족 관계의 복잡한 그물 속에서 그와는 다른 역할을 수행하기도 한다. 그리고 때로는 그 그물을 만드는 데 직접 참여하기도 한다.

루실은 마이클에 대한 내 한계, 가장 중요한 것들을 그와 나누지 못하는 내 상태를 표현하는 수단이 되었다. 루실과 함께한 지 일주일쯤 지나서, 나는 마이클과 루실을 차에 태우고 어디론가 가고 있었다. 그런데 내가 루실에게 마이클을 삼촌이라고 칭했다.

마이클 삼촌.

마이클은 나를 돌아보더니 분명하게 말했다.

"삼촌이라니, 무슨 소리, 나는 아빠야."

그 목소리의 단호함이 귀에 거슬렸다. 나는 아무 말도 하지 않았지만, 속으로 생각했다.

'미안하군요. 하지만 당신은 삼촌이야.'

마이클은 오랫동안 우리 셋이라는 말을 많이 썼다.

"루실은 우리 셋이 함께 있을 때 가장 좋아하는 것 같아. 우리 셋이 다 있을 때 말이야."

이런 말에 깃들인 그의 소망은 나를 심한 죄책감과 갈등 속으로 밀어 넣었다. 나는 그 소망을 공유하지 않았기에, 거기에 화답할 수 없었다. 내 마음속에서는 루실과 나는 '우리 둘이 하나'를 이루었고, 마이클은 그 테두리 바깥에 있었다. 가까운 거리였지만 분명히 안쪽은 아니었다.

루실에 대한 이런 느낌은 내가 마이클이나 그와의 앞날을 생각할 때 느끼는 양가감정에서 생겨난 것이 아니다. 그에게 느끼는 양가감정은 루실이 오기 전부터 이미 우리 관계의 현실을 이루고 있었다. 루실에 대한 느낌은 다른 절박한 필요로 추동된 것이다.

'나는 이것이 필요해. 나한테는 이 개가 필요하고, 이 개는 나만의 개여야 해. 나는 이 개에 대한 소속감과 애착을 키워야 해. 나 혼자서 해야 해. 나에게 이런 능력이 있다는 것을 알아

야 하니까. 나는 루실을 사랑해야 하고, 녀석의 사랑을 받아야
해. 그러기 전까지 아직은 이 테두리를 넓힐 수 없어.'

　이런 절박성에서 나온 이기심은(마이클과 그런 유대와 애착을
공유하지 못하는) 미안하고 한심했지만, 어떻게 보면 나는 오랫
동안 사탕을 금지당하다가 갑자기 핼러윈을 맞은 아이와도 같
았다. 나는 그 모든 사탕을 움켜쥐고 놓을 수 없었다.

　'루실은 오직 나에게만 있어야 해. 나는 녀석이 주는 것을
혼자서 다 받아야 해.'

　이것은 내가 루실을 두고 외출할 때 느끼던 감정의 변주라
고도 할 수 있었다. 그 역시 어린 시절에 겪은 사랑의 결핍감,
사랑이라는 자원은 너무도 한정돼 있어서 부단한 노력을 기울
여야 겨우 지켜낼 수 있다는 느낌에 뿌리를 둔 것이었다.

　'루실은 내 거야. 나는 녀석을 두고 떠날 수 없고, 녀석도
나를 두고 떠날 수 없어.'

　내가 개를 다른 사람과 공유하지 못한다는 것이 나를 슬프
게 했다. 하지만 이것이 그렇게 보기 드문 현상만은 아니다. 개
와 함께 살기 시작하면 우리가 가진 관계의 강점과 한계가(헌신
수준, 경쟁 정도, 갈등 영역) 뚜렷이 떠오른다. 개는 동맹이 되기도
하고, 동맹을 해체하기도 하며, 어려움을 밝히기도 하고, 그것
을 가리기도 하며, 집단이 움직이는 내적 작동 방식을 순식간
에 드러내고 만다.

인생에 개를 더하면 때로는 가족을 얻는다. 내가 아는 많은 커플이 개를 키우면서 유대가 깊어졌다. 이 집단 지향적인 동물과 함께 사는 동안 사람들은 가족을 꿈꾸고, 아이를 키우는 모습을 떠올리며 서로를 향한 개입의 강도를 높인다.

내 친구 베스와 데이비드는 두 살짜리 독일셰퍼드-시베리안 허스키 잡종을 키운 지 1년이 지나지 않아 결혼했고, 아기를 낳았다. 두 사람은 개로 말미암아 사랑은 베푸는 것임을 깨달았고, 개를 함께 돌보면서 서로에게 그런 능력이 있다는 것을 인식하게 되었다.

똑같은 일이 캘리포니아에 사는, 역시 베스라는 이름을 가진 여성에게도 일어났다. 베스는 내가 루실을 만나기 1년 전에 셰퍼드 잡종을 키우기 시작했는데, 그런 뒤 남자친구 앤디와 샌프란시스코로 이사해서 작년 여름에 결혼했다. 개는 두 사람 관계의 접착제가 되었고, 둘의 테두리는 셋의 테두리로 넓어졌다.

인생에 개를 더하면 때로는 재앙이 빚어지기도 한다.

"내가 볼 때 개는 사람들을 헤어지게 하는 것 같아요."

시카고 저널리스트 리즈의 말이다. 리즈의 경우, 애착 강도의 차이가 이런 결과를 빚었다. 리즈는 크리스마스 때 남자

친구에게서 강아지를 선물로 받았다. 리즈는 개를 몹시 사랑했는데, 그 뒤로는 그만한 깊이의 감정이 남자친구에게는 생기지 않았다. 그에게는 그만큼 헌신하고 싶지도 않았고, 그만큼 매혹되지도 않았다. 리즈는 강아지를 오직 혼자만이 간직하고 싶었고, 6개월 뒤 남자친구는 옛일이 되어버렸다.

제시카의 남자친구도 과거가 되었다. 둘은 함께 강아지를 키우기 시작했다. 그런데 남자친구가 개를 상당히 가혹하게 다루었고, 그와 더불어 아기를 키우겠다는 제시카의 환상은 사라졌다. 남자가 개를 학대하면, 해결책은 개를 선택하고 남자를 버려야 한다.

사람이 개와 어울리는 모습, 개가 그 사람에게서 불러일으키는 친절함과 애정, 유쾌함은 그에 대해 많은 것을 일러주는 자료다. 때로는 개를 통해서 제3자에 대한 정보를 얻을 수도 있다. 로스앤젤레스 공용방송국에 근무하는 웬디는 이 방법을 효과적으로 활용한다.

"우리 집 아래층에 친구가 살았어요. 그 친구가 데이트할 때마다 나와 남편은 우리 개를 내려보내서 남자를 살펴보게 했죠."

웬디의 개는 배시라는 조그만 흰색 몰티즈였는데, 녀석은 남자 탐색에 관한 한 감별력이 아주 놀라워서, 웬디의 친구는 언제나 배시의 반응에 근거해서 남자를 판단했다. 배시가 꼬리를 흔들면 즐거운 데이트가 몇 차례 이어졌고, 배시가 으르렁거리거나 어떤 식으로든 못마땅한 기색을 보이면 미련을 버렸다. 개는 이렇게 영혼의 냄새를 맡는 구실도 한다.

웬디 집에서도 배시의 역할은 중요하다.

웬디가 말한다.

"나는 아이를 가질까 말까 고민하는 맞벌이 커플을 많이 알아요."

웬디도 맞벌이 부부다.

"책임감과 관련한 중대한 문제가 생기니까요. 아이는 누가 돌볼 것인가? 누가 업무를 줄일 것인가? 물론 개하고 아이는 다르지만, 남편하고 나는 오랫동안 이런 문제를 의논했어요."

누가 배시에게 밥을 줄 것인가? 누가 동물병원에 데리고 갈 것인가? 둘의 역할 분담은 공평한가? 그렇지 못한가?

"개를 키우면 이런 고민을 할 수밖에 없어요."

폴리와 웬디는 개를 키우기 전에 오랫동안 미루어오던 대화를 시도해야 했다. 그것은 사소해 보이지만 결코 간단치 않은 주제인 가사노동에 대한 것이었다. 개가 생기면 할 일이 늘어나는 건 분명했고, 그에 따라 두 사람은 물어야 했다.

'누가 개를 산책시킬 것인가? 누가 밤에 데리고 나가 오줌을 누일 것인가? 누가 털 손질을 해줄 것인가? 거기다 누가 집을 청소하고 요리를 하며 장을 볼 것인가?'

웬디는 폴리보다 열세 살 연상이고 그들이 사는 아파트와 가구 대부분도 웬디 소유다. 게다가 웬디는 카펫 청소나 가구 닦기 같은 비일상적 가사노동을 자신이 전적으로 떠맡았다고 생각해왔다. 반면에 폴리는 쓰레기를 내놓는 것처럼 육체적 힘이 필요한 것은 모두 자기 차지라고 여겼다. 둘 다 불공평함을 느끼던 와중에 개를 키우면서 가사 분담의 문제와 그 뒤에 오랜 세월 감추어졌던 불안과 긴장의 문제를 비로소 솔직하게 의논했다.

그들의 이야기는 해피 엔딩이다. 하지만 개를 키운다고 커플 문제가 해결을 향해 움직이는 것은 아니다.

과학 관련 저자와 목수인 캐롤린과 마크 부부는 9년의 결혼생활 중 7년을 위기 속에 보낸 뒤 강아지를 키우기로 했다. 이런 결정은 별로 특이한 것 없어 보였다. 두 사람 다 개를 무척 좋아했기에. 그런데 캐롤린은 두 사람 모두 숨겨진 의도가 있었던 건 아닐까 생각한다. 그러니까 아기가 생기면 어려움이 극복되지 않을까를 기대하는 커플과도 비슷하게.

캐롤린은 말한다.

"물론 그런 식으로 말하지는 않았어요. 하지만 우리 둘 다 개가 긍정적인 도움이 되기를 희망했던 것 같아요. 우리 둘이 함께 공유하고 돌볼 대상, 그러면서 다투지 않을 대상으로요."

그런데 어쩌면 당연하게도 이들의 개는(조조라는 이름의 에너지가 넘치고 손이 많이 가는 바이마라너 종) 정반대의 효과를 냈다. 10년 가까이 조용히 부글거려온 두 사람의 문제를 완전히 끓어 넘치게 했다.

지금은 30대 후반인 캐롤린은 무슨 일이든 똑 떨어지게 해야 직성이 풀리는 여자다. 수표책도 1원 1전까지 맞추어 쓰고, 승용차는 정기적으로 점검하고, 집에 페인트가 벗겨진 것도 그냥 넘기지 못하는 유형이다. 반대로 남편 마크는 모든 것에 훨씬 방임적이다(캐롤린은 미성숙한 성격이라 함). 늘 약속에 늦고 연체를 밥 먹듯이 하고, 가사도 마지못해 대강대강.

　둘은 조조를 두고 끊임없이 부딪혔다. 캐롤린은 조조를 지성으로 복종 훈련 교실에 데려갔지만, 마크는 조조가 배운 모든 것을 즉시 망쳐놓았다. 캐롤린은 녀석이 오라는 명령을 확실히 따를 때까지는 외출할 때마다 반드시 목줄을 사용하려고 했는데, 마크는 아무 때고 목줄을 풀어서 녀석이 사방팔방 멋대로 뛰어다니게 했다. 둘은 식탁의 음식을 주는 것, 소파나 침대 위에 올라오게 하는 것, 거세를 두고 다퉜다. 조임 목띠 사용을 두고도 다퉜고, 먹이와 운동을 두고도 다퉜고, 심지어는 조조의 발톱을 깎는 것을 두고도 다퉜다(캐롤린에게는 그게 중요했지만, 마크는 바보 같은 일이라며 돕지 않았다). 무엇보다 둘은 누가 더 많은 책임을 지고 있느냐를 두고 다퉜다.

　캐롤린의 인내심은 바닥났다. 그리고 두 주인에게서 모순된 메시지를 받은 개는 개대로 대책 없는 녀석이(무법 강아지) 되어갔다. 그에 따라 결혼생활에 대한 캐롤린의 생각은 차츰 또렷해졌다.

　"개는 우리에게서 엄청나게 많은 갈등을 이끌어냈어요. 남편의 모든 미성숙함, 내 모든 분노, 우리가 지닌 그 모든 차이. 그리고 무엇보다 오래전부터 내 마음에서 달싹거리던 느낌, 이 남자는 내가 믿고 의지할 만한 사람이 아니라는 느낌을요."

조조를 키운 지 1년도 지나지 않아 캐롤린과 마크는 별거에 들어갔고 곧 이혼했다. 누가 개를 키울 것인가 하는 문제는 다행히 캐롤린의 승리로 돌아갔다.

캐롤린은 자기가 조조 때문에 마크와 헤어졌다고 생각하는 친구들이 많다고 했다.

"사람들이 황당했을 거예요. '뭐? 개 때문에 남편과 헤어져? 개 때문에 이혼한단 말이야?' 하고 말이에요. 하지만 개를 키우지 않는 사람들은 개를 둘러싸고 얼마나 많은 문제가 생기는지 이해하지 못해요."

아, 그렇고말고. 당연히 많은 문제가 생겨나며, 그 형식도 매우 다양하다. 개는 가족 가운데 한 사람을 진짜 주인으로(알파 하느님, 이 우주의 왕) 섬기기 때문에, 부지불식간에 질투와 불안감, 또 잠자던 경쟁심을 일깨우기도 한다.

내가 아는 수라는 여자는 먹이고 산책시키고 목욕시키고 아낌없이 사랑하는 콜리 잡종이 남자친구 매트만 집에 나타나면 몸을 던지듯이 기뻐 날뛰는 모습을 참을 수 없었다. 하루에도 몇 시간을 개에게 바치며 정성을 기울이건만 매트만 있으면 수는 개의 레이다에서 사라지는 것 같았다.

물론 개는 인간의 성의 정치학 같은 것은 알지 못한다. 이것은 개, 특히 암캐와 사는 여자들이 겪는 슬프지만 어쩔 수 없는 현실이다. 어떤 암캐들은 남자만 보면 온몸으로 굴종을 내뿜는다. 남성호르몬이 허공에 날리면 녀석들은 꼬리를 치고 바닥을 데굴데굴 구른다. 그것을 보는 페미니스트 주인들의 속이 편할 리 없다.

변호사인 수는 많은 여성과 마찬가지로 성인이 된 이후 많은 시간을 독립적인 사람이 되기 위해, 자신의 능력에 긍지를 갖기 위해 노력하며 보냈다. 그런데 자신의 개가 남자친구의 발밑에서 굴종의 몸부림치는 모습을 보니, 자신이 그렇게도 벗어던지려고 했던 자아의 일부가 녀석의 몸을 빌려 드러나는 것만 같았다.

이런 수의 반응은?

남자친구에게 화를 내고 개에게는 텃세를 부렸다. 매트와 사귄 처음 1년 동안 두 사람은 다퉜다 하면 개 문제였다. 지금 보면 사소해 보이는 모든 것이 수에게는 불평거리였다(매트가 개를 너무 예뻐한다. 아니면 개랑 너무 잘 논다. 매트가 훈련을 힘들게 하고 수의 권위를 실종시킨다). 하지만 실제로 그 속에 담긴 긴장은 더욱더 깊은 것이었다. 수의 머릿속에서는 이런 말이 후렴처럼 울렸다.

'개가 주인인 나보다 저 남자를 더 사랑해. 나보다 더 존경해, 말도 더 잘 들어.'

이와 정반대의 후렴을(당신은 나보다 개를 더 사랑해) 읊는 커플도 있다. 가정생활에서 흔히 개는 애정의 초점 역할을 하고, 다른 인간 가족보다 더 큰 사랑을 받기도 한다.

정신과 간호사 앤 케인은 반려동물의 가족 내 역할에 관한 연구에서 개를 키우는 60가족을 대상으로 쓰다듬기의(어루만짐, 미소, 손짓 등 애정적인 모든 행동을 지칭) 정도와 빈도를 분석했다. 전체 가족의 44퍼센트가 다른 어떤 식구보다 개를 많이 쓰다 듬는 것으로 나타났다. 18퍼센트의 가족만이 개와 동일한 횟수의 쓰다듬기를 받았다.

이것은 별로 놀라운 일이 아닐지도 모른다. 관심과 애정을 동물에게 집중시키기는 아주 쉽다. 개들에게 사랑을 표현하는 것은 인간에게 그러는 것만큼 복잡한 감정적 고려를 동반하지 않는다. 하지만 짐작할 수 있듯이, 이로 말미암아 해묵은 긴장이 솟아오르는 것도 적지 않다. 남편들은 아내가 개한테만 정성을 쏟는다고 불평한다. 아내들은 남편이 자신이나 아이들보다 개한테 더 다정하다고 불평한다.

개는 초점 역할을 한다. 우리 부모님은 극도로 과묵하신 분들이다. 식구들 사이에는 여러 가지 복잡한 감정이 흘렀지만, 그것이 공공연하게 표출되는 것은 몹시 드물었다. 싸워도 언성이 올라가는 법이 없었으며, 어떤 감정이든 뜨겁게 표현하지 않았다. 두 분 사이도 그랬지만, 아이들에게도 그랬다.

그런데 여기 예외가 있었으니, 그게 바로 개였다. 우리 가족의 저녁 식사는 늘 무겁고 음울했다. 변함없는 침묵 속에 둘러앉은 다섯 식구. 식탁 위에서 일렁거리는 촛불. 아무도 아무 말도 하지 않았다. 그런데 이따금 아버지가 식탁 음식을 탐내는 개를 꾸짖었다.

"톰, 저리 가지 못해!"

아버지가 소리치면 개는 슬금슬금 물러갔다. 우리는 모두 침을 꿀꺽 삼키고 본래의 침묵으로 돌아갔다. 이런 순간은 고요의 강둑 어딘가에 작은 실금이 터진 듯한 느낌을 주었다. 부모님의 침묵 아래로는 분노의 강물이 흘렀지만, 그것의 배출 통로는 고통스러울 만큼 찾기 힘들었다. 그런데 개가 하나의 방출구가 되었다. 그것은 아마도 두 분에게 가장 안전한 방출구였을 것이다.

이것은 긍정적인 감정의 경우도 마찬가지였다. 긴장한 가족 식사가 끝나면 언제나 긴장한 가족 칵테일 시간이 이어졌다. 부모님이 술을 들고 거실 소파에 앉으면, 개는 누군가 땅콩을 떨어뜨릴지도 모른다는 식지 않는 희망을 품고 바닥에 엎드려 있다. 그리고 실제로 땅콩 한 조각이 떨어지면(아니 반 조각이라도) 개는 엄청난 기세로 땅콩을 향해 돌진한다. 지금 커피 테이블 밑으로 지나간 것이 다람쥐가 아닌가 싶을 정도였다. 녀석의 눈에는 땅콩을 쟁취한 기쁨이 넘쳤고, 그걸 보면 우리 가족은 웃었다.

부모님이 두 번째로 키운 앨크하운드 토비는 특히 마티니를 좋아했다. 토비는 아버지에게 다가가 아버지 손에 들린 마티니 냄새를 맡고는, 뒤로 몇 발짝 물러서서 사납게 재채기를 하고는, 다시 냄새를 맡으러 다가갔다. 우리 가족은 가족의 일로 웃음을 주고받는 일이 거의 없었다. 그런데 개를 두고는 언제나 웃었다. 개는 안전한 대화 주제였고, 즐거움의 근원이었으며, 긴장 해소제였다.

마흔일곱 살의 지나는 이혼하고 1년쯤 지난 어느 날, 당시 열 살과 열두 살이던 두 아들이 길 잃은 강아지를 주워온 일을 상기한다. 코요테하고도 비슷한 데다 털도 여기저기 떨어져 나가서 보기 드물게 못생긴 개였지만, 그들은 개를 키우기로 하고 럭키라는 이름을 붙였다. 그 뒤 녀석은 점차로 가족이 일구어나가는 새로운 생활의 상징이 되었다.

지나는 말한다.

"처음에 이 개는 놀 줄을 몰랐어요."

아이들이 공을 던져도 가만히 서 있었다. 도로 달라는 거면 뭐 하러 던졌느냐고 말하는 것 같은 품이었다. 얼굴 앞에서 장난감을 흔들면, 의심에 찬 표정으로 물러섰다. 하지만 1년도 지나기 전에 아이들은 개에게 원반 물고 오기를 비롯해서 상당히 복잡한 규칙의 술래잡기를 가르쳤고, 그 밖에 실내에서 할 수 있는 여러 재주를 익혀주었다. 럭키는 리모컨으로 TV를 켜고 끌 줄 알게 되었으며, 코 위에 과자를 올려놓을 수도, "치즈!"라고 말하면 이빨을 드러내며 웃을 수도 있게 되었다.

"이혼 뒤 우리는 즐겁게 지내는 법을 잊었던 거 같아요. 그러다가 럭키 덕분에 함께 놀 수 있는 새로운 방법을 찾았어요. 아빠 자리에 이제 개가 들어온 거죠."

지나는 잠시 말을 멈추었다가 다시 말한다.

"그리고 개는 아빠보다도 훨씬 더 많은 웃음을 줘요."

사람들, 특히 여자들이 개를 소원한 아버지와 연결하는 것은 그리 드문 것이 아니다.

뉴욕의 인테리어 디자이너 낸시는 이렇게 말한다.

"어린 시절 우리 집에서 아버지가 말을 거는 대상은 개밖에 없었어요. 아버지는 자기 속에 갇힌 사람이라서 아무도 아버지와 친하지 않았죠. 하지만 아버지도 나도 개하고 연결되어 있어서 부녀 관계도 계속 이어졌어요. 우리는 개를 매개로 삼아서 숲을 산책하곤 했어요."

낸시는 지금 저먼 쇼트헤어드 포인터 종 토마토와 산다. 녀석은 낸시의 네 번째 개인데, 아직도 개는 낸시와 아버지를 이어주는 가장 큰 연결 고리다.

"그렇게 많은 시간이 지났는데도 우리는 개 이야기만 해요. 아버지는 개만 보면 생기를 찾아요. 아버지가 이 세상에 연결되는 방식이죠."

이혼한 캐슬린은 여섯 살짜리 오스트레일리안 셰퍼드 오즈가 아들과의 연결 고리라고 말한다. 오즈는 두 사람의 생각이 합치하는 지점이다. 멀리서 대학을 다니는 스무 살의 이안이 집에 오면 두 사람은 우선 개를 주제로 말문을 열고는, 다른

이야기로 넘어간다. 오즈는 캐슬린과 이안 모두에게 깊은 위안
이다.

"오즈가 옆에 있으면 어려운 이야기도 하기 쉬워져요."

오즈는 긴장을 다스리고 애정이 깃들일 공간을 열어준다.

"이안은 사랑이 가득한 환경에서 자랐어요. 상당 부분 오
즈 덕분이죠. 그 아이가 우리 마음을 열어서 사랑을 이끌어냈
어요."

오즈는 팬케이크를 아주 좋아해서 이안이 집에 돌아오면
캐슬린은 팬케이크를 잔뜩 만들어서 오즈에게도 접시에 한몫
따로 챙겨준다. 별로 대단한 것도 아니고, 치의학적 관점에서
는 권장할 만한 일이 아니겠지만(실제로 오즈가 팬케이크를 좋아하
는 건 메이플시럽 때문이다), 이런 따뜻한 유대는 효과가 있다. 엄
마와 아들, 그리고 그 곁에서 함께 팬케이크를 먹는 개의 정경
은 엄마와 아들 둘만 있는 풍경보다 정겨운 법이다.

두 사람은 오즈를 보고 웃는다. 둘은 녀석의 고약한 입맛
을 조장한 공범자다. 그리고 오즈는 둘에게 공유한 기쁨의 근
원이다.

사람들은 다른 사람(특히 가족)에게 하지 못 하는 말을 개 앞
에서는 쉽게 말한다. 그래서 개는 우회 전달의 수단이다. 내 아

버지가 그랬듯이, 배우자나 아이들 대신 개에게 소리 지른다. 개는 기가 막힌 간접 커뮤니케이션의 수단이 되어서, 식구들이 서로 하지 못 하는 말을 이끌어낸다(욕심쟁이 남편 옆에서 "저 아저씨 말 듣지 마. 자기 욕심밖에 모르거든"이라고 말하는).

개는 때로는 부지불식간에 자유 연상의 대상이기도 하다. 내 친구 메그는 청소년기 시절 어느 주말 이야기를 한다. 집은 코네티컷 주 뉴헤이븐에 있었는데, 어느 날 부모님 친구들이 갑자기 찾아왔다. 친구들은 모두 예일대 졸업생으로 중요한 미식축구 경기를 두고 열을 올렸는데, 조용한 데다 약간 고립적 성향이 있던 메그의 아버지는 거기서 분명히 소외된 모습이었다. 친구들이 모두 가고서 아버지가 집에서 키우는 검은 래브라도를 돌아보고 서글픈 목소리로 말했다.

"터커야, 너하고 나뿐이구나."

메그는 이 기억을 30년 동안 간직했다. 아버지의 외로움을 간접적이면서도 생생하게 드러낸 사건이기 때문이다.

물론 개는 사람보다 더 훌륭한 가족의 일원일 수 있다. 개들은 쉽게 비난하지 않고, 우울해하지도 않으며, 충성심이 강하고, 우리의 요리 솜씨를 헐뜯지도 않는다.

몬태나 주에 사는 도서관 사서인 마흔한 살 애니타는 코커스패니얼-푸들 잡종 스파키를 키우는데, 딸이 이렇게 말한다고 한다.

"엄마, 어떨 때 보면 개가 엄마한테 제일 친한 친구 같아."

그러면 애니타는 고개를 젓고 말한다.

"앞으로도 개가 유일한 친구일 거야."

개는 애니타의 확고한 동맹군이며, 퇴근하면 언제라도 변함없이 진심으로 환영하는 유일한 존재다. 개는 애니타 행동 하나하나에 반응하고, 잠시도 애니타를 외면하지 않는다.

"개는 불평도, 요구사항도 없어요. 원하는 건 나를 사랑하는 것뿐이에요. 내게서 아무 트집거리도 찾지 않고, 내가 아무리 엉망이라도 나를 우러러보는 그런 존재가 곁에 있는 건 정말 뿌듯한 일이죠. 왜 그럴 때 있잖아요. 내 인생이 완전히 엉망이라고 생각될 때, 되는 일도 하나 없고, 나를 사랑하는 사람도 하나 없다고 느껴질 때 말이에요. 그런데 돌아보면 있어요. 날 사랑하는 존재가. 바로 개죠."

게다가 개는 아주 특별한 방식으로 우리를 사랑한다. 그들의 사랑에 깃들인 집중력과 일관성은 아무리 애정 가득한 가족에게서도 찾아보기 쉽지 않다. 애니타는 이를 설명하기 위해, 개에 대한 사랑과 세 자녀에(이제 열아홉, 스물, 스물셋) 대한 사랑의 차이를 예로 든다.

"가장 큰 차이는 아이들이 나를 사랑하는 방식이죠. 아이들이 나를 사랑한다는 건 잘 알아요. 우리 관계는 언제나 친밀하고 솔직하니까요. 그래도 분명한 건, 아이들이 나를 사랑하는 것보다는 내가 아이들을 더 사랑한다는 거예요. 이것을 불평하는 건 아니에요. 우리 아이들은 자식이 부모에게 바칠 수 있는 최대의 사랑을 주고 있어요. 그런데 엄마는 언제나 아이들에게 받는 사랑보다 주는 사랑이 크게 마련이죠. 나는 내가 준 만큼 돌려받고 싶은 생각이 없어요. 오히려 그 사랑은 아이들이 자기 아이에게 넘겨주기를 바라죠. 나와 아이들의 관계는 이렇게 좀 기울어져 있지만, 아이들이 집을 떠나서 새로운 관계를 맺을 수밖에 없기에, 이 관계의 숙명이라고도 할 수 있어요.

하지만 스파키에게는 우리 집이 평생의 집이에요. 우리 관계가 기울어져 있다면 그 방향은 반대예요. 스파키의 삶은 가족과 함께 지내는 시간을 위해서 존재해요. 내가 외출하면 녀석은 내가 돌아오는 그 순간을 위해 살죠. 나를 그토록 사랑하는 존재가 곁에 있다는 것은 더없이 흐뭇한 일이랍니다."

버지니아 의대 교수인 샌드라 바커와 랜돌프 바커 부부가 실시한 개를 키우는 122가족에 대한 연구를 보면, 조사 대상의 3분의 1에 가까운 사람들이 가족 가운데 개에게 가장 큰 친밀감을 느끼는 것으로 나타났다. 정신의학과 조교수인 샌드라 바커는 개를 향한 애착 강도에는 별로 놀라지 않았지만(그녀는 라사압소 종 네 마리를 직장에까지 데리고 다닌다), 가족 가운데 가장 가까운 상대로 개를 꼽은 사람들의 숫자에는 적잖이 놀랐다.

샌드라 바커는 이렇게 말한다.

"개는 사람에게는 없는 특징이 많아요. 우리 인생의 어떤 관계에서 이토록 완벽한 수용이 있겠어요? 조종 도구도 필요 없고, 방을 청소하면, 다이아몬드 반지를 사주면, 쓰레기를 내어 주면 같은 전제조건도 없어요."

내가 아는 한 빌딩 관리인은 우람한 래브라도를 날마다 직장에 데리고 다니는데, 그는 바커 교수의 연구 결과를 보아도 별로 놀라지 않을 것이다.

"저는 아내도 사랑하고 아이들도 사랑해요. 그러나 개에 대한 사랑은 차원이 다르죠."

그의 말은 애니타의 감정과 일맥상통한다. 개가 주는 애정은 인간 가족의 애정에는 결여된 일관성이 있으며, 그들에게는 친근감을 느끼기가 훨씬 쉽다.

이렇게 언제나 곁에 있고 아무런 불평도 하지 않는다는 이유로 개들은 온갖 문제를 빨아들이는 피뢰침 역할을 하는데, 사랑뿐 아니라 다른 감정표현의 대상이기도 하다.

훈련사들은 늘 이런 장면을 본다.

집안의 막내, 그러니까 가족 서열이 가장 낮은 아이가 형이나 누나들에게 괴롭힘을 당하면, 그 분풀이를 개에게 한다. 부모들은 자신들의 불화를 개의 훈련을 둘러싸고 표출한다(엄마는 개에게 더 많은 사랑을 주려고 하고, 아빠는 신문지로 주둥이를 내리치려고 한다).

개는 거의 예외 없이 가정생활의 작은 거울이다.

TV가 요란하게 떠들고 아이들은 길길이 뛰어다니는 정신사나운 집에 가보라. 그러면 역시 대책 없이 고삐 풀린 개를 볼 수 있을 것이다. 그들은 개의 탈을 쓴 가족의 거울이다.

　　때때로 훈련사들은 좀 더 복잡한 문제도 본다. 개가 가족 삼각관계에 얽힌다거나 문제 드라마 속에 놓이는 경우다.

　　어느 훈련사는 개가 결혼생활에 문제를 일으킨다고 한 여자 고객 이야기를 했다. 여자가 남편과 잠자리를 하려고 할 때마다 개가 짖고 으르렁거리고 침대시트를 물어뜯는다는 것이다. 남편은 짜증을 내며 개를 밖으로 몰아낸다. 그러면 개는 울부짖으면서 문을 긁어댄다. 여자는 죄책감에 개를 달래러 나간다. 남편은 이것에 더 크게 화를 내고, 여자는 남편에게 화를 내고, 개는 결국 다시 방으로 들어온다. 그러면 두 사람은 아무 말 없이 다시 침대에 눕는다.

　　여자는 훈련사에게 어떻게 해야 하느냐고 물었다. 그런데 여자는 남편보다 개의 감정을 더 걱정하는 것 같았고, 결혼생활의 안정보다 개하고 평화로운 관계를 유지하는 것을 더 중요하게 여기는 것 같았다.

　　훈련사는 여자에게 몇 가지 대응책을 제시했다. 개에게 이제 침실에 들어올 수 없다는 것을 분명히 일러줄 것, 녀석이 아무리 울부짖어도 굴복하지 말 것, 개가 자기 뜻을 관철할 수 없다는 것을 알면 녀석은 적응할 것이라고. 그러나 여자는 훈련사의 말을 들으면서 다른 결론을 내렸다.

'유감스럽게 당신은 개 훈련사가 아니라 섹스 치료사를 해야겠군요.'

또 다른 훈련사는 사나운 차우차우 개를 키우는 여자 이야기를 했다. 개는 여자하고는 깊은 유대를 이루었지만, 다른 식구들에게는 적개심을 품은 듯했다. 여자의 남편을 보고도 늘 으르렁거렸고, 다섯 살짜리 아들이 엄마 곁에 있는 것도 가만 내버려 두지 않았다.

여자는 남편 부탁으로 훈련사를 불렀다. 남편은 개를 몹시 싫어했고, 개가 아들을 물 것을 걱정했고, 이 문제가 해결되지 않으면 개를 내보내야 한다고 주장했다.

훈련사는 남편 생각을 인정했다. 훈련사가 보기에 개가 지나치게 공격적이며, 아이와 남자를 싫어했다. 이런 행동을 그냥 두면 안 되는데, 이 품종의 개는 완고하고 훈련하기도 어렵다. 그렇기에 자칫하면 큰 문제를 일으킬 테니 개를 처리하든지 다른 사람에게, 특히 집에 남자가 없는 싱글 여성에게 주는 게 좋겠다는 조언을 했다. 그러나 여자는 훈련사의 조언을 딱 잘라 거절했다.

이것은 개를 포기할 수 없어서만이 아니라, 여자도 인정했다시피, 자기가 개에게 특별대접을 받는 것이 좋고, 개 덕분에 가족 위계에서 높은 위치를 차지하게 된 것도 만족스러웠기 때문이다. 훈련사가 볼 때 여자는 개에게서 남편은 주지 못하는 유대감을 얻는 한편, 개와 함께 가족 삼각관계를 이루어 배우자 간 권력 갈등을 주제로 한 드라마를 만들어가고 있었다. 그녀에게는 이런 개와의 관계가 너무도 소중했기 때문에, 아이의 안전이 위험에 처하는 상황까지도 감수할 생각이다.

개가 사람들 사이의 이런 갈등을 표출시키기도 하지만, 때로는 결혼생활의 문제에서 시선을 돌리게 함으로써 갈등을 은폐하기도 한다.

토론토에서 열린 미국심리학회에서는 깊은 유대를 오직 개를 통해서만 이룬 부부의 사례가 보고되었다. 두 사람은 개를 사랑하고 개에 관해 이야기하고 함께 개를 돌보았지만, 개는 두 사람이 서로에게서 거리를 유지할 수 있는 수단이기도 했다.

일례로 두 사람은 개와 한 침대에서 자서 잠자리를 할 수 없었다. 그러다가 개가 갑자기 죽자 이런 전략도 사라졌다. 개에게 집중하는 방식으로 요령 있게 피했던 둘 사이의 거리와 공허함이 전면에 떠올랐고, 결국 두 사람은 얼마 지나지 않아 별거에 돌입했다.

개와 인간은 충돌하기도 한다.

개가 인간 문제에 끼어들어 그 냄새를 맡는 능력은 가히 놀라울 정도다. 내 경우를 보면, 그동안 내가 사람 관계에서 느낀 어려움은, 어느 정도야 만족할 만한 수준인지, 그러니까 어느 정도가 충분한 건지를 판단하지 못한 내 깊은 의구심과 불확실성이 그 핵심이다.

'우리 부모님은 나를 충분히 사랑하나? 다른 사람들은 어떤가? 이만하면 내가 충분히 착한 건가? 충분히 사랑받을 만한가? 그래서 충분히 받고 있나?'

질문의 대상은 헤아릴 수 없이 바뀌었지만, 질문 자체는 늘 남아 있었다. 결국 낙심하고 말 거라는 불안, 무언가 불충분하다는 막연하고도 집요한 불안은 언제나 새로운 대상에 집착하는 방식으로 발산되었다.

오랫동안 그 집착 대상은 음식이었다.

20대 시절 나는 격심한 거식증을 겪었고, 54킬로그램이던 몸무게는 45킬로그램으로, 43킬로그램으로, 마침내는 37킬로그램으로 줄었다.

어떤 면에서 '그것은 어느 정도가 충분한가?' 하는 질문에 답이 되었다. 나에게는 아무것도 필요 없다고, 남들과 같은 방식으로 삶의 윤기를 구하지 않겠다고 결심하는 일종의 우회 방식이었다. 비틀린 방식이었지만, 나름대로 멋진 해결책이었다(필요한 것이 없으니 충족시킬 것도 없어). 하지만 이 방법은 나를 총체적인 야윔과 슬픔과 외로움에 빠뜨렸다.

30대 초반이 되었을 때 나는 집착대상을 줄리안이라는 나를 사랑하지 않는 남자로 바꾸었다. 육체적 거식증을 정신적인 것으로 바꾼 셈이었다. 당시 나는 이것을 내면의 몸부림이 아닌 내면의 도전과제로 여겼다. 이 차갑고 냉정하고 인색한 남자가 나를 사랑하게 한다면, 내가 사랑받을 가치가 있다는 것을 증명한다는 식이었다. 이 사람이 내게 삶의 양식을 준다면 나는 승자가 된다고 생각했다. 그러나 줄리안이 내게 준 양식은 먹다 남은 부스러기들뿐이었다(이따금 뿌려주는 포옹과 칭찬, 때때로 던져주는 사랑의 확인). 그러나 시간이 흐르고 흐르면서 나는 이것이 충분하지 않다는 것을, 이 남자와 함께 사는 것은 어린 시절 내가 자란 환경을 극단의 형태로 반복할 뿐임을 깨달았다.

이번에 나는 술에 젖기 시작했다.

이것은 이 정체 모를 허기를 채우려는 새로운 시도였지만, 거기서도 역시 충분함의 답은 주어지지 않았다. 나 자신을 어떻게 먹일 것인가? 또 어떻게 받아먹을 것인가? 적절한 수준의 식량과 물, 접촉과 관심이란 어떤 것인가? 나는 적절한 내적 계측기가(과도함과 미흡함을 일러주는 어떤 핵심적 메커니즘) 부재한 세계로 흘러들었고, 내 인생의 많은 시기를 박탈과 과잉 사이를, 갈망과 폐쇄 공포 사이를, 흑과 백 사이를 진자처럼 왕복하며 보냈다.

루실을 만났을 때 내 인생의 핵심 문제는 마이클과의 관계였다. 어느 정도의 거리, 어느 정도의 친밀성을 유지해야 하는가? 어느 만큼이 두 가지의 적절한 수준인가? 마이클이 멀어지면 나는 그의 결핍을 견디지 못하고 공황에 빠진다(그 없이는 살 수 없어. 그 없이는 내가 아무것도 먹을 수 없어. 제대로 살 수 없어). 그러나 그가 책임감과 미래의 약속을 기대하고 다가오면 나는 두려움에 사로잡힌다(갑갑해, 질식할 것 같아, 숨이 막혀 쓰러질 거야).

이 논리회로에 결여된 것은 어떤 믿음의 씨앗, 내가 나를 돌보는 것과 타인이 나를 돌보는 것이 서로 균형을 이룰 수 있다는 이해, 내 허기가 충족될 수 있다는 확신이다.

루실은 이런 혼란의 한가운데 내려앉았다. 녀석은 확고한 심리적 대상을(충분함을 이루는 관계, 다른 누구도 다가올 수 없을 만큼 절대적이고 독점적인 유대 관계) 원하는 내 소망의 상징 기호가 되었다. 그래서 나는 녀석에게 그토록 집착했고, 그토록 녀석의 애정을 질투했다.

루실은 이 세상에 내가 아무런 제한 없이 사랑할 수 있는 유일한 존재다. 그러니 그 대가로 나는 녀석의 사랑을 독차지해야 했다. 그 밖의 다른 길이란 모든 것을 잃는 길뿐이라고 생각했다.

그래서 우리는 커플 치료를 받으러 갔다.

마이클이 말한다.

"루실은 당신 거야. 루실이 당신을 얼마나 사랑하는지 알잖아."

나는 고개를 젓고 눈물을 참는다. 이성적으로는 나도 이해한다. 그러나 마음 깊은 곳은 수긍하지 않는다. 나에게 사랑이란(루실의 사랑이건 그 누구의 사랑이건) 다른 사람과 공유할 만큼 충분한 것이 되지 못했다.

우리는 대여섯 차례 커플 치료를 받고는 결국 헤어졌다. 오랫동안 나는 무슨 일이 있던 건지 온통 안개 속이었다. 개는 그저 우리 사이에 이미 있던 갈등, 각자의 요구와 관계의 진전 문제를 둘러싼 견해 차이를 뚜렷이 양각시켰을 뿐인가? 아니면 내가 미친 짓을 한 것인가? 내가 정말 개 때문에 남자친구를 버린 것인가?

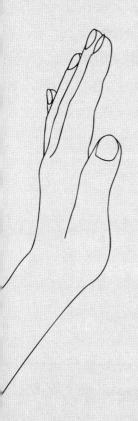

08
대리하는 개
Surrogate Dog

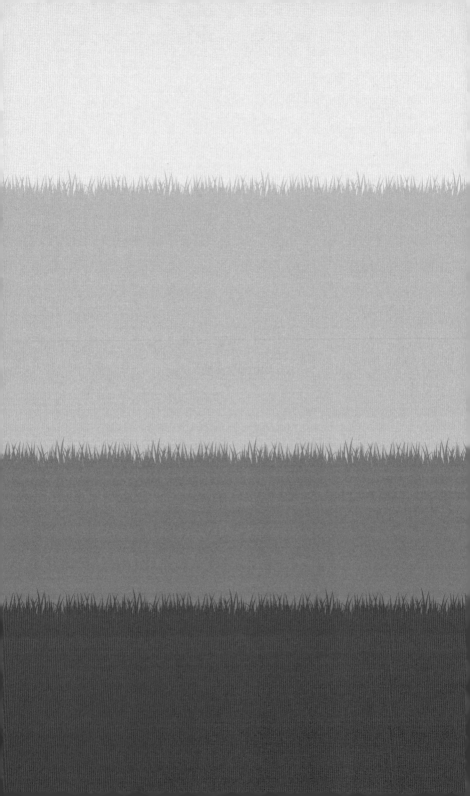

🐾

에너지가 끓어 넘치는 맬러뮤트 종 오클리를 키운 지 6개월이 지난 어느 날, 내 친구 그레이스는 보스턴 백베이의 번화가 뉴베리 거리에서 친구를 만났다. 그레이스는 개에게 푹 빠져 있던 터라 개 사진을 몇 장 가지고 갔다. 그레이스는 가방을 열어 친구에게 개 사진을 보여주려고 하자, 친구가 테이블에서 몸을 떼며 눈썹을 치켜 올렸다.

"그레이스 제발, 넌 지금 동물의 세계로 퇴행하고 있는 것 같아."

그레이스는 나와 보스턴에서 서쪽으로 20분 거리의 자연 보호 지구를 산책하면서 이 이야기를 했다. 우리는 잠깐 연못 가에 멈추었고, 우리 개들은 모래밭을 달리면서 신나게 놀고 있었다. 하늘은 청회색에 바람이 없어 물은 잔잔했다. 우리는 개에 대해, 그리고 개 덕분에 선명해지는 인생의 선택 문제에 대해 한 시간가량 이야기했다. 그레이스는 저수지를 등지고 서서 한쪽 팔을 내뻗으며 말했다.

"퇴행이라고? 이게 퇴행이란 말이야?"

그레이스와 나는 세상 사람들이 흔히 개를 대리자로 삼는다고, 복잡하고 힘든 인간관계를 피해서 동물의 세계로 퇴행한다고 말한다. 나는 사람들이 왜 이런 말을 하는지 안다. 그레이스와 나는 혼자 살고, 집에서 일하며, 막대한 시간과 에너지를 개에게 쏟는다. 우리는 고립과 자기 폐쇄에 빠질 위험이 많고, 뉴베리 거리의 멋진 카페에서 사람들과 어울리기보다 집구석에서 개와 같이 있는 것을 더 좋아한다. 우리는 아이가 없다. 그리고 내 경우를 보면, 집에 틀어박혀 개와 더 많은 시간을 보내려고 선량한 한 남자와의 7년 관계를 끝냈다. 그러므로 사람들이 우리에게 약간 삐딱한 시선을 던지는 것도 전혀 이해하지 못할 바는 아니다. 적어도 표면적으로 우리는 사람 대신에 개를, 아이 대신에 개를, 남자 대신에 개를 선택한 것처럼 보이기 때문이다.

그러나 우리는 자연에서 동물에 대한 사랑을 공유하며 진지한 대화를 나누는 두 여자이기도 하다. 마이클과 헤어질 무렵에 만난 그레이스는 보기 드문 지성과 이해력을 지닌 여자였다. 그러나 개라는 매개가 없었으면 그레이스와 만날 계기는 없었을 것이다.

우리는 같은 훈련사에게 개를 훈련했고, 버몬트 주의 같은 반려견 캠프에 갔으며, 비슷한 시기에 개의 세계에 빠져들었다. 지난 2년 동안 우리는 여러 숲에서 수많은 시간을 함께 보냈고, 그레이스와 함께 하는 산책은 내 가장 편안한 시간 가운데 하나였다. 이것은 일주일 단위로 내 영혼에 유대감과 웃음 주사를 맞는 것 같았다. 우리는 같은 길 위에 서서 똑같이 이 세상을 혼자 헤쳐가면서, 의미 있고 진실한 길을 찾아가려고 노력한다. 그리고 이런 노력에 우리의 개와 우정이 얼마나 중요한 역할을 하는지 잘 알고 있다. 그레이스가 물었듯이, 이것이 퇴행이란 말인가?

우리 사회는 개를 사랑하는 문제에서 수용과 회의가 공존하는 다분히 분열적인 양상이다. 긍정적인 면에서 반려동물, 특히 개는 사람들에게 정상이라는 표지를 달아준다. 반려동물은 우리를 자연스럽게 사회집단 속으로 이끌어주는 역할을 한다.

뉴욕의 심리학자 랜달 로크우드의 연구에 따르면, 개를 키우는 사람들은 그러지 않는 사람보다 더 다정하고 행복하고 여유롭고 덜 공격적이라는 인상을 준다. 반려견의 사회적 효과를 연구하는 영국의 동물학자 피터 메센트는 공원에서 개를 데리고 산책하는 사람들은 혼자 산책하거나 아이와 산책하는 사람보다 접근과 대화를 훨씬 긍정적으로 이끌어낸다는 것을 밝혀냈다.

그런데 정상적인 개 사랑과 지나친 개 사랑 사이에는 미세한 경계선이 존재한다. 개에게 지나치게 신경을 쓰면(개를 지나치게 사랑하고, 개와 너무 많은 시간을 보내고, 개에게 과도한 애착을 보이면) 사회기피증이라는 낙인을 얻고 비웃음을 받는다. 『동물과 함께하는 삶『In the Company of Animals』이라는 책에서 제임스 서펠은 반려동물 주인을 폄훼하는 현상은 언론의 탓이 적지 않다고 평가한다. 이런 언론은 반려동물과 인간관계에 대해 인간의 성생활만큼이나 많은 지면을 할애하고, 그 보도의 상당 부분이 반려동물 주인의 극단적 행동을 강조하는 데 치중한다. 반려동물 묘지와 반려견 여름캠프에 대한 기사가 있고, 순금 목띠와 버버리 우비를 입고, 특별 주문한 생일 케이크 같은 호사를 누리는 개에 대한 기사가 있고, 그 밖에도 여러 과도한 행태의 기사가 있다.

이렇게 미디어가 비웃기 좋아하는 반려견 사랑의 전형적 예 중 하나는 독일인 카를로타 리벤슈타인 백작 부인이 8천만 달러 가치가 나가는 땅을 군터라는 독일셰퍼드에게 물려주었다는 이야기다. 이런 기사가 드러내고 전달하는 메시지는 동물을 사랑하는 사람들은 괴짜라는 것이다. 그러나 그 밑에는 좀 더 은근하고 미묘한 메시지도 있다. 서펠이 말하듯이, 반려동물은 정상적인 인간관계의 대체물에 불과하다는 메시지다.

실제로 동물에게 깊은 애착을 품은 사람이 그렇지 않은 사람보다 더 이상하다거나 사회적 에너지를 건강하지 않을 만큼 동물에게 쏟아붓는다는 증거는 별로 없다. 오히려 개들은 사람의 사회생활 영역을 좁히지 않고 넓힌다.

"모건은 나보다 더 쉽게 낯선 사람에게 다가가서 인사를 한답니다."

빌이 세 살짜리 닥스훈트 개를 두고 하는 말이다. 50대 싱글인 빌은 워싱턴 시의 고층 아파트에서 10년 넘게 살고 있다. 개를 키우기 전에 그는 누가 이웃에 사는지 전혀 몰랐다. 하지만 지금은 수십 명을 안다. 모건이 그를 더 넓은 반경의 행동 영역으로 이끌고 갔기 때문이다.

이런 이야기는 흔하디흔한 예시 가운데 하나다. 개는 주인을 집밖으로 이끌어내고, 새로운 사람을 만나게 하며, 인간관계를 넓혀준다. 작고 검은 닥스훈트인 프래니를 키우는 학교행정가 리사는 반려견 모임에 나갔다가 작고 검은 미니어처 푸들인 마티를 키우는 사회사업가 미미를 만났다. 개들은 놀이친구가, 여자들은 절친한 친구가 되었다. 18개월 후 미미가 임신했을 때 리사는 미미의 출산을 도왔다.

바센지 종 토비를 키우는 조너선은 지금 애인인 수의사 마이크를 개를 통해서 만났다. 개 사랑이 인간 사랑이 된 것이다. 중대한 지점들에서 충돌이 있기는 했지만(세 번째 데이트할 때 마이크는 조너선에게 "나는 당신하고만 만나고 싶어. 이제 토비의 변을 봐달라고 가져오는 건 그만하면 좋겠어"라고 말했다), 빌의 닥스훈트와 마찬가지로 조너선의 개도 그가 이 세상에 속해 있다는 소속감을 주었다.

"나는 개를 키우는 사람들 네트워크와 함께 움직여요. 정말로 멋진 공동체죠. 우리는 모두 아침저녁으로 개를 산책시키고, 때로는 다른 곳에서도 만납니다. 우리는 서로 개의 이름으로 불러요. '저기 토비 아빠다. 애스트로 아빠도 왔네' 하고요."

이런 이야기는 연구원들이 그동안 여러 차례 보고한 사실을 다시 한번 확인해주는데, 개는 훌륭한 사회적 윤활유며, 상대적으로 사교성이 높은 사람들에게 선택된다는 것이다.

오클라호마 대학의 심리학자들은 개에게 애정적 태도를 보이는 사람들은 사람에게도 이에 비례하는 애정적 태도를 갖는다고 밝혔다. 영국의 연구원들은 개와 빈번히 접촉하는 사람들은 개를 키우지 않는 사람들보다 인간적 유대 관계에 대한 욕망이 더 높다고 보고했다. 캘리포니아에서 실시한 한 연구는 반려동물을 키우는 노인이 그렇지 않은 노인보다 자립심과 이타심이 강하고 낙관적이며 사회성도 높다는 결과를 발표했다.

적어도 외부 사람들 눈으로 볼 때, 인간과 개 관계의 핵심 문제는 이 정도인 것 같다. 나는 당연히 루실과 함께 있을 때 이 세상이 더 편하고 사람들을 만나기도 쉽다. 사람들은 길 가면서 미소 짓고, 때로는 멈춰 서서 개에 대해 가벼운 질문도 한다. 나는 녀석과 함께 있을 때 마음이 너그러워지고 존재감도 커지고 더 접근성 높은 사람이 되는 것 같다.

루실은 목줄을 달고 다니는 분위기 조성자다. 그렇지만 나는 또한 과도함의 문제, 무엇이 정상이고 무엇이 비정상인지를 가르는 그 미세한 선의 존재를 알고 있다. 개는 내 인생에서 절대 부차적이라거나 따로 떼어놓을 수 있는 존재가 아니다. 그러므로 마음 한구석에서 의혹의 연기가 피어오른다.

'나는 어쩌면 이 개를 지나치게 사랑하는 건지도 몰라. 이것이 문제인가?'

2년 전 크리스마스에 루실을 데리고, 또 큰 가방에 루실의 물건을 잔뜩 챙겨 넣고, 이모 집에 갔다. 가방에는 루실의 담요, 장난감 두어 개, 우리가 저녁 식사를 하는 동안 녀석이 갖고 놀 큼지막한 생가죽 뼈가 들어 있다. 큰 가방을 묵지근하게 들고서 있자니 바보가 된 느낌이었다(개 기저귀 가방이라고나 할까). 그래서 가방을 겨드랑이에 찔러 넣다시피 하고 거실로 가서 집 안을 둘러보았다.

크리스마스는 내게 외로운 시기이다. 특히 부모님이 돌아가신 뒤로는 더 그렇다.

'가족이란 무엇인가? 이 세상에서 내게 진실한 유대감을 주는 사람은 누구인가?'

명절은 내게 이런 어두운 실존적 질문을 던지고, 그 질문의 강도는 두 분의 사후에 훨씬 더 커졌다. 어린 시절부터 해마다 이모 집에서 크리스마스를 보냈다 해도, 이 집 식구들과 자주 보는 사이가 아니라서 그런지, 거실 입구에 서 있으니 모르는 사람들과 크리스마스를 보내게 된 것처럼 쓸쓸하고 외로운 느낌이 밀려들었다.

나는 잠시 머뭇거리다가 사촌 수잔과 그 남편 빌에게 다가 갔다. 그들은 내가 루실을 얻은 그 무렵에 페퍼라는 푸들을 키 우기 시작했다. 나는 공통점이 있어서 다행이라고 생각하면서 인사를 하고 짧은 농담을 나눈 뒤 빌에게 물었다.

"페퍼는 어때요?"

개는 내가 수다쟁이가 될 많지 않은 대화 주제 가운데 하 나다. 그래서 나는 이렇게 말문을 연 뒤, 이어서 여러 가지 개 이야기를(훈련문제, 행동이상 문제, 먹이문제 등) 나눌 수 있을 거라 고 생각했다. 하지만 빌은 가볍게 대답했다.

"아…… 잘 지내죠. 크니까 더 귀여워요."

그러더니 그는 '또 물어볼 거 있어요?' 하는 표정을 지어 보 였다. 나는 또 바보가 된 느낌이었다. 발밑에는 개, 겨드랑이에 는 개 가방, 그리고 만나자마자 하는 이야기가 개 이야기. 온통 개, 개, 개밖에 모르는 여자.

의사 부부인 수잔과 빌은 어린 딸이 둘 있어서 아주 바쁘 게 산다. 그들 역시 페퍼와 깊은 애착을 이루었으며, 페퍼에게 서 많은 즐거움을 얻는 것이 분명하지만, 그들 세계에서 페퍼 는 일차적인 역할은 하지 않는다.

반대로 나는 종일 개에 매여서 산다. 바로 그날만 해도 나 는 아침나절에 루실과 세 시간이나 숲을 산책했고, 오후에는 루실을 딸 혹은 애인이나 되듯이 크리스마스 식사 모임에 데 리고 갔다. 나는 잠시 발가벗겨진 듯한, 나와 다른 사람들의 근본적인 차이를 노출한 듯한 당혹감에 사로잡혔다.

'개와 사는 여자와 가족과 사는 남자. 협소한 생활을 하는 여자와 넓고 충만한 생활을 하는 남자. 기이한 원칙을 지닌 여자와 정상적인 원칙을 지닌 남자. 이 그림에 무슨 문제가 있는가?'

개를 깊이 사랑하는 사람은 이런 종류의 자의식에서 자유롭지 않으며, 때로는 자신과 같은 열렬한 반려견 주인들과 함께 있을 때도 그렇다. 최근에 나는 베일리라는 누런 래브라도를 키우는 캐서린이라는 여자, 또 새디라는 골든 리트리버-래브라도 잡종을 키우는 소녀 케이티와 함께 공원에 있었다. 어느 순간 캐서린이 배낭에서 간식 통을 꺼내더니, 우리가 앉은 테이블 주변을 어슬렁거리는 개들에게 말했다.

"누구 간식 먹고 싶은 사람? 여기 맛있는 간식 있어!"

캐서린의 목소리는 초등학생들 한 무리를 앞에 놓고 말하는 것처럼 높고도 낭랑했다. 그러다 캐서린은 케이티와 나를 보고 눈을 데룩 굴렸다.

"세상에, 내가 왜 이러지?"

우리는 그냥 웃었다. 이런 일은 늘 일어나기 때문이다.

이런 일은 늘상 일어난다. 나는 루실을 부르는 애칭이 50개는 된다. 예쁜이, 예쁜 아가씨, 공주님, 착한 아기 등등. 나는 이따금 집에서 열렬한 소프라노 목소리로 "공주님, 공주님, 지금 내 눈앞에 있는 게 이 세상에서 제일 예쁜 공주님인가요?"

하고 소란을 떨고는 움찔하면서 제발 옆집 사람이 이 바보 같은 소리를 듣지 않았기만을 바란다. 또 루실의 밥을 만들어서 제발 먹으라고 간청하고 애원한다.

"정말정말 맛있는 밥을 만들었어, 우리 예쁜 아가씨! 이 맛있는 밥을 조금만 먹어봐."

그러다가 고개를 흔든다.

'드디어 미쳤어. 내게는 이 개뿐이야. 언제라도 이 개밖에 없어. 어쩌다 이렇게 된 거지? 녀석은 정말 인간관계의 대체물인가? 이 에너지를 다른 곳에 쏟아야 하는 걸까?'

꼭 이래야만 하나?

크리스마스에 내게 벌거벗은 느낌을 던진 질문은 바로 이것이다. 이런 식의 삶을 계속 살아야 하나? 아니면 다른 삶을 살아야 하나? 좀 더 통념적인 길에 올라서서, 좀 더 통념적인 목적을 추구해야 하나? 개에게 매달리는 대신 내 사촌 부부처럼 남편이 있고 아이가 있는 사람 가족을 만들어야 하나? 그런 길을 가지 않는다면 나한테 무슨 문제가 있는 건가?

이런 질문은 거의 루실을 데려온 순간부터 생겨났다. 그리고 앞으로도 나는 이런 문제를 쉽게 떠나지 못할 것이다. 어떤 편치 않은 날들, 외로움이 몰려오고 내 세계가 협소하고 비생산적이고 음울하게 여겨지는 날에는, 내 이런 생활이 한심하게만 보인다. 나 자신이 개에 미친 부적응자, 두려움과 상처로 진짜 인생을 잃어버린 은둔자인 것만 같다.

그렇지 않은 날들도 있다. 그 크리스마스 의구심의 물결 속에서도 한쪽으로는 확실한 어떤 것을 느낄 수 있다. 루실이 있는 것이 나한테는 엄청난 위안이라는 것을, 내 일상의 견실한 동반자이자 목격자인 루실은 여러 의미로 내 본래 가족보다 내게 더 가까운 존재라는 것을. 루실이 상징하는 인생과 사랑의 방식은 관습적이지는 아닐지 모르지만, 나름 유효한 방식이다. 그것이 내 방식이라는 이유만으로도.

헤어지기 한 달 전, 그러니까 커플 치료를 받기 몇 달 전에 마이클과 나는 버몬트 주에서 일주일을 함께 보내다가 전에 없이 크게 다투었다. 우리는 루실과 함께 그린산맥의 자연보호지구를 산책하다가, 언덕 기슭에 멈춰 서서 눈앞에 넓게 펼쳐진 아름다운 전경을 내려다보았다. 나무들, 농경지들, 멀리서 보석처럼 반짝이는 호수.

그때 나는 무슨 까닭인지 심사가 뒤틀려 있었고, 마음속에 늘 부글거리던 그 대체물에 대한 이야기를 시작했다. 개는 아이를 가질 만큼 고결하거나 용감하거나 정상적이지 않은 사람들이 아이 대신 선택하는 저비용의 대체물이라는 말이 나를 아주 화나게 한다는 사실을.

그러다가 나는 불쑥 내뱉었다.

"분명한 건 내가 아이를 갖기 싫다는 거야."

이제껏 마이클과 나는 아이 갖는 것을 두고 여러 차례 이야기를 나눴다. 하지만 그건 우리의 결혼 이야기가 그랬듯이, 언제나 막연하고도 모호하기만 했다. 언젠가 그런 일이 있다면 말이지, 하는 식으로 문을 열어두지도, 그렇다고 아예 닫아버리지도 않는 그런 대화였다. 그러니까 아이에 대해서 그렇게 분명한 태도를 보인 것은 그때가 처음이었고, 나는 입에서 내뱉어진 순간 이미 그 말이 얼마나 잔인하고 생각 없는 말인지 알았다.

'들었지? 아이는 싫다니까. 그러니까 더는 말하지 마.'

마이클은 그 순간에는 아무 반응도 보이지 않았다. 그냥 나를 한번 흘낏 보았을 뿐이다. 그런데 몇 시간이 지나 무슨 일인가로 그는 폭발했다. 그때 우리는 일주일 빌린 숙소에 들어와 있었는데, 그가 내가 언덕 기슭에서 그토록 간단하게 내뱉은 말을 언급하며 화를 냈다(그의 분노는 정당했다).

그랬다. 나는 미래에 대한 중요한 결정을 내리면서 오직 내 생각만을 했을 뿐, 그의 소망 같은 것은 전혀 고려하지 않았다. 그랬다. 나는 그를 앞에 세워놓고 '이 세상에 나와 개만 있으면 될 뿐, 당신은 필요 없어. 미래의 아이들은 더더욱 필요 없어'라고 말하고 있었다. 언제나 아내와 가정을 간절히 원한 마이클은 자리에서 일어나서 말했다.

"일주일이 지나면 보스턴으로 돌아가서 당신은 당신 길을

가. 나는 내 길을 갈 테니."

마이클이 그렇게 단정적인 말을 한 적은 한 번도 없었다. 나는 일말의 안도감이 있었으나 그보다는 두려움에 휩싸였다.

한 시간쯤 지나서 나는 다시 그와 한바탕 크게 싸우고는 혼자 산책하러 나갔다. 그러다가 문제의 발언을 한 그 장소에 이르렀다. 나는 루실과 함께 바위에 앉아서 농경지와 호수를 굽어보았다. 인생의 갈림길에 선 듯한 격렬한 두려움과 불안감이 밀려왔다. 한쪽 길은 아주 익숙한 곳으로 이어지지만, 다른 쪽 길은 완전히 새롭고도 낯선 길이다.

아마도 나는 얼마 전부터 이미 우리 관계를 끝낼 생각을 하고 있었을 것이다. 내가 루실을 마이클과 공유하지 못한다는 사실은 우리 두 사람 관계에 대한 내 생각을 뚜렷이 말해주고 있었다. 그러나 나는 이 문제를 협소한 틀에 가두고, 초점을 마이클에게만 맞추었다. 내가 정말 그를 원하는가? 그의 아이를 갖고 싶은가? 그와 함께 살 수 있을까? 그의 장점은 무엇이고 한계는 무엇인가?

그날 오후 처음으로 마이클과 헤어질 실제적 가능성에 직면하자, 나는 문제의 초점을 넓혀야 했다. 마이클이 어떤 사람이고 그가 무얼 줄 수 있는지 하는 것뿐 아니라, 내가 누구이고 내가 어떤 인생을 원하고 또 원치 않는지를 함께 들여다보아야 했다.

나는 루실을 바라보았다. 바위를 어슬렁거리며 틈바구니

에 코를 들이미는 녀석을 보면서 나는 아이를 생각했다. 남들처럼 나도 어른이 되면 당연히 아이를 낳을 거라고 생각하며 자랐다. 여자라면 인생 어느 시기에 자기에게 맞는 배우자를 만나 정착하고 아기를 낳게 마련이라고.

그러나 실제로 나는 아이를 갖는 것과 관련해서 어떤 강렬한 모성적 욕망을 느낀 적이 없다. 20대 시절 쌍둥이 자매 베카는 온몸이 임신하고 싶다고 외치는 것 같다는 말을 자주 했다. 온몸의 세포가 들고 일어나서 이제 때가 됐으니 어서 가서 임신하라고 말하는 것 같다고 했다. 그런데 나는 개를 보면 그 사랑스러움에 나도 모르게 입이 벙글어지지만, 아기를 보고 그런 적은 단 한 번도 없다.

오랫동안 나는 걱정했다. 나한테 생식과 관련한 중요한 유전자 하나가 빠졌나? 기나긴 세월을 술에 젖어 지내는 동안 모성 본능이 다 희석되어 나갔나? 그러면서도 때가 무르익으면 이런 소망이 생길 거라고 기대했다. 언제인지 몰라도 내게 꼭 맞는 상대가 나타나면, 그러니까 함께 아기를 갖고 싶은 사람이 나타나면 나도 아기를 원하게 될 거라고 생각했다.

바위에 앉아 생각해보니, 앞으로는 아기를 갖고 싶은 본능적 열망은 없을 것 같았다. 아기를 갖거나 원하는 것은 너무나 엄청나고도 근본적인 방향 전환을 요구하기에, 나 자신의 전면적 개조에 육박하는 어떤 것 없이는 불가능할 것 같았다.

나는 개를 돌보는 것이 좋다.

분명히 루실은 내가 지닌 특정한 모성을 만족시키고 있고, 루실을 돌볼 수 있다는 것은 내게 크나큰 기쁨이다. 그리고 내가 루실의 장난감과 담요가 든 가방을 들어 나를 때도, 무릎을 꿇고 앉아 밥을 먹으라고 사정할 때도, 나는 루실이 아기가 아니라 개라는 걸 잘 안다. 녀석을 돌보는 것은 아기를 돌보는 것과 무척 다르며, 내가 경험하는 희생과 보상은 어머니로서 겪는 희생과 보상과는 천지 차이라는 것을 잘 안다.

작고 시끄러운 포메라니안-테리어 잡종 킴을 키우는 응급실 간호사 재닛은 이 차이를 아주 간단히 정의한다.

"아기를 철장에 넣고 밀크 본 뼈다귀를 던져주고는 네 시간이나 쇼핑하고 올 수는 없죠. 이런 차이는 내게 중요해요."

그렇다. 내가 아는 개 주인들은 개를 돌보는 데 많은 시간을 들이지만, 그것은 어머니가 아이에게 들이는 시간과는 비교가 되지 않는다. 개들은 한밤중에 배고프다고 깨는 일도 없고, 한바탕 발악하듯 울어 젖히지도 않는다. 그리고 우리가 특별히 자신을 들볶는 경우를 뺀다면 그리 큰 걱정거리를 안기지도 않는다.

코커스패니엘 종 조엘을 키우는 서른다섯의 싱글 여성 바바라는 말한다.

"나는 아이들을 좋아해요. 하지만 분명한 건 분명한 거죠. 개는 사춘기에 들어서자마자 부모가 돼서 그게 뭐냐고 우리한테 소리치지 않잖아요."

역시 그렇다. 개와의 관계는 시간이 지나면서 혼돈의 여지가 줄어든다는 특징이 있다. 녀석이 좋은 유치원에 갈지, 대학 학비는 어떻게 댈지 고민할 필요가 없다. 어느 날 닭 벼슬 머리를 하고 나타나거나 약물에 빠지는 건 아닐지 걱정할 필요도 없다. 그리고 승용차를 나무에 들이박는 일 같은 것도 결코 없을 것이다.

그린산맥에서 나는 이런 생각도 했다. 내가 개를 두고 이토록 많은 걱정을 한다면(이토록 녀석에게 붙들려 있고, 이토록 투사하며, 이토록 녀석의 건강과 안전과 행복을 걱정한다면) 내가 어떻게 아이를 가질 수 있단 말인가? 아마도 나는 아이를 서른다섯 살이 될 때까지 플라스틱 무균 상자에 넣어두어야 할 것이다. 나는 내가 과연 아이들에게 애정적 거리두기를 할 수 있을지, 부모라는 이름의 목줄을 내려놓을 수 있을지 확신하지 못한다. 내게 부모 역할에 필요한 인내심과 지구력, 무한한 이타심이 있는지도 확신할 수 없으며, 그와 관련한 수많은 일상적 타협점을 참을 수 있는지도 확신하지 못한다.

사람들은 자기 아기는 다르다고 말한다. 자신이 낳은 아기의 눈을 들여다보면, 그 모든 헌신과 사랑과 인내, 이타심이 저절로 솟아오른다고 말이다(역시 20대 시절에는 별다른 모성적 충동을 경험하지 못한 우리 어머니가 자주 한 말이다). 그런데 나는 정말 그런지 확인하고 싶은 마음도 없고, 또 내 안에 얼마나 있는지 모르는 헌신과 사랑과 이타심을 아기에게 쏟고 싶은 마음도 별로 없다.

그린산맥에 앉아 있는 내게 지분거리는 목소리가 들려온다. 나는 내 머릿속에 울리는 목소리를 분별하려 하고 있다. 때로는 자기 비난의 목소리가 크고 잔인하게 울린다.

'너는 엄마 될 자격이 없어. 너는 그럴 능력도 없지만, 그만큼 이타적이지도 않고 그럴 준비도 되어 있지 않아.'

이것은 우리 사회적 관습의 목소리고 부모님의 목소리이며 아이를 키우는 미국 내 2천5백만 커플의 목소리다. 그리고 그 목소리에 담긴 메시지는 명백하다.

'고결하고 정상적인 사람들은 아이를 갖는다. 이기적이고 비틀린 사람들이 아기를 갖지 않는다.'

그런데 내게는 오래전부터 이 우렁찬 목소리에 대항하는 또 하나의 목소리가 있다. 이것은 속삭임처럼 미약하고 망설임 가득한 내 내면의 감정이다.

'내가 정말 그것을 원할까? 이것이 정말 내게 맞는 길일까? 과연 이것이 내 에너지와 재능을 쏟을 가장 의미 있는 길일까?'

개를 키우고 개를 사랑하고 개를 돌보는 것이 이 속삭임에 생명력을 불어넣었다. 나는 루실을 보며 생각한다.

'이 세상에서 사랑을 베풀며 사는 방식은 여러 가지가 있어. 생산적이고 애정적으로 사는 방법은 여러 가지야.'

내 머릿속에는 일전에 보고 은근히 공감했던 범퍼 스티커의 글귀가 떠올랐다.

'개를 키울 수 없는 사람들이 아기를 키운다.'

'그래, 그런지도 몰라. 나한테는 그 정도면 충분하지.'

충분하다. 충분함을 둘러싼 그 오래되고 익숙한 질문이 떠올랐다. 나는 루실을 불러 가슴을 긁어주며 우리의 의례적인 일과를 떠올려보았다. 아침에 내가 작업실로 올라갈 때면 내 옆을 타박타박 함께 걷는 녀석, 내가 컴퓨터를 끌 때면 자기를 봐달라며 펄쩍 뛰어오르는 녀석, 오후 산책하러 나가기 전에 하는 이런저런 놀이(하이텐, 거실의 술래잡기). 그리고 녀석의 단순한 요구를 충족해줄 때 느끼는 단순한 기쁨. 생가죽 막대기를 건네주는 것(녀석에게는 거의 마약 수준인), 새로운 장난감을 주는 것, 운동을 시켜주고, 격려와 양식과 애정을 주고, 곁에 함께 있어 주는 것. 나는 안도감과 놀라움이 뒤죽박죽된 심정으로 생각했다.

'그래, 지금은 이 정도면 충분한 것 같아. 드디어 충분하다는 느낌이야.'

내가 개의 세계로 들어가서 발견한 놀라운 사실 하나는 수많은 여성이 나와 똑같은 경험을 한다는 것이다. 많은 여성이 임신 문제를 둘러싸고서 '이래야 하나 저래야 하나?' 하는 문제에 휩싸여 있다가 개를 통해서 그 내면의 퍼즐을 푼다. 때로 개는 우리를 '그래, 아이를 가져야 해' 하는 쪽으로 끌고 간다(개를 키우기 전에는 내게 이런 유대와 사랑 능력이 있는지 몰랐어요.라며 임신에 무관심했던 서른일곱 살의 편집자 에이미는 구체적으로 임신을 소망하게 되었다). 때로는 반대의 결과로 이끌어간다(스스로 정리정돈 병 환자라고 칭하는 푸들 두 마리를 키우는 변호사 샌디는 "아기, 젖 먹이기, 게다가 잠도 못 자는 생활이요? 전 사양합니다. 강아지 키우는 것도 간신히 한 걸요"라고 말한다). 때로 개는 양쪽의 간극을 채워서 때와 상황이 무르익을 때까지 기다리게 해준다. 스프링어 스패니엘 종 밀로를 키우는 스물아홉의 캐시는 "언젠가 아이를 가졌으면 좋겠어요. 하지만 지금은 그냥 강아지 엄마로 지내는 게 더 좋아요"라고 말한다.

나와 마찬가지로 이 여성들은 싱글이며 모두 개에게 헌신적이다. 나와 마찬가지로 이들 중 누구도 개를 인간 아이와 착각하지 않는다. 나와 마찬가지로 이들은 모두 개에게 시간과 정성을 쏟는 것은 아기에 대한 소망에서 비롯된 일종의 대리 만족 행위라는 세간의 편견에 분개한다.

에이미는 이 말을 우스워한다.

"나는 아이도 좋아하고 개도 좋아해요. 하지만 그 둘은 완전히 별개예요."

샌디는 이런 생각에 깃든 성차별을 본다.

"개를 키우는 남자들도 그런 말을 듣나요? 어떤 남자가 독일셰퍼드를 데리고 산책하는 걸 보고 '아, 저 남자는 아기를 바

라는 생물학적 욕구를 개를 통해서 대리만족하는 구나'라고 생
각하느냐고요."

샌디는 크게 웃고는 다시 심각한 어조로 말한다.

"내가 정말 화나는 건 사람들이 여자가 인생에서 이룰 수
있는 진정한 성취는 아기를 낳는 것뿐이라고 생각한다는 거
예요."

변호사인 샌디의 삶은 베푸는 삶의 모범이라 불릴 만하다.
의뢰받은 사건마다 엄청난 노력을 기울여 일하고, 규칙적으로
무료법률상담을 하고, 10개가 넘는 사회운동을 지원하고, 십여
명의 친구와 친밀한 우정을 유지하며, 샌디의 말대로, 개 또한
끔찍이 사랑한다.

"도대체 뭐가 대리만족이라는 거죠? 개들은 내 자식이 아
니에요. 그저 친구고 놀이 동무예요. 나는 개들을 보살피는 것
이 좋고, 내가 집에 왔을 때 개들이 반가움에 펄펄 뛰는 것이
좋아요. 밤에 잠잘 때 개가 옆에 있는 것도 좋고, 개들이 먹는
걸 보는 것도 좋아요. 이게 엄마 같은 말인가요? 아뇨, 이건 개
를 사랑하는 여자가 하는 말일 뿐이라고요."

사실, 이 말은 양쪽 다 해당한다. 다시 말해, 개를 열렬히
모성적으로 사랑하는 여자의 말이기도 하다. 내가 루실을 사
랑하는 방식 또한 그렇다. 또 내가 아는 많은 개 주인이 개에게
이런 식의 애정을 바친다. 이들이 모두 아이의 대체물로 개를
선택했다는 말일까? 모성을 생물학적 명령이나 정상적 인간의

상징, 또는 꼭 필요한 통과의례로 본다면 그렇다고 해야 할 것이다. 그런데 모성을 개인적 선택의 문제로 본다면 그 대답은 'No'가 될 것이다. 개는 그저, 다행히도 개일 뿐이다.

그렇다해도 사람은 개하고만은 살 수 없다.

내가 그린산맥의 바위에 앉아 느낀 공포감은 아기가 없어질 가능성보다는 애인이 없어질 가능성에서 비롯되었다. 나는 변화와 곡절 속의 7년을 함께한 남자를 떠나야 했고, 스스로 홀로 되기를 선택해야 했다.

이런 식으로 혼자가 된 경험은 처음이다. 나는 남자들이 나를 버려서 혼자가 되었고, 때로는 내가 남자들을 버려서 혼자가 되었으며, 또 온갖 중독으로 집구석에 틀어박혀 술을 마시거나 아무도 몰래 혼자 쫄쫄 굶거나 아니면 그냥 스스로 고립되어서 혼자가 되었다.

그 시절의 고독에서는 어떤 항구성도 자발성도 느껴지지 않았고, 거기에는 긴장한 갈망만이 있었다. 나는 그저 시간을 보내며 내 인생이 다시 시작되기를 기다렸다. 어떤 멋진 외부의 계기가(새 직장, 새 남자, 갑작스러운 성격의 변화) 찾아와서, 내 모든 것을 변화시키고, 내 인생에 기적과도 같이 의미를 채워 넣어주기를 기다리는 듯했다.

이런 고독은 엄청난 수동성을 특징으로 한다. 그저 기다리고 기다리고 기다린다. 그리고 그 뒤에는 원대하게 어긋난 희망이 자리하고 있다. 그것은 변화와 행복, 위안이 우리에게 그냥 일어날 것이라는 믿음, 그것은 스스로 노력이나 결단 없이 그저 행운이나 상황, 아니면 운명의 장난으로 외부에서 찾아올 거라는, 거기에 우리의 의도는 전혀 개입되지 않는다는 생각이다.

그래서 나는 의도에 대해, 선택에 대해 생각했다. 마이클이 없는 생활. 애인이 없는 생활. 남자도 없고 부모님도 없고 백포도주도 없고 손에 움켜쥔 술잔도 없는 생활.

나는 혼자 앉아서 생각했다.

'이제 무얼 해야 할까?'

이것은 가장 구체적인 의미의 질문이었다. 마이클 없이, 함께 저녁과 주말, 휴가를 계획할 남자친구 없이 어떻게 내 시간을 보낼까? 그 시간을 어떻게 채울까? 아직도 명확히 모습을 드러내지 않은 나 자신의 욕구와 두려움, 열망을 움켜쥔 채 홀로 남아서, 나는 어떤 음식을 먹고 어떤 활동을 하며 누구와 함께 시간을 보낼 것인가? 나는 얼마나 외로워지고, 사태는 어디까지 악화할 것인가? 그리고 이 모든 것의 와중에 나는 결국 어떤 사람이 될 것인가? 강한 사람, 아니면 약한 사람? 수동적인 사람, 또는 적극적인 사람? 사교적인 사람, 혹은 고적한 사람? 자기를 돌보는 사람, 또는 서툰 사람? 균형 잡힌 사람, 아니

미친 사람? 아니면 도대체 어떤 사람?

나는 산자락에 앉아서 생각한다.

'내 나이 서른여섯, 그런데 아직도 이 질문에 명확한 답을 갖고 있지 않다니.'

나는 생각한다.

'이제 시작할 때야.'

그러고 나서 다시 생각한다.

'어쨌건 나한테는 개가 있잖아. 아, 개를 주셔서 고맙습니다.'

동반자 루실, 설계의 매개자 루실, 아침마다 저녁마다 나를 집에서 끌어내고 주말마다 나를 숲으로 끌고 가는 존재. 루실은 일종의 안내견이다. 내가 홀로 새로운 인생을 빚어나가기 시작했을 때, 인생을 빚는다는 게 무슨 의미인지 처음으로 응시하기 시작했을 때, 내 곁에 있어 준 존재다.

마이클과 나는 7월 말 버몬트에서 돌아와서 8월 한 달간 시험 별거에 들어갔다. 8월은 9월로 이어졌고, 9월에 우리는 커플 치료를 받았다. 그리고 크리스마스가 가까워지자 커플 치료의 결론은 헤어지는 쪽으로 접근했다.

내가 개 때문에, 개를 위해서, 그를 떠난 것인가? 그렇지는 않을 것이다. 루실이 곁에 있어서 그를 떠날 수 있었을까? 녀석이 주는 기쁨과 안온함이 내 발걸음을 가볍게 만들어서?

아마도 그럴 것이다.

그러나 여전히 여러 질문이 남았고, 특히 고립에 대한 질문이 그렇다. 개는 내가 한 관계에서 벗어나게 해주었지만, 이제 새로운 관계로 들어가게도 해줄 수 있을까? 아니면 이 녀석 자체가 나에게 친밀한 관계의 새로운 대안이(다른 존재와 함께 사는 조금 덜 복잡하고 덜 까다로운 방식) 된 것인가?

때로 하루가 끝나갈 무렵 현관문을 잠그고 숨을 깊이 들이쉬며 내가 끌고 다니는 두려움의 크기를 생각하면, 나는 루실과 내 관계가 퇴행적 성격을 띠고 있음을, 이 관계는 내가 어른으로서 지고 나가야 하는 인간관계의 짐을 덜어주는 성소의 역할을 하는 것을 알 수 있다.

이따금 저녁 식사나 영화 같은 인간 활동의 초대를 거절할 때면 나는 내가 고독을 선택한다는 것을, 안전하고 싶은 요구에 굴복한다는 것을 느낀다. 개와 함께 있는 편이 훨씬 편안하다. 그냥 개와 함께 집에 있고 싶다. 그럴 때면 질문이 솟아올라 온다.

'내가 개와 보내는 시간을 줄이면 사람들하고 맺는 관계가 더 풍부하고 깊어질까? 내가(꿀꺽) 데이트도 할 수 있을까? 지금 나는 다른 경험을 가로막고 있는 것인가? 그렇다면 자기 보호와 자기 제한의 경계선은 도대체 무엇인가?'

이런 질문에 명쾌하거나 쉬운 대답은 없다. 마이클과 헤어지고 몇 달이 지나 은퇴한 학교 행정 관리자 예순다섯 살 마조리를 만났다. 보더콜리 개들과 함께 산 지 30년이나 지난 마조리는 결혼하지 않았고 아이도 없다. 그래서인지 대체성에 대해서, 그리고 그 경계선에 대해서 역시 고민이 많다.

그 무렵 마조리는 두 살 보더콜리 코리와 살고 있었다. 코리는 보더콜리 종답게 명랑하고 민첩하고 열정적이며 낯선 사람에게는 놀라움까지 안겨주는 강렬한 집중력을 지녔다. 코리에게 공을 던져주면 녀석은 사생결단하듯 쫓아가서 물고 돌아와 발밑에 톡 떨어뜨려 놓는다. 그러고는 앞발을 펼치고 목을 어깨에 파묻은 채 갈망하는 눈길로 우리를 올려다본다.

'공을 던져줘. 공을 던져줘. 다시 해줘. 다시 해줘. 제발 다시 한번 해줘.'

마조리는 코리를 끔찍이 사랑한다. 그런데 마조리가 개에 대해 말하기 시작하면 가장 먼저 꺼내는 이야기는 서른세 살에 키우기 시작한 첫 번째 개 보더콜리 종 글렌이다.

"글렌은 첫날부터 내 든든한 동반자였어요. 우리는 정말 잘 맞았지요. 말하자면 발에 꼭 맞는 신발 같았어요. 때로는 내 나머지 반쪽, 아니면 또 다른 나 같았다니까요."

글렌 또한 그렇게 느낀 것이 분명하다. 마조리가 출근하면 녀석은 때때로 집을 빠져나와서 마조리가 간 길을 따라 도시 두 곳을 지나고 교통이 극도로 혼잡한 서너 곳의 대로를 건너서 마조리가 근무하는 사무실 앞에 모습을 드러내곤 했다. 글렌은 그토록 마조리와 떨어지기를 싫어했고, 마조리는 그 후로 사람하고도 개하고도 그토록 강렬한 관계를 맺어본 적이 없다고 말한다.

"이런 말을 하는 게 좀 그렇지만, 어떻게 보면 글렌은 저한테 남편과도 같은 존재였어요. 물론 성적인 뜻으로는 아니고, 정신적으로 그랬다는 거죠. 우리는 정말 서로에게 열렬했고, 나는 만족했어요. 사랑하고 싶은 욕구, 사랑받고 싶은 욕구를 모두 충족했으니까요. 그리고 어느 정도는 다른 사람이 필요 없었어요. 그저 녀석에게 몰두했죠. 아무것도 주저하거나 꺼리지 않았어요."

글렌은 열다섯 살에 죽었다. 그때 마조리는 마흔여덟 살이었다. 그 뒤로 네 마리의 보더콜리가 글렌의 뒤를 이었다. 처음에는 글렌의 딸 케이트였고, 다음에는 바비와 제이미였고, 지금은 코리다.

마조리는 활기찬 웃음을 지닌 유쾌하고도 다정다감한 여성이다. 겉으로는 쾌활하고 외향적이지만, 실제로는 내밀하고 자의식이 강한 부류이다. 여럿이 모인 자리, 특히 모르는 사람들이 있는 자리에 가면 언제나 은밀한 자기 질책에 시달린다. 내가 영리하게 행동하고 있는가? 적절하게 행동하고 있는가? 그런 멍청한 소리를 하다니, 넌 정말 바보야. 머릿속에서 이런 소리가 자꾸 울린다. 그런데 집에서 개와 함께 있는 동안은 이런 마음의 짐이 없다.

사교적 재능과 자신감은 신체 근육처럼 사용하지 않으면 감퇴한다. 그러므로 일정 정도는 환경적이라고도 볼 수 있는

데, 마조리는 스물아홉 살부터 혼자 살았고, 어쩌다 보니 사람들과 별로 교류하지 않았다. 그래서 편안하게 가벼운 대화를 나누는 방법을 잊어버렸다. 그러나 마조리는 자신의 은둔성이 그런 단순한 사실이 아니라 좀 더 어두운 실패와 관련 있을 거라는 두려움을 품고 있다.

"나는 외롭지는 않아요. 그런데 때로는 이런 생각이 들어요. '내 인생은 뭐가 잘못된 걸까? 왜 나는 혼자 살까? 왜 나는 결혼해서 아이를 낳지 않았을까?' 옛날에는 나도 당연히 결혼하고 아기를 낳을 줄 알았죠. 또 개하고는 잘 지내지만, 남들과 관계를 맺을 수 없다는 생각이 들면 아주 우울해져요."

무엇 때문에 사람들이 이런 선택을 하게 되었는지 밝히기는 쉽지 않다. 마조리는 때로 개 때문에 자신의 고립성이 더 커진 건 아닌가 하고 생각하곤 한다. 글렌을 키우지 않았다면 어떻게든 세상을 향해 나아갔을 테고, 사람들 속에서 위안과 반려를 찾으려 했을 수 있기 때문이다.

그러나 정말로 그럴지는 별로 확신하지는 못한다. 여자들에 둘러싸인 직장에서 남자를 만날 기회가 별로 없었다. 게다가 마조리는 천성적으로 사교성과는 거리가 있었다. 파티나 만남 주선 서비스 같은 다양한 기회를 활용해서 새로운 만남을 만드는 스타일이 아니다. 그러니 글렌과의 생활을 그토록 즐겁게 해준 요소는(고요한 생활과 자기보호에 대한 소망, 사교적 세계에 대한 경계심) 다른 형태를 띠고 나타나서, 여전히 그 문을 닫아놓

앉을지도 모른다.

　마조리가 묻는다.

　"고립에 대한 걱정이 들면 나가서 사람들을 만나는 편인가
요? 아니면 그냥 고립된 채 지내는 편인가요? 내 경우는 개가
없었어도 싱글일 가능성이 높아요. 그랬다면 내게는 그야말로
아무것도 없었겠죠. 가정생활도, 개가 주는 만족감도요."

　인생을 빚어나가는 방식은 여러 가지가 있다. 하지만 인
생에 진정 유효한 길은 오직 하나뿐이라는 생각은 정말로 끈
질기게 우리를 사로잡고 있다. 마조리의 말에서 나는 그런 긴
장을 읽을 수 있었다. 이것 아니면 저것이라는 논리, 우리 앞에
놓인 길은 오직 두 갈래, 가족의 길 아니면 개의 길뿐이라는,
그런데 그 가운데 진정한 길을 버리고 열등한 개의 길을 택했
다는 논리. 의도한 건 아니겠지만, 마조리의 말 또한 이런 논리
를 담고 있었다.

　마조리는 첫 번째 개 글렌과의 관계를 설명하는 데 '내 나
머지 반쪽,' '또 다른 나'라는 표현을 쓴다. 그리고 그다음 개들
에(케이트, 바비, 제이미) 대해서는 '아이들'이라고 말한다. 바비와
제이미는 어린 두 형제 같았다고 한다. 이들과의 관계는 글렌
처럼 열렬한 것이 아니라 유쾌한 쪽이었다.

　그러면 지금 키우는 코리는?

　"코리는 손녀딸 같아요. 이 녀석은 언제나 아기 같을 거
예요."

개와 나

마조리가 의식적으로 이렇게 설명한 것은 아니다. 그러니까 나를 앉혀놓고 '첫 번째 개는 남편 같았고, 그다음 개는 아이들 같았고, 지금 개는 손녀 같아요'라고 말하지는 않았다. 하지만 마조리의 말을 들으면서 나는 마조리가 개를 통해서 나름 가족 관계를 엮어왔음을 깨달을 수 있었다. 개들은 마조리 인생길에서 가족 같은 역할을 한 것이며, 거기에는 분명한 대칭 관계가 있었다. 마조리는 어쩌면 안타까울 것이다. 자신이 포기한 것들이, 또 자신이 놓친 경험이(그렇지 않은 사람이 어디 있겠냐마는). 그러나 마조리는 스스로 길을 열었다. 강력한 애착이 있고, 가족적인 감정이 흐르고, 따뜻한 위로가 넘치는 자기만의 길을. 그러니까 마조리는 나름 해결책을 찾은 것이다.

마조리가 말했듯이, "하느님, 개를 주셔서 고맙습니다."

나 또한 인생에는 단 한 가지 정상적인 길이 있다는 관념에서 그다지 자유롭지 않다. 그러므로 마조리의 삶은 내게 용기를 주기도 하지만, 한편으로는 경각심도 준다. 나는 마조리의 이야기를 들으면서 내 선택이(개를 키우고, 마이클을 떠나고, 레스토랑과 파티, 미래의 아이들 대신 숲과 반려견 공원을 선택한 것) 마조리처럼 개와 함께 하는 내밀한 길로 들어가는 첫걸음 같다는 생각이 들었다.

이런 가능성은 내게 복잡한 느낌을 전해주고, 나는 동요한다. 정말 저 개가 나를 넓은 세상에서 차단하고 있는 걸까? 루실을 키우지 않았다면, 나는 사회생활에 열성을 기울여 이탈리아로 여행가고, 레이스 뜨기를 배우고, 가라테 교실에 등록했을까? 아니면 루실이 있어서 내가 내면적이고 고독한 탐구를 편안하게 할 수 있는 것인가?

나는 걱정한다. 개는 고립을 달래주는 진통제인가, 아니면 고립을 위한 핑계인가? 내 두려움의 상징인가, 아니면 나라는 인간 자체의 상징인가? 자기비판의 물결이 자꾸 일어난다(내가 제정신인가 아닌가 정상인가 비정상인가). 그리고 이런 소리가 너무 커지면 나는 이것들을 다른 렌즈를 통해 관찰하려고 시도한다.

'어쩌면, 진짜로 어쩌면 개는 전혀 다른 어떤 것인지도 몰라.'

그레이스는 개는 선택의 강요자가 아니라 오히려 선택의 협력자라는 식으로 말한다. 규명의 매개자가 되는 개, 자기규정의 수단이 되는 개. 처음 함께 산책할 때 그레이스는 담담한 말투로 말했다.

"물론 개는 변화를 상징하죠."

그 순간 나는 그레이스와 친구가 될 것을 알았다.

화가인 그레이스는 마흔두 살이고, 큰 키에 적갈색 머리카락과 높은 광대뼈가 강렬한 인상을 주는 여자다. 나처럼 그리고 마조리처럼 그레이스도 은둔적 성향이 있어서, 사교모임 같은 데 가면 겉으로는 불편한 기색 없이 능숙한 태도를 보이지만, 속으로는 땀을 뻘뻘 흘리는 그런 타입이다. 외면과 내면의 간극. 그레이스는 내성적인 성격으로 사소한 잡담이 싫다. 비록 세련된 사회적 가면을 멋지게 쓸 수도 있지만(그런 자리에 어울리는 검은 드레스와 보석, 신발도 있으며, 사람들을 추켜세우는 적절한 기술도 숙지하고 있다), 전시회를 열고 만찬을 준비하다가 문득 '내가 지금 여기서 뭐 하는 거지? 나는 이 사람들하고 할 이야기가 없는데' 하고 생각한 것이 몇 번인지 헤아릴 수조차 없다고 한다. 그리고 이런 생각은 더 어두운 생각을 몰고 온다.

'나한테는 분명히 문제가 있어. 모인 사람들 모두 즐거운 것 같은데, 왜 나만 이렇게 소외감을 느끼고 집에 가서 TV나 보고 싶다고 생각하는 걸까.'

그레이스는 혼자 살고 일도 혼자 한다. 그리고 나와 마찬가지로 그녀 또한 5일이고 6일이고 10일이고 별다른 사회적 접촉 없이 지날 때가 수두룩하다. 그레이스는 걱정한다.

'나는 은둔자인가? 사회 부적응자인가? 내가 인생을 제대로 사는 건가?'

그레이스는 보스턴의 별로 깔끔하지 않은 노동자 주거 지역에 사는데, 반려견 오클리를 데리고 밤 산책을 자주 한다. 오클리는 늑대처럼 생긴 데다 얼굴이 검고 털이 북슬북슬해서 사람들의 눈길을 확 끄는 개다. 오클리와 길을 가면 여러 사람이 말을 건다. 그레이스는 익히 예상한 질문에 간단히 대답하고는(아뇨, 늑대는 아니에요. 그럼요, 빗질을 많이 해줘야죠), 다시 길을 간다. 때때로 그레이스는 이렇게 개와 함께 산책하는 버전의 자신을 오클리 이전 버전의 자신과 비교해본다. 지금 그레이스에게는 칵테일파티도 없고 백포도주 잔도 카나페도 없다. 대신 손에 목줄이 쥐어져 있고, 목줄 끝에 매달린 34킬로그램 동물은 그녀에게 힘과 편안함, 안전을 전해준다. 그 느낌의 강력함이 황홀하다. 개는 그레이스를 전혀 다른 방식으로 세상과 연결한다. 그 방식은 아주 편안하고 안전하며 진실하다.

그레이스는 생각한다.

'그래. 나는 제대로 사는 거야. 때로는 고적하고 또 외롭고 쓸쓸하기도 하고, 어쨌거나 관습적인 삶은 아니지만, 집이 있고 개가 있고 일이 있고 친구가 있으니, 의미 있는 인생이야. 내게 아주 잘 맞는 인생이지.'

내게 잘 맞는 인생, 내 귀에 꽂히는 음악. 내 심리치료사는 내게 그런 느낌을 전해주려고 오랜 세월 막대한 노력을 기울였다.

'의무 같은 건 생각하지 말아요. 다른 사람들의 기대 같은 것도 생각하지 말아요. 당신 자신에게 맞는다고 느껴지는 건 무엇이죠?'

참으로 어려운 질문이다.

아기에 대한 질문과 마찬가지로, 여기에 대답하려면 상충하는 수많은 목소리를 분별해 내서 그 중심부에 숨겨진 목소리를 들어야 하기 때문이다.

그레이스도 나도 때로 보스턴이나 케임브리지 거리를 걸어가다 진정한 삶을 사는 것 같은 사람들을 많이 본다. 아이와 함께 있는 가족, 손을 잡은 커플들, 카페 창가에 모여 앉은 친구들. 그러면 내 안에서 정상을 바라는 목소리가 툭 튀어나온다.

'저게 나여야 하지 않는가? 유모차를 끌고 가는 저 여자, 아니면 애인과 함께 가는 저 여자, 아니면 친구 10명과 함께 식사하는 저 여자. 나는 저런 것을 원해야 하지 않을까?'

그러면 내 마음 깊은 곳에서 답이 떠오른다. 내면의 목소리가 또렷해진다.

'나는 아기를 품에 안아도 아무 느낌이 없는 사람이야. 남자와 손을 잡고 길을 걸어도 단절감에 시달리는 사람이야. 10명의 친구와 함께 레스토랑에 앉아서도 외로움에 대해 생각하는 사람이야.'

그리고 또 생각한다.

'나는 몹시 외로워.'

그런데 개는 내 마음의 다른 부분을 건드린다. 내 마음에 이제 막 생겨나는 그 자리는 더 견실하고 현실적으로 느껴질 뿐 아니라 유대를 향한 문도 더 넓어 보인다.

마조리를 만난 날, 나는 친구 웬디와 함께 프레시폰드 주변을 산책했다. 웬디는 3킬로미터가 넘는 그 연못가 산책길을 나와 함께 백번은 걸었을 것이다. 여성 건강에 관심이 깊은 레즈비언 쉰네 살의 웬디는 개가 아니면 나와 만날 일이 없을 사람이다. 웬디와 내 생활공간은 그토록 달랐다. 하지만 우리는 개들이 어렸을 때 처음 만난 뒤 평일 아침 산책을 같이 하며, 개들이 뛰놀거나 우리 곁을 따라 걷는 동안 이런저런 잡담을 나누었다.

그날 오후 나는 친구 호프도 만났다. 호프 또한 나와는 전혀 다른 세계에 사는 사람이다(하버드 대학에서 일하는 대기과학자다). 우리는 거의 매일 오후 반려견 공원에서 만나 개들이 노는 동안 이야기를 나눈다. 저녁이 되면 나는 두어 통의 전화를 건다. 개를 키우는 작가 친구인 톰에게 토요일에 함께 산책할 수 있는지 묻는 메시지를 남겨놓고, 그레이스와 긴 통화를 하며 일요일에 함께 숲에 갈 계획을 세운다.

개를 산책시키고 개가 노는 동안 앉아 기다리는 것은 기본적으로 개의 시간임과 동시에 인간의 시간이기도 하다. 웬디는 주로 아침 7시 이전에 나를 만나는데, 그 시간은 내가 어떤 방어책을 세우기 전이라, 웬디는 내 약한 모습을 여러 번 지켜보았다. 우리는 각자 생일에도 함께 산책했고, 우리 부모님의 기일에도 좋은 날도 나쁜 날도 그냥 그런 날도 산책했다. 비가 오거나 눈이 오거나 햇볕이 내리쬐거나 상관없이, 쾌거가 있건 좌절이 있건 상관없이 만났다.

하루 일을 마칠 무렵에 만나는 친구인 호프는 내가 글 쓰는 사람으로 겪는 정서의 오르내림을 누구보다도 잘 안다. 공원에서 함께 보낸 많은 시간 동안 우리는 개에 대해 이야기도 했지만, 자기 일과 자부심, 또 그 둘 사이의 관계에 대해서도, 우울함에 대해서도, 관계와 가족에 대해서도, 또 하루하루 살아가는 것의 어려움에 관해서도 이야기했다.

톰은 반려견 훈련사를 통해 알게 된 사이다. 톰의 아버지는 우리가 만난 그 여름에 우리 아버지와 같은 뇌종양으로 세상을 떠났고, 우리는 여러 날 오후를 개와 함께 보스턴 서쪽 숲을 산책하며 상실에 대해, 그것이 일으키는 변화에 관해 이야기했다. 우리는 이 산책을 '죽음의 행진'이라고 불렀다.

그리고 그레이스가 있다. 그레이스와의 만남은 마치 잃었던 언니를 되찾은 느낌이다. 그레이스가 걸어온 길은 내가 걸어온 길과 너무도 흡사해서, 나는 그레이스에게서 거의 혈연과도 같은 느낌을 받는다.

그리고 물론 루실이 있다. 그날 저녁 나는 문을 잠그고 루실에게 밥을 주고는 몇 군데 전화를 걸었다. 그러고는 잠옷으로 갈아입고 거실 의자에 앉아 십자말풀이를 하고 TV를 보았다. 많은 저녁이 이런 식으로 흘러간다. 이렇게 있다가 이따금 고개를 들어 루실을 찾는다. 그러면 녀석은 내가 찾는다는 것을 어떻게 알고 눈을 반짝 떠서 나를 바라본다. 나는 이런 순간의 안락감을 마음껏 즐긴다. 우리 둘이 고요한 애착 속에서 하나가 된 느낌을. 나는 루실이 옆에 있으면 외로움을 느끼지 않는다. 이것은 커다란 깨달음을 준다. 녀석은 내게 고독과 고립의 차이를 깨우쳐주고 또 그 차이를 실천할 수 있도록 해준다. 루실과 함께 밖에 나가면 남들에게 향하는 길이 열린다. 녀석과 함께 집에 있으면 고통 없이 혼자 지내는 길이 다가온다.

개를 대체물로 보는 것은, 세상을 사는 방법이 사람과 함께 살거나 사람 없이 사는 두 가지뿐이라는 암시를 담고 있다. 이것은 우리에게는 때로 두 가지가 다 필요하고, 때로는 둘 사이의 안전 공간이 필요하다는 것을 무시하고 있다. 개는 안전 공간을 만들고 채워준다. 개가 그렇게 해준다.

09

치료하는 개

Therapy Dog

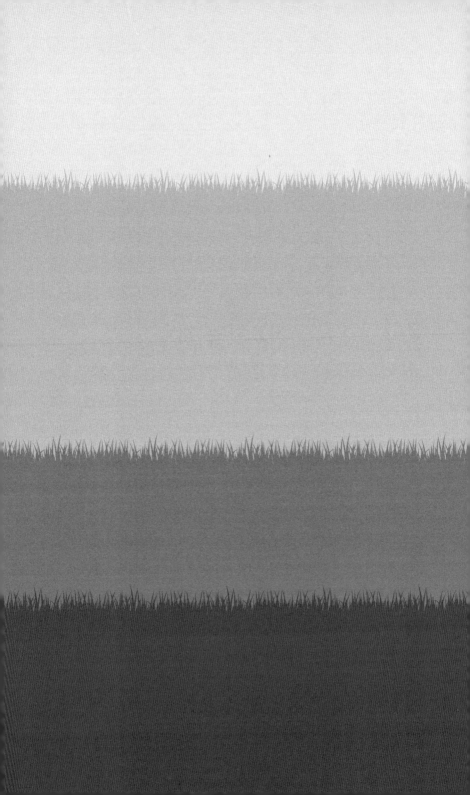

루실과 함께 한 지 1년이 지난 어느 날, 나는 회복기 알코올 중독자인 미란다에게서 그녀의 첫 번째 개 도베르만 종 멀린 이야기를 들었다.

멀린은 미란다가 맺은 진정한 첫 번째 관계였다고 한다. 멀린은 미란다가 술에 빠져 살던 시절, 비콘힐의 한 마약 상인에게서 물려받은 개였다. 그 뒤 미란다는 술을 끊었고, 그렇게 6주가량이 지난 어느 날이었다. 그 무렵 미란다는 도체스터에 있는 한 썰렁한 아파트에서 마약에 찌든 애인과 함께 살았다. 그러다 마침내 그 애인이 이사를 나갔는데, 그날 미란다가 집에 돌아와 보니, 그나마 몇 개 있던 가구마저 없어지고, 멀린은 뒷방에 갇혀 있었다. 녀석은 미란다를 보자 너무도 기뻐했고, 방에 갇혔다 풀려난 행복에 어쩔 줄 몰랐다.

미란다는 차가운 거실 바닥에 주저앉아 개를 끌어안고 울음을 터뜨렸다. 텅 빈 아파트에 들어서는 순간, 이제 혼자라는 처절한 느낌에 휩싸였지만, 순간 혼자가 아니라는 것을 깨달았다.

미란다는 개를 끌어안고서 생전 처음으로 자신이 다른 존재에게 꼭 필요하다는 것을, 자신에게는 크나큰 책임이 있다는 것을, 자신은 지금 개와 진정한 관계를 맺고 있다는 것을 느꼈고, 이 모든 깨달음에 미란다는 가슴이 미어졌다. 그리고 이 깨달음은 미란다를 이미 새로운 길 위에 올려놓았다. 개를 끌어 안은 채 미란다는 과거와 고통에서 빠져나와 위안을 향해 움직이기 시작했다.

미란다의 이야기를 듣자, 개를 키우는 또 다른 회복기 알코올 중독자 이야기가 생각났다. 그녀는 술을 끊은 직후의 세상을 빈집에 비유했다.

"우리 인생에서 술이 없어지면 모든 것이 사라져요. 정체성도, 세상을 대하는 최고의 수단까지도요. 그것은 마치 아침에 일어나서 텅 빈 집을 바라보는 것과 같아요."

이 이야기를 듣던 무렵, 나는 인생에 대해, 관계에 대해, 격심한 비관과 절망에 빠져 있었다. 미란다가 텅 빈 아파트에 들어갈 때와 흡사한 느낌이랄까. 그래서 나는 전화에 대고 고개를 끄덕이며 말했다.

"맞아요. 나도 딱 그런 느낌이었어요. 인생이 아무것도 없는 텅 빈 집 같았어요. 있는 거라곤 그저 나하고 개뿐이었죠."

"바로 그게 핵심이에요. 개가 있다는 그 하나가 가장 멋지고도 중요한 일이죠."

미란다가 끼어들었다.

그렇다. 멀린은 미란다에게 가장 멋지고도 중요한 하나였고, 루실은 나에게 가장 멋지고도 중요한 하나다. 때로는 녀석이 내가 세상 앞에 쌓은 벽이 아닐까 하는 걱정도 들지만(안쪽에 머물면서 바깥을 멀리하는 핑계가 되는), 어쨌거나 루실의 존재는 벽 안쪽 생활을 의미 있고 풍요롭게 한다. 루실은 언제라도 성채를 뚫고 들어오는 유일한 존재다. 루실은 인간 심리의 해자를 척척 건너서 안으로 들어온다. 누가 나한테 루실이 도대체 무얼 주는지 한 마디로 대답하라고 한다면, 나는 위로, 그러니까 일종의 치유라고 말하겠다.

개를 치료의 매개자로 이용한 임상적 연구 자료는 상당히 방대하다. 미국 소아정신과 의사인 보리스 레빈슨은 심각한 폐쇄 성향을 보이는 아이의 치료에 자기가 키우는 털북숭이 개 징글을 활용한 경험으로 1964년에 '동물치료'라는 말을 만들었다. 레빈슨이 연구에서 개는 아이가 심리적 저항을 누그러뜨리고 대화에 동참하게 분위기를 조성하는 역할을 했다. 동물이 곁에 있으면 레빈슨은 아이들에게 다가가 호의적 분위기를 이루고 치료를 시작할 수 있었다. 심리장애치료에 동물을 이용하는 연구를 레빈슨이 처음 시작한 것은 아니지만(이 분야는 이미 20세기 초에 사람들의 관심을 끌기 시작했다), 그는 최초로 이와 관련한 상당한 분량의 정식 논문을 남겨서 이 분야의 선구자로 인정받았다.

그 뒤로 많은 과학자와 건강 분야 종사자들이 레빈슨의 이

론을 임상에 적용했으며, 그 결과는 분명한 일관성을 보였다. 동물은 분위기를 부드럽게 하고 커뮤니케이션을 개선하며 자신감과 자부심을 높이고 삶의 질을 향상했다.

레빈슨의 연구를 일찌감치 채택한 정신의학자 코슨 부부는(샘과 엘리자베스) 1977년 오하이오 주립대학 정신과에서 최초로 동물치료 프로그램을 시행했다. 환자 50명이 인근 동물수용소에 있는 개를 한 마리 고르고서, 날마다 정해진 시간에 그 개와 만날 수 있도록 했다. 이 가운데 3명은 프로그램을 중도 포기했지만, 나머지 47명은 두드러진 개선을 보였다. 개들은 사회적 촉매 역할로, 환자와 치료사들 사이에 긍정적인 연결 고리를 만들어주었다. 환자들은 자존감과 독립심, 자신감이 향상했다.

1981년에 오스트레일리아 멜버른에서 실시한 한 연구는(이는 오스트레일리아 최초의 정식 동물치료였는데) 동물이 요양원 거주자들의 의욕과 행복감에 미치는 영향을 측정했다. 전직 안내견이던 골든 리트리버 하니가 요양원에 들어오고 6개월이 지나자, 60명이 전보다 명랑해졌고 생기와 반응성도 높아졌다. 웃음이 늘었으며, 인생을 바라보는 태도도 좀 더 낙관적으로 변했다. 반면에 개와 접촉하지 않은 사람들은 긴장도와 폐쇄성이 더 높았고, 남들에 대한 관심도 낮았다.

이런 연구는 끊임없이 이어졌다. 요양원 우울증 환자들은 개와 고양이와 함께하면서 사교성과 낙관성이 높아졌다. 새와 작은 동물을 키우는 교도소 수감자들은 고립감과 폭력성이 줄어들고, 대신 책임감과 의욕은 높아졌다(오하이오 주 리마주립병원의 주도로 한 교도소에 실시한 동물치료 프로그램은 오늘날 전국적 모델이 되었다). 이 실험에서 개와 고양이는 말기 암 환자들의 두려움과 절망, 외로움, 고립감을 완화했고, 정신질환자들의 사회 복귀 훈련시설에 개가 있으면 거주자들의 사회성과 소통 능력 향상에 도움이 되었으며, 퇴역 군인, 정서장애 또는 학습장애 아동, 우범지대 청소년이 모두 동물과의 교류로 도움을 받아, 모두 반응성과 낙관성이 높아지고 소통 능력과 책임감이 향상되었고 공감 능력도 높아졌다.

캘리포니아 주 애너하임에 VPI 보험회사를(반려동물보험전문회사) 세우고 운영하는 수의사 잭 스티븐스는 여러 해 동안 수의학회보에 실린 글을 보았는데, 반려동물의 심리적 가치에 대한 평가가 높아지고 있었다. 그런데 그는 이런 견해에 회의적이었고, 이런 냉정한 태도는 수의사로서 동물을 치료할 때도 마찬가지였다. 그가 볼 때 사람들은 개에 관해서라면 좀 심해 보였다. 개에 정신없이 빠진 사람, 개가 병에 걸렸다고 우는 사람, 이런저런 감정을 주체하지 못하는 사람을 일상적으로 보면서 이것을 이해하지 못했다.

이런 잭 스티븐스의 의심이 사라진 건 7년 전이었다. 그때 그는 후두암 진단을 받고 방사선 치료와 화학 치료로 혹독한 5개월을 보냈다. 그런데 병을 진단받기 몇 달 전에 잭의 아내가 미니어처 도베르만 핀처 종을 집에 들였다. 다정다감함과는 거리가 먼 잭에게는 이 종이 별로 마음에 들지 않았다. 그는 사역견 품종의 큰 개를 선호했고, 작은 개는 영 마땅치 않았다.

그런데 스팽키라는 이름의 이 개는(작고 매끈한 데다 놀라울 만큼 영리한) 독특한 매력으로 처음부터 잭의 마음을 움직였다. 녀석은 감정이 풍부했다. 식구들이 외출하면 항의의 표시로 2층 화장실에서 두루마리 휴지 끝자락을 물고 아래층으로 내달려서 온 집안을 휴지 물결로 뒤덮었다. 그리고 녀석이 잭에게 품은 강렬한 애착은 잭의 냉정함마저 일정 정도 누그러뜨릴 만큼 끈질겼다. 스팽키는 처음부터 잭의 베개를 각별히 좋아해서, 밤마다 끈질긴 작업으로 잭의 머리를 베개에서 떨어뜨렸다. 그리고 마침내 베갯잇에 쏙 들어가서 밤을 보냈다. 잭은 이런 행동을(그의 표현에 따르자면 강아지짓) 그리 참아주는 성격이 아니었는데도, 스팽키에겐 어쩔 수가 없었다. 어쨌거나 스팽키의 행동은 사랑스러웠다.

잭이 암 치료를 받기 시작했을 때 개와의 관계가 변했다. 구역질이 심한 밤이면 잭은 다른 방에서 잤다. 그러면 스팽키가 조용히 그를 따라와서 밤새도록 그를 지켰다. 녀석은 본능적으로 잭에게 무엇이 필요한지(얼마만큼의 거리감과 얼마만큼의 유대감이 필요한지) 알았다. 그리고 잭에겐 가족과 친구의 지원이 부족하지 않았는데도, 개는 회복에 핵심고리 역할을 했다. 스팽키는 그를 웃게 했다. 침대에 힘없이 누워 있는 대신 자리에서 일어나 산책하게 했다. 귀엽고 예민하고 아무런 요구도 하지 않는 녀석의 존재는 그가 자기연민에 빠지는 것을 막아주었다.

오클라호마 주 출신으로 자신의 마초적 성격에 자부심이 있는 잭은 어느 순간부터 이 작은 개를 하늘에서 보낸 천사라고 부르기 시작했다. 그리고 스팽키와 맺은 이런 애착 관계로 비로소 은근히 비웃던 동물병원의 손님들을 이해할 수 있었다. 그의 말대로, 개는 그에게 새로운 반려동물의 세계를 체험하고 인간과 반려동물의 강렬한 유대의 힘을 깨닫게 해주었다.

잭 스티븐스의 경험은 개를 키우는 것이 왜 그렇게 사람들에게 큰 만족을 주는지, 녀석들이 옆에 있다는 것만으로도 치유효과가 나타나는지를 설명한다. 육체적으로 나타나는 효과도 있다. 잘 알려진 많은 연구 결과가 개를 어루만지면(때로는 그냥 개가 옆에 있기만 해도) 혈압과 심장박동이 낮아지는 효과가 있다는 것을 증명한다. 또 개와 함께 있는 것은 심리적인 치유도 발휘한다. 그리고 이런 사실을 깨달으려고 우리가 꼭 암에 걸리거나 요양원에 들어가거나 비행청소년이나 수감자, 또는 정신과 환자가 되어야 하는 것은 아니다.

불가피하게 '무조건적 사랑'이라는 말을 쓸 수밖에 없다.

사람 10명을 만나서 개가 뭐가 그렇게 특별하냐고 물으면, 9명은 '무조건적인 사랑'이라는 말을 한다. 개들은 우리 배우자나 절친한 친구, 심지어 우리 부모보다도 더 순수하고 열린 자세로 우리를 사랑한다고.

나도 이 말에 동의한다. 개들은 인간보다 훨씬 깨끗한 방식으로 애착하며, 베푸는 것은 꾸준하고, 바라는 것은 인간보다 훨씬 적다. 이런 특징 때문에 이들이 요양원이나 병원처럼 치료가 필요한 환경에서 그렇게 놀라운 효과를 발휘한다.

그런데 인간과 개의 관계에 이르면 무조건적인 사랑이라는 말은 어딘가 부족해 보인다. 이 말은 무언가 정형적이고 힘이 없어 보이기 때문이다. 그래서 미국 동물학대예방협회의 선임 부회장이자 과학자문위원인 스티브 재위스토스키는 개인적으로 이 말 안 쓰기 운동을 한다고 한다.

"이 말은 개는 존중할 필요가 없다는 것처럼 들리니까요. 때리고 걷어차고 해도 개는 다시 사람에게 돌아온다는 것 같이 들리거든요."

그뿐만 아니라 무조건적 사랑이란 관계에는 본래 상호성이 없다는 뜻으로도 들린다. 우리 역할은 그저 개 앞에 서서 그들이 주는 걸 받아먹는 것뿐이라고 들린다. 그러나 개가 갖는 치유력은 녀석들이 우리에게 그냥 주는 것이 아니라, 우리 안에서 끄집어내 주는 것이다. 다시 말해, 우리가 개를 통해서 무얼 느끼고 경험하느냐에 달려 있다.

개와 나

잭 스티븐스가 경험했듯이, 개들이 우리에게 허용하는 한 가지는 폐소 공포증 없는 친근함이다. 이것은 무조건적인 사랑과 비슷하지만, 그 구조는 더 복잡하고 우리가 받아들이기는 좀 더 편한 감정이다. 잭의 아내가 병을 앓는 잭에게 스팽키처럼 정성을 기울였다면(잠든 그를 밤새 지키고, 토할 때마다 옆에 있고, 잠시도 그의 곁을 떠나지 않았다면) 그는 아마도 좁은 공간에 갇힌 듯 답답해서 미쳐버렸을 것이다.

어쩌면 이는 우리 모두에 해당하는 이야기다. 누군가 무슨 일이 있어도 나를 뜨겁게 사랑한다는 것은 달콤하고도 보편적인 환상이지만, 다시 보면 이는 불가능에 가까운 꿈이다. 성인 남녀 사이에서는 실현할 수도 없지만, 어쩌면 실현되어서도 안 되는 것이다.

우리는 무조건적인 사랑에 대해 이런저런 말을 할 수 있다. 그런 사랑을 바라는 마음에 대해, 그러나 실제로 그런 사랑을 주는 사람은 없다는 것에 대해. 하지만 우리 배우자가 개처럼 아침마다 우리만 보면 좋아서 어쩔 줄 모르고, 우리가 방에 들어올 때마다 길길이 뛰며, 비판의 말 한마디 없고, 우리가 짜증을 내건 안달을 떨건 게으름을 피우건 아무런 견책도 하지 않으며, 언제나 우리에게 모든 권한을 준다고 생각해보라. 언뜻 보면 아주 환상적일 것 같지만, 실제로는 이런 상황을 5분도 견디지 못할 것이다.

그런데 개는 사람이 못 주는 것을 줄 수 있다. 아마도 그들이 다른 종에 속하기 때문에, 그들과 우리 사이에는 너무나 명백한 경계선이 존재하기 때문에, 개는 우리를 그렇게 사랑하면서도 공정함에 대한 질문을 일으키지 않고, 권력의 불균형이라는 골치 아픈 문제도 들쑤시지 않고, 우리를 갑갑함에 몸 비틀게도 하지 않는다. 그것은 개와 우리가 그토록 행복한 관계를 유지하는 이유 가운데 하나다. 개들은 우리 환상 속의 친밀함과 현실 속의 필요가(경계선과 자율과 거리에 대한 필요) 가진 틈새를 채워준다.

그 틈새 안 인생은 편안하기 그지없다. 그레이스는 여름이면 밤마다 오클리를 아래층 마당으로 데려간다. 오클리가 오줌 누고 마당을 쏘시고 다니는 동안, 그레이스는 현관 계단에 앉아 별을 바라본다. 시간이 얼마 흐르면 오클리가 계단으로 다가와 그레이스 곁에 앉는다. 둘은 한동안 함께 어둠을 응시한다. 잠시 후 그레이스가 고개도 돌리지 않은 채 손을 뻗어 오클리의 가슴을 쓰다듬는다. 그러면 오클리는 앞발을 그레이스의 팔에 대고, 둘은 그레이스가 들어가자고 할 때까지 그렇게 가만히, 손잡은 연인들처럼 다정하게 앉아 있다.

이것이 그런 틈새의 풍경이다.

침묵 속에 흐르는 인간과 개의 다함 없는 애착. 그레이스는 오클리가 그냥 곁에 있다고 말한다. 이런 느낌, 개가 그레이스의 곁에 있다는 느낌, 세상 어느 누구의 곁도 아니고, 오직 자기 곁에 있다는 느낌은, 이 관계를 고유하고도 의미 깊은 것으로 만든다. 여기 나와 개가 있다. 나와 나의 개. 이 친근함은 사람에게서 동물에게 뻗은 비밀스러운 다리처럼 여긴다. 세상 누구도 나와 같은 방식으로 건너갈 수 없는 둑길.

이 둑길은 여러 가지 의례적 일과와 반복, 단순한 순간들, 오직 인간과 개 사이에서만 발견되고 실천되는 행위들로 이루어져 있고, 이 길을 날마다 건너고 또 건너는 것은 크나큰 회복력을 발휘한다.

카먼이라는 조그만 흰색 몰티즈를 키우는 미셸은 매일 아침 주방에서 30분가량 신문을 읽는다. 언젠가부터 이러고 있으면 개가 무릎으로 깡충 뛰어올라서 잠옷 속으로 기어들고, 미셸은 그 자세 그대로 커피를 마신다. 이런 행위는 자연스러운 일과가 되었다. 이 고요하고 따뜻한 접촉의 순간은 한 번도 어김없이 기쁨을 안겨준다. 미셸은 이렇게 말한다.

"이것은 아이들이 일어나고 전화벨이 울리고 지옥의 문들이 벌컥벌컥 열리기 전, 우리 둘만이 갖는 다정한 순간이에요."

앤드루라는 남자는 아침마다 노란 래브라도의 코를 보며 잠에서 깬다.

"내가 일어나야 할 때라고 생각하면 녀석은 침대로 올라와서 코를 내 얼굴 몇 센티미터 앞에 갖다 대고 입김을 뿜어내어 눈을 뜨게 만든답니다."

이런 광경은 아침마다 그에게 유쾌함을 안겨준다.

"방글거리는 개의 얼굴이 눈앞에 있다고 생각해보세요. 나는 아침마다 웃으면서 깨어난다니까요."

토마토라는 이름의 저먼 쇼트헤어드 포인터를 키우는 낸시에게는 매일 아침 8시에 개와 함께 뉴욕 센트럴파크를 산책하는 것이 동물치료 역할을 한다. 낸시는 말한다.

"이건 아주 절묘한 기쁨이랍니다. 날이 아주 사납거나, 진눈깨비가 내리는 날에도 똑같아요. 어떨 때는 정말 산책 같은 건 죽어도 하기 싫을 때가 있어요. 하지만 억지로 나가보면 그렇게 나간 게 하늘의 선물처럼 느껴져요. 나는 종교는 없지만, 그럴 때 구름 속에서 빛이 내려오는 광경을 보면 꼭 신을 보는 것 같아요. 개가 없다면 이런 경험을 하지 못하죠."

이런 것이 개와 함께하는 틈새의 정경이다.

그곳에서는 개의 경험이 우리의 경험과 교차하며 적량의 위로를 뿌린다. 루실과 함께 산책할 때 나는 구름 속에서 신을 보지는 못하지만, 낸시 이야기에 담긴 느낌, 그 평온함은 이해한다. 루실과 숲에 나가면 나는 때때로 그늘에 멈춰서 녀석의 몸이 지금 이 순간의 것에(흘러가는 냄새, 들려오는 소리, 지나가는 벌레) 예민하게 반응하는 모습을 지켜보며 생각한다.

'그래. 지금 이 순간이야. 이런 게 바로 지금 이 순간을 사는 거야.'

이런 순간을 개와 함께 경험하는 것은 어떤 종교적인 경지를 안겨준다. 개가 그토록 지금 여기에 몰두하는 태도는 우리에게도 스며들어서 우리 역시 그들처럼 소리와 냄새, 정경에 몰두하게 되고, 그러는 사이 인간적인 근심 걱정은(두 시간 전 또는 두 달 전에 일어난 것, 두 시간 후 또는 두 달 뒤에 일어날 것) 뒷자리로 물러난다. 초점이 이동하면서 시야가 넓어진다. 우리는 인간 세계에서는 그토록 찾아보기 힘든 두 가지 기능을 훈련하게 된다. 그 하나는 지금 현재를 사는 능력이고, 또 하나는 고요함을 공유하는 능력이다. 이런 평화의 장면 한 장.

이번에는 시선을 좀 더 미세한 곳으로 옮겨보자.

개의 털은 어떤가.

"개는 정말 만지기 좋은 동물이에요."

내 친구 톰이 어느 날 주방에 앉아 오스트레일리안 셰퍼드 코디를 쓰다듬으면서 말한다. 나는 톰과 코디를 보면서 미셸 곁의 몰티즈, 앤드루 곁의 노란 래브라도, 현관 계단에 앉은 그레이스 곁의 맬러뮤트를 생각하고, 스킨십이 우리에게 얼마나 중요한지, 그렇지만 인간 세계에서는 그 일이 얼마나 골치 아픈 것인지를 생각한다.

그리고 톰의 개를 바라본다. 코디는 만져지기 위해서 사는 동물이다. 근처에 앉으면 녀석은 곁에 다가와 우리 무릎 위로 목을 빼고 기다린다. 마치 '자, 여기 선물 있어요' 하는 듯이 녀석의 얼굴에는 기대감이 가득하다. 그래서 녀석을 쓰다듬어

주면 그 표정은 기대에서 만족으로, 만족에서 행복으로 옮겨간다. 귀가 뒤로 접히고 입이 벙글어지며 짧은 꼬리 밑둥이 요동친다. 그 모습은 꼭 온몸으로 '쓰다듬어 줘서 고마워! 정말 기분 좋아!'라고 말하는 것 같다. 이런 메시지를 받는 편에 서 있다는 것은 놀라움과 치유가 함께 느껴지는 것이다.

스킨십은 우리 사회에서 많은 의구심에 싸여 있고, 각종 규칙과 제한에 묶여 있다. 만약 우리가 스킨십 충동이 일 때마다 동료의 귀 뒤를 어루만진다고 생각해보라. 친구에게 다가가서 별 이유 없이 그를 끌어안고 머리카락을 흩뜨린다고 생각해보라. 사람들 사이에서는 따돌림을 부를(자칫하면 체포될 수도 있다) 이런 행동을 개하고는 아무 거리낌 없이 할 수 있고, 게다가 열렬하게 환영받기까지 한다. 그들과 함께 있으면 자기 검열은 필요 없다. 우리는 멋대로 신체를 접촉할 수 있고 조율 같은 건 필요 없다. 그러니까 어떤 면으로 보면, 우리는 녀석들이 사는 세계에 살도록 허락받은 것이다. 자신을 활짝 여는 곳, 남 눈치 보지 않는.

이런 것은 남녀와 상관이 없는 것처럼 보인다. 펜실베이니아 대학에서 동물병원 대기실 고객을 임상적으로 관찰한 결과, 여자와 남자는 개를 어루만지는 지속 시간이나 빈도에 별 차이가 없는 것으로 드러났다. 몸짓 또한 비슷했다. 비슷한 숫자의 남녀가 개를 쓰다듬고 긁어주고 마사지하고, 또 개의 목에 손을 얹거나 개를 한 팔로 끌어 앉은 채 앉아 있었다. 이를 통해 연구자들은 개는 남자에게(특히 스킨십을 섹스의 전주곡 또는 소유욕과 혼동하는 사람들에게) 더 강력한 역할을 할지도 모른다는 결론을 내렸다. 특히 마초 코드로 훈련받은 남자에게 개는 애정 표현하며 만질 수 있는 유일한 존재일 수 있다는 것이다.

앨런 벡과 에이런 캐처는 이런 스킨십 요소가 인간과 개 관계에 친밀감을 준다고 보았다. 이것은 전통적 심리치료 방식들과 같으면서도 다르다. 두 사람은 "로저스 학파 정신분석가는 래브라도 리트리버와 별반 다르지 않다"고 썼다. 로저스 학파는 칼 로저스에게서 시작된 정신분석 학파로, 비직접적 방법론을 채택하고 있다. 실제로 이들의 활동과 개의 행동 사이에는 놀라울 만큼 유사점이 많다. 이들처럼 래브라도 개는 대화를 이끌어 나가려고 하지 않는다. 의견 제시도 비판도 하지 않고 행동을 촉구하지도 않는다. 대신 주의 깊고 공감 어린 시선으로 조용히 환자의 말을 경청한다.

작가 제롬 K. 제롬은 이것을 약간 다르게 표현한다.

개들은 자기 이야기는 한마디도 하지 않지만, 우리가 하는 이야기는 잘 들어준다. 그리고 우리 이야기가 언제나 흥미롭다는 표정을 지어준다.

개와 치료사의 차이점은 물론 개는 펄쩍 뛰어올라 우리를 핥고 주둥이를 문지르며, 우리가 원한다면 언제라도 키스와 포용을 허용한다는 것이다.

앨런 벡과 에이런 캐처는 이렇게 썼다.

심리치료가 어려운 점은 스킨십이 배제된 상태로 상호 간에
친밀감을 이끌어내야 한다는 것이다.

개에게는 이것이 식은 죽 먹기가 아닐 수 없다.

래브라도와 정신분석가 사이에 커다란 차이가 또 하나 있
다. 래브라도가 무슨 생각을 하는지 알아내기가 훨씬 쉽다. 루
실의 훈련사인 캐시는 보스턴 교외에서 남편과 함께 살면서
독일셰퍼드 두 마리를 키운다. 내가 캐시에게 어떻게 개에게
끌리게 되었는지, 또 개와 함께 살고 개와 함께 일하는 게 그렇
게 만족스러운 이유가 무엇인지 묻자, 캐시는 한 마디로 대답
했다.

"정직하잖아요. 나는 개가 가진 정직함이 좋아요."

캐시는 매우 현실적이고 솔직한 여자로, 개를 두고 감상에
빠지는 법이 없다. 그러므로 캐시의 말은 어떤 가감도 없는 평
가다. 개는 보이는 그대로가 진실이라는.

"사람들 관계는 그렇게 간단하지 않죠. 성인이 되면 우리
는 이미 많은 걸 겪고, 수많은 관념을 짊어지고 다니잖아요. 하
지만 개하고는 그런 쓰레기의 늪을 헤치지 않고도 진정한 것
에 이를 수가 있어요."

나는 캐시의 이야기를 들으며 고개를 끄덕였다. 그리고 개의 그런 명확함이 우리를 얼마나 편안하게 하는지를 생각했다. 어느 날 '억압된 감정'이라는 게 난데없이 루실의 머리를 탕 친다고 해도 루실은 그걸 이해하지 못할 것이다. 먹고 싶으면 주방 바닥에 앉아 밥그릇을 들여다본다. 생가죽 장난감을 씹고 싶으면 그것을 넣어둔 서랍 앞으로 가서 또 바라본다. 개의 목적, 개가 하고 싶은 것은 단순하고 측정 가능하고 명백해 보인다. 나가고 싶어, 들어가고 싶어, 먹고 싶어, 눕고 싶어, 놀고 싶어, 키스하고 싶어. 개에게는 숨겨진 모티브도 없고, 심리 게임도 없고, 넘겨짚기도 없으며, 복잡한 협상도 거래도 죄의식도 없고, 요구가 거절당했다고 원한을 품는 일도 없다. 인간관계 속에 펼쳐지는 온갖 비밀스러움, 양가감정, 에두름의 풍경을 헤쳐 온 사람이라면 개의 이런 특징은 더할 수 없는 평온의 근원이 된다.

개는 자기 멋대로 행동한다. 에이런 캐처는 어린 시절 할아버지 댁에서 겪은 일을 아직도 생생하게 기억한다. 어른들이 모두 심각하게 앉아 도덕성과 종교에 대한 고매한 대화를 나누고 있을 때 그 집의 그레이트 데인 종 개는 불가에 앉아서 천연덕스럽게 성기를 핥았다는 것이다. 개의 이런 행동을(적어도 공공장소에서는) 잘 받아들이지 못하는 사람들도 있다.

우리 기준으로 보면 개들은 뻔뻔하기 짝이 없다. 그들은 거리낌 없이 서로 킁킁거리고 핥고 흘레붙는다. 그리고 아무

데서나 볼일을 본다. 녀석들은 천진한 얼굴로 우리 안의 억눌린 본능과 욕망을 보여준다. 벡과 캐처가 말하듯이, 녀석들은 개의 탈을 쓴 인간 이드의 형상물이다. 하지만 개들이 서로 엉덩이를 킁킁거리거나 손님의 허벅지에 뛰어오르는 것을 민망스럽게 여긴다 해도, 녀석들이 우리의 관습을 그토록 자유롭게 무시하는 것은 관찰자인 우리에게 일정한 대리만족 효과도 준다.

조지 버드 에번스는 『새 사냥개들의 문제점Troubles with Bird Dogs』이라는 책에서 이렇게 썼다.

우리가 개에게 이끌리는 것은, 인간이 우월하다는 확신이 없다면, 우리 자신이 그렇게 했을 속박되지 않은 모습을 녀석들이 보여주기 때문이다.

때로 이런 속박의 탈각은 우리에게도 삼투한다. 개의 자유는 우리의 자유가 된다.

"나는 개 앞에서 춤을 춰요."

마흔네 살의 린다가 전화에 대고 감탄한다.

"이게 왜 중요하면요. 내가 평소에는 전혀 춤을 추지 않기 때문이에요. 중학교 이후 나는 사람들 앞에서 춤을 춰본 적이 없어요. 내 자의식은 하늘을 찌르거든요."

쿠키라는 테리어 잡종인 린다의 개는 그녀의 과도한 자의식이 힘을 쓰지 못하는 유일한 대상이다.

"그래서 내가 이 녀석을 이토록 좋아하는 거예요. 쿠키 앞에서라면 나는 미치광이가 될 수도 있어요. 아무 걱정 없이 말이에요."

1년쯤 전에 나는 서른일곱 살인 시각장애인 여성 바바라를 만났다. 바바라는 두 살짜리 노란 래브라도 안내견 호머와 살았다. 나는 바바라의 개는 조금 다를 거라고 생각했다. 개에게 의지해서 사는 사람이라면 믿음과 소통의 수준이 일종의 파트너십에 이르지 않을까 생각한 것이다. 바바라는 물론 이 주제도 약간 언급했다. 자신과 개는 하나의 팀이라고, 호머는 자신이 세상을 돌아다닐 수 있는 권리의 상징이라고. 하지만 개와 함께 거실 바닥에 앉아 둘의 관계를 설명할 때 바바라의 이야기는 단순한 기쁨이라는 주제로 더 자주 돌아갔다. 그토록 상대를 한없이 수용하고, 한없이 단순한 동물과 산다는 기쁨, 그 다정한 진지함, 자신을 감출 필요가 없다는 자유.

"개 이야기를 하면 상투적인 말을 쓰지 않을 수가 없어요. 개는 정말 인간의 최고 친구예요."

나는 여기에 첨언하고 싶다. 인간관계에서는 아무리 절친한 친구라도 때로 충돌하고 실망하고 멀어진다. 그리고 성인의 친밀한 인간관계는 거의 예외 없이 주기적 조절과 재평가가 필요하다. 하지만 개하고는 그런 것이 필요 없다.

어떤 여자는 내게 이렇게 말했다.

"개하고 있으면 가장 좋은 거는요. 개는 나한테 다가와서 '자기야, 나를 숨 좀 쉬게 해줘'라고 말하지 않는다는 거예요."

그렇다. 개와 주인을 위한 커플 치료도 없을 것이고, 새벽 3시에 일어나 누가 무얼 잘못했는지 따지는 언쟁도 없을 것이고, 아침 식탁에서 울분을 터뜨리는 일도 없을 것이다. 이것은 누가 내 곁을 떠날지, 누가 먼 곳으로 이사할지, 누가 인생 행로를 갑자기 변경할지 예측할 수 없는 불확실한 세상에서 또 하나의 깊은 위안이다.

개는 어느 날 아침에 일어나서 지금까지 우리 관계를 다시 생각해보고 있다고, 자기에게는 시간이 필요하고 무언가 변화가 있기를 바란다고, 무엇보다 당신이 변하기를 바란다고 말하지 않는다.

시간이 지날수록 이런 장면은 늘어간다. 일관성의 앨범이 쌓인다. 지난봄 나는 앤이라는 여자와 몇 시간을 함께 보냈는데, 그때 앤은 예전에 키우던 개 클로드의 사진을 보여주었다. 푸들인 클로드는 열여섯 살까지 살았고, 앤이 쉰여섯 살 때 죽었다. 사진들은 인생의 온갖 중대한 변화 속에서도 늘 그녀와 함께했던 녀석의 꿋꿋한 존재 증명과도 같았다. 1965년 시카고를 떠나 보스턴으로 이사 오기 전 이삿짐 차 앞에 둘이 있고, 1968년 앤이 이혼하던 무렵에 둘이 있고, 1973년 앤의 아버지 장례식장에도 둘이 함께 있다. 그리고 1975년 앤이 항암치료를 마치고 회복하던 시절, 머리에 스카프를 두른 앤 옆에 역시 클로드가 있다. 앤은 앨범을 넘기며 고개를 저었다.

"그 많은 변화가 이어지는 동안 클로드는 언제나 내 곁에 있었어요."

내가 개와 함께 산 기간은 그에 비하면 찰나에 불과할 테지만 그래도 나는 앤의 말을 이해한다. 밤마다 루실은 나를 따라 계단을 오르고 내 방까지(약간 조심하며) 들어와서는 침대 앞에 앉아서 내가 위로 올라오라고 명령하기만을 기다린다. 이런 밤의 일과는 언제나 내게 기쁨을 주고, 그 이유 가운데 하나는 바로 그것이 한결같이 그지없다는 것이다. 루실은 하루 중 바로 이때 가장 다정하고 얌전하다. 녀석은 침대로 펄쩍 뛰어 올라와 엎드리고는 머리를 앞발 사이에 누인다. 귀는 뒤로 접히고 눈은 반짝인다. 나는 이불을 덮고 녀석은 즐겁고 신기하다는 표정으로(그러니까 우리가 또 하루 이렇게 함께 있는 게 놀랍다는 듯이) 나를 바라본다. 나는 내 엉덩이 부근의 이불을 두드리며 "이리 와"라고 말한다. 그러면 녀석은 그리로 가서 내 다리에 몸을 붙이고 눕는다. 우리는 몇 분을 이런 식으로 보낸다. 바로 우리만의 틈새다. 나는 개의 가슴과 어깨를 긁어준다. 녀석은 이따금 그만해도 된다는 듯 앞발을 내 손목에 대고 손을 핥는다. 잠시 뒤 나는 책을 집어 들고 읽는다. 그러면 녀석은 내 허벅지에 고개를 올리고 만족스러운 한숨을 쉰다.

루실과 나는 매일 밤 이런 장면을 연출한다. 그날 내게 어떤 일이 있었건 간에 하루가 이렇게 한결같은 다정한 마무리는 언제나 뿌듯하다. 내 인간관계는 예측 불가능하고 때로 격해지며 뒤얽히거나 변할 가능성에 항상 노출되어 있다. 그러나 개는 늘 한결같다. 나에 대한 루실의 반응은 변함이 없다. 밀려갔다 밀려오는 감정과 상황의 바다에서 루실은 나를 버텨주는 조그만 닻이다. 꾸준히 그곳을 지키고 서서 내게 일어나는 크고 작은 사건을 모두 목격하는 존재, 언제나 그 자리에 있어 주는 존재.

나는 누운 채 루실을 어루만지고 숨을 쉰다.

"이건 내가 맺은 관계 가운데 유일하게 비정치적인 관계예요."

앤의 이 말은 기이하면서도 아주 완벽한 표현이다. 개는 우리 인생에서 일관성 의심의 대상이 아니고, 이런저런 인간사 변동에 희생되지 않는 관계를 상징한다. 그래서 인간관계에서는 찾아보기 힘든 신뢰라는 또 한 가지 덕목이 생겨난다. 이런 것이 바로 치유력이다. 잭 스티븐스가 말했듯이, 개들은 우리가 배우자에게 바라는 것, 기쁠 때나 슬플 때나 건강할 때나 병들었을 때나 우리 곁에 있어 주는 그 일을 해준다.

개들은 죽을 때도 우리 곁에 있다. 바센지 종 토비를 키우며 스스로 개와 상호의존적이라고 말하는 조너선은 1994년에 애인 케빈을 에이즈로 잃었다. 죽기 직전 몇 주일 동안 케빈은 극도의 고열에 시달리며 몇 분 이상 의식을 지속하지 못했다. 그때 한 살을 갓 넘긴 토비는 그런 케빈 곁을 지극정성으로 지켰다. 토비는 투병 기간 내내 케빈의 가슴에 고양이처럼 엎드려 있거나 그의 발밑에 웅크리고 앉아 남들의(조너선조차) 접근을 막았다. 조너선이 침대에서 끌어 내리려 해도 완강하게 버텼다.

케빈은 죽기 하루 전날 입원했다. 죽음이 가까워지자 그는 병실에 있지도 않은 개에게 말을 걸었다.

"토비, 그걸 씹으면 안 돼."

"거기 가지 마, 토비."

그리고 때로 병실 침대이불을 들어 올려 토비를 안으로 들이는 시늉을 했다.

조너선이 말한다.

"케빈은 토비 얼굴에 바람을 부는 장난을 자주 쳤어요. 그러면 토비는 앞발을 들어 올려 파리를 잡듯 그의 얼굴을 퍽 때렸고요. 병원에서 케빈이 바로 그 행동을 하더라고요. 허공에 바람을 불고 웃는 거예요. 나는 침대 이쪽에 있었고, 반대편에는 친구 수잔이 있었는데, 가운데에는 상상의 개가 있었죠. 마지막에 케빈은 '토비, 토비' 하면서 허공에 입을 맞추고 죽었어요."

조너선이 볼 때 토비는 분명히 영적인 의미로 케빈의 임종을 지켰다. 토비는 자신의 존재를 케빈에게 전달했고, 그가 죽음 너머로 가는 길을 도왔다.

그러고 나서 토비는 조너선이 살아가는 길을 도왔다. 조너선은 극도의 슬픔에 빠졌지만, 그의 곁에는 케빈이 사랑하던 이 동물이 남아서 죽은 애인과 그를 연결했다. 이 동물은 조너선에게 끊임없이 먹이와 보살핌을 요구했다. 산책하고 싶으면 허공에 앞발을 휘둘렀다. 이 동물은 그를 세상으로 끌고 나왔고, 그가 상실의 영토를 헤쳐 나갈 수 있도록 도왔다.

"케빈이 죽은 이후, 내가 가까이하고 싶은 대상은 토비뿐이었어요. 그렇게 6개월쯤 지나서 슬픔 극복 워크숍에 갔더니, 자기 인생에 가장 중요했던 것을 글로 써보라고 하더라고요. 생각나는 사람은 하나도 없었지만, 떠오르는 동물은 있었죠. 토비였어요."

개는 지난 상처뿐 아니라 현재의 상처도 치료해준다. 나와 내 친구 메리는 오랜 세월 심리치료를 받으며 살았다는 공통점이 있다. 그래서 우리 둘이 만나면 옛 고통을 지워버리기가 얼마나 어려운지를 이야기하고, 심리치료를 받으며 우리의 깊은 실망과 상처를 고통스럽게 되살린 경험과 그런 노력을 기울여도 고통은 완전히 사라지지 않는다는 것, 한번 뚫린 구멍은 좀처럼 메워지지 않는다는 이야기를 자주 한다. 우리는 이런 노력으로 어린 시절 어머니가 우리에게 왜 그런 좌절을 안겼는지 이해하게 되었다. 그 시절 우리가 오해받고 무시당한 사정을 모두 이해한다고 생각한다. 이제 메리는 그런 고통의 강을 건넜다고 생각하고, 어머니를 만나 함께 쇼핑을 가거나 저녁 식사를 했다. 그런데 10초 만에 도로 옛날로 돌아갔다. 아주 작은 교감의 실패가 옛 상처의 거대한 둑을 허물어뜨렸다.

메리는 조지아라는 네 살짜리 체서피크 베이 리트리버를 키운다. 부드러운 갈색 털에 뒤덮인 두 눈에 초록빛이 감도는 아름다운 암컷이다. 최근에 메리는 어머니와 함께 식사를 나갔는데, 어머니는 개를 가리킬 때 자꾸 'he'라는 단어로 얘기했다.

"How is he doing?"

"Does he shed a lot?"

이것은 그 자체만 보면 그리 큰 실수가 아닐 수 있다. 그런데 개가 암컷이라는 단순한 사실을 기억하지 않는 어머니 태도는 메리에게 모욕적으로 다가왔다. 이것은 정신적 상처의 기억이 출렁대는 저수지의 둑을 허물었고, 지난 세월 메리에게 수도 없이 단절감과 위축감을 던져준 크고 작은 사건이 아찔하게 밀려들었다.

'엄마는 몰라. 엄마는 나한테 뭐가 정말 중요한지 몰라. 우리 엄마는 나를 몰라.'

이런 느낌이 몇 번째던가, 헤아릴 수조차 없었다. 메리는 자리에 앉아서 이를 악물었다.

그런데 해결책이 있었다. 그날 밤 집에 돌아와 차고로 들어서는데, 크고 아름다운 암캐가 위층 창문에서 반갑게 짖어댔다. 메리가 현관 앞 계단을 오르자, 조지아의 발톱이 현관문 바닥을 긁는 소리와 반가움에 낑낑거리는 소리가 들렸다. '왔구나! 왔어!' 하는 소리. 그리고 문을 여니 28킬로그램의 리트리버가 메리에게 몸을 날리는 바람에 메리는 개와 함께 문 앞에 주저앉았다. 자신을 그렇게도 사랑하고 원하고 인정하는 존재가 있다는 것에 뭉클해진 메리는 그냥 그 자리에 앉은 채 개의 배를 쓸고 귀도 긁어주며 즐겁게 키득거렸다. 옛 고통을 완전히 벗어나는 것은 불가능하다. 불쑥불쑥 되찾아오는 그 고통에 완전히 단련하는 것도 불가능하다. 그러나 그것을 달래고 그 충격을 완화할 새로운 방법은 찾을 수 있다. 메리는 개에게 자기가 받지 못한 사랑을 준다. 그러면 개는 그 사랑을 고스란히 되돌려준다.

"조지아는 나를 사랑해요."

메리는 이렇게 말하며 이 간단한 사실이 그토록 큰 편안함과 충족감을 준다는 것이 경이롭다는 듯 고개를 흔든다.

개와 강렬한 관계를 맺은 사람들은 개가 우리 정신적 경험을 고쳐 쓰게 해주며, 우리가 인간관계에서는 얻지 못한 것을 주고받게 해준다는 이야기를 자주 한다. 때로 개들은 우리가 바라던 어머니고, 때로는 우리가 될 수 없던 아이들이고, 때로는 이 두 가지 역할을 동시에 한다.

오즈라는 오스트레일리안 셰퍼드에게 팬케이크를 만들어

준다고 이야기한 캐슬린은 혼란스러운 어린 시절을 보냈다. 아버지는 밤에 일하는 재즈 음악가였고, 어머니는 간호사로 낮에 일했는데, 두 분 다 성격이 까다롭고 아이를 키우는 방법을 제대로 알지 못했다. 캐슬린은 한 살부터 놀이방에 맡겨졌고, 어머니는 그런 캐슬린을 두고 "혼자 알아서 컸다"는 농담을 자주 했다. 물론 캐슬린의 부모는 기본적으로 선량한 분들이었지만, 캐슬린은 자신이 따뜻하게 보살핌을 받는다고 느껴 본 적이 없고, 이 세상 누구도 자기를 소중하게 여긴다는 생각도 해본 적 없이 컸다.

요즘 캐슬린에게는 싱글맘으로 생계를 유지해야 하는 새로운 혼란이 있다. 하지만 이런 혼란 속에 오즈가 있다. 캐슬린이 주방에서 요리할 때 보조 테이블에 앞발을 얹고 서 있는 이 멋진 동물이 있다. 캐슬린은 오즈에게 혼란스럽지 않은 거주 공간을 주었고, 단순하고 예측 가능하며 고요한 생활을 선물했다. 캐슬린은 언제나 오즈에게 필요한 게 무엇인지 살폈다. 오즈가 강아지였을 때 캐슬린은 녀석의 양치기 개의 본능이 질식될까 걱정한 나머지 가까운 공원에 가서 양 흉내를 내곤 했다. 그러니까 공원 한구석에서 양처럼 "매애애! 매애애!" 울며 뛰어 달아나는 것이다. 그러면 오즈는 그녀를 쫓아 뛰어왔다. 이런 순수한 사랑은(우리가 깊이 갈구하지만 그다지 경험하지는 못하는) 오즈를 키우기 시작한 첫날부터 지금까지 흔들림이 없으며, 이렇게 다른 존재를 꾸밈없이 사랑할 수 있다는 것은 캐슬린

에게 깊은 뿌듯함을 주었다. 그리고 주는 것 못지않게 받는 것
도 커다란 치유력을 발휘한다.

개들은 몇 가지 중요한 점에서 이상적인 어머니를 닮았다.
우리에게 완전한 관심을 기울이며, 우리를 완전히 수용하고,
우리가 하는 모든 것에 감탄한다는 것이다. 이것이 캐슬린에게
도 적용되었다. 오즈는 캐슬린의 부모보다 더 캐슬린에게 맞게
조율되었고, 훨씬 더 가까이 있으며, 훨씬 더 흔들림이 없었다.

"오즈는 내게 편안함 자체예요. 이전까지 내 인생에서 편
안한 관계란 없었어요."

개들은 우리의 어두웠던 어린 시절도 고쳐 쓰게 한다. 방
치와 학대 속에 아동기를 보낸 서른여섯 살의 에밀리는 개와
함께 자기가 받지 못한 양육의 모델을 만들었다. 에밀리는 라
일리라는 초콜릿 색 래브라도에게 건강한 식사와 규칙적인 운
동을 제공하고 병원에도 자주 데려가며, 귀도 눈도 이도 청결
하게 유지한다. 라일리를 이렇게 돌보는 것은 말 그대로 인생
을 구원하는 것이다. 에밀리의 어린 시절은 해리장애와 오랜
우울증을 남겼다. 에밀리는 눈물 흘리면서 말한다.

"내가 미치지 않는 것은 라일리 덕분이에요. 아직도 자살
생각이 마음을 떠나지 않아요. 하지만 라일리가 있는 한 그럴
수 없어요. 이 아이를 나처럼 버림받게 할 수는 없어요. 그러니
까 내가 살아 있는 건 어쩌면 개 때문이라고 할 수 있죠. 내 인
생을 지탱하는 건 이 아이예요."

마흔아홉 살의 데비는 일종의 완벽한 자매 모델을 이루었다. 세 자매 중 둘째인 데비는 어린 시절부터 가족의 문제를 해결하고 분쟁을 중재하는 역할을 했고, 언제나 공정함이 중대 과제였다. 어린 시절 이야기를 할 때 데비는 몇 번인가 관리 감독이라는 말을 썼다.

"나는 우리 세 자매의 관리 감독이었어요. 그게 내 역할이었죠. 관리 감독을 하는 것이."

지금 데비는 로디지안 리지백 암컷 세 마리와 사는데, 이들에 대해 이야기를 하던 중 그 말이 다시 나왔다.

"세 녀석이 늘 사랑을 다투고 뼈다귀를 다퉈요. 그래서 나는 아직도 관리 감독을 하고 있답니다."

이런 전이는(자매들 대신 개들을 중재하는 것) 기막힌 효과를 발휘했다. 가족 중재자 역할은 데비에게 실망스러운 결과만을 안겨주었지만(그녀가 자신을 먼저 생각하기 시작하자, 언니와 동생은 데비를 외면했다), 개들은 이런 경험을 아무런 비용도 들이지 않고 다시 만들 수 있게 했다. 데비는 개들의 위계질서를 잘 알고 있으며, 세 마리 가운데 누가 알파고 누가 둘째고 셋째인지도 안다. 데비는 이 질서를 존중한다. 그리고 다른 두 마리를 제치고 알파 개를 가장 먼저 쓰다듬어 줄 때 개들의 행복이 커진다는 것을 안다. 데비는 평화를 유지하는 법을 안다. 그리고 이렇게 모두 공정히 대하고 모두의 요구를 들어주는 것은 데비에게 내가 루실을 돌보며 느끼는 것만큼의 만족감을 준다. 그것은 우리 마음속의 깊고 익숙한 곳으로 내려가서 오래오래 끓어온 열망을 채워준다.

개를 통해 지난 역사를 재현하는 것이 재미있는 것은 이런 것이 아주 우연한 모양을 하고 이루어진다는 데 있다. 캐슬린과 에밀리가 일부러 이런 식으로 자라난 환경을 재현하려고 하진 않았다. 데비도 어느 날 가만히 앉아서 '생각해보자, 암캐세 마리를 데려다가 새로운 관리 감독 역할을 해보면 어떨까? 그건 세 자매 속에서 하는 것과는 다를 거야' 하고 결심한 것이 아니다. 이런 일은 그냥……어쩌다 보니 그렇게 되었다. 이런 이야기를 들으면 내가 루실과 맞닥뜨리는 과정이 떠오른다. 내가 다른 모든 개를 두고 이 개를 고르게 된, 의식과 무의식이 뒤섞인 그 과정. 모든 개는 일종의 안내견이다. 그들은 우리가 가고 싶은지 알지도 못한 곳으로 우리를 이끌고 간다.

때로 개는 우리를 한꺼번에 여러 곳으로 데리고 간다.

이런 경우를 생각해보자.

개하고 내가 축구를 한다. 우리는 깊은 숲에 있고, 나는 오솔길에 서 있다. 내 발밑에 파란색 공이 있다.

"준비됐니?"

내가 물으면 루실이 돌진해 와서는 내 앞 1미터쯤 떨어진

곳에 앉는다. 그러고는 장난 인사를 하듯 몸을 웅크린다. 루실의 온몸이 팽팽히 긴장되었다. 녀석은 내 발을 보며 기다린다. 나는 녀석의 발이 흙길을 움켜쥐는 걸 보고, 녀석의 꼬리가 정신없이 흔들리는 것을 본다. 나는 뒤로 물러서서 파란 공을 루실이 있는 쪽으로 뻥 찬다. 녀석은 골키퍼처럼 펄쩍 뛴다. 때로 루실은 공을 막아서 입에 물고 자랑스럽게 달아나기도 하지만, 공은 대개 뒤쪽 멀리 날아가고, 그러면 녀석은 그걸 잡으려고 뛰어가야 한다. 그런데 몇 번인가 이 놀이는 아주 괴로운 결과로 이어졌다. 안에 방울이 든 이 작고 파란 공은 루실에게 아주 중요한 공이다. 녀석은 오직 이 공만 사랑하고 이 공으로만 놀려고 한다. 루실에게 이 공은 대체가 불가능하다. 다른 공을 던져보면, 아무리 똑같은 모양이라도 미심쩍다는 듯 코를 킁킁거려 보다가 그냥 외면한다. 그래서 내게는 이 공을 잃어버리면 어쩌나 하는 두려움이 있다. 몇 번은 거의 회수 불가능해 보이는 곳에 공을 차서 그걸 되찾기 위해 영웅적 모험을 벌이기도 했다(진창 속으로 절벅절벅 걸어가기도 했고, 12월의 호수에 한쪽 팔을 어깨까지 담근 일도 있고, 또 2미터 높이의 철조망을 기어오른 적도 있다). 하지만 그런 노력은 언제나 보람이 있었다. 파란 공만 보면 루실은 달렸고, 나는 다시 아이가 된다.

"잘했어!"

나는 소리치고 녀석을 쫓아 달린다. 외투를 벗어 던지고 철조망을 기어오른다. 깔깔거리고 웃는다.

이것 말고도 내게는 여섯 가지의 다른 가면이 있다. 때로 나는 개의 놀이 친구고, 다른 때는 물건 잡는 법, 명령 수행법 등을 열성적으로 가르치는 코치다. 또 다른 때는 규율 반장이 되어서 녀석이 명령을 무시하고 돌아오지 않으면(이런 일은 아직도 일어난다), 풀숲으로 쿵쿵 들어가서 끌고 나온다. 개는 때로 자매 같기도 하고 단짝 친구 같기도 하고 엄격한 큰오빠 같기도 하고, 또 엄마 같고 자식 같기도 하다. 그런데 이런 다양한 역할 수행은 모자 A를 벗고 모자 B를 쓰는 일에 아무런 교육이 필요하지 않은 것처럼 별다른 노력 없이도 이루어진다.

이렇게 자아의 여러 면을 넘나들면서 지내는 것이 내가 찾아낸 나만의 동물치료 방식이라고 생각한다. 그리고 그것은 분명히 효과가 있었다. 내 작은 부분들, 아주 깊은 잠에 빠져 있던 부분들이 새로이 솟아올라 명료한 얼굴을 드러낸 뒤 차분하게 달래졌다.

나는 숲 산책으로 놀이에 대한 무언가를, 술에 빠져 지내던 시절 내게서 빠져나간 무언가를 새롭게 배웠다. 때로 그것은 없는 것을 깨닫는 형태로 다가온다. 루실과 함께 산책을 하다 보면 '아, 내가 이를 악물지 않고 있네. 긴장으로 굳어 있지 않네. 걱정에 싸여 있지 않네' 하는 깨달음이 온다. 이것은 이전까지 내가 겪은 상태와 너무도 다르기 때문에 그 감각은(편안함이라고 할 수 있는) 쉽게 인식되지 않는다. 또 나는 예전보다 훨씬 많이 웃는다. 지난가을 나는 심리치료사에게 루실을 처음 보이려고 치료사 집으로 갔다. 심리치료사의 개가(일곱 살짜리 웨스트 하일랜드 화이트 테리어) 우리를 맞자, 본래 테리어 종을 좋아하는 루실은(테리어 종만 보면 반쯤 미쳐버린다) 기쁨에 들떠서 테리어와 씨름을 하고 발을 휘두르고 마루에 벌렁 드러눕고 하더니, 갑자기 뒷다리로 일어서서 테리어 엉덩이를 타는 게 아닌가! 어떻게 보면 그날 상담은 망친 셈이었다. 우리는 7분 가량 지난 뒤부터는 개 이야기밖에 하지 못했기에. 하지만 나는 지난 13년 동안 심리치료사 앞에서 한 번도 하지 않은 것을 했다. 상담 시간 내내 웃었다.

놀이 친구, 또 영혼의 친구. 나와 루실의 관계는 내가 다시 쌍둥이가 된 것 같은 느낌, 다른 한 존재와 세상에 둘도 없이 얽혀 있다는 느낌을 준다. 이것은 내가 쌍둥이 자매 베카와 함께 자라던 어린 시절 이후 전혀 느껴보지 못한 감정이다. 개를 키우기 전까지는 내가 그런 느낌을 잃어버린 줄도 몰랐지만(깊고 끈질긴 애착, 다른 존재와 뗄 수 없이 엮여 있다는 느낌) 루실과 함께 산책하거나 거실에서 빈둥거릴 때면 이런 느낌은 자주 찾아온다.

우리, 세상에 오직 둘뿐인 우리. 나는 루실에게 어떤 인간보다 소중하고, 루실은 나에게 어떤 개보다 소중하다. 베카와 내가 길고 힘겨운 과정을 거쳐 개별적 어른으로 자라나기 전에 느낀 감정이 아마도 그러했을 것이다. 루실은 그 감정의 끈을 잡아채서 내게 다시 가져다주었다. 루실과 내가 함께 지내는 방식은 어린 시절 나와 베카가 지내던 방식과 놀라울 만큼 비슷하다. 우리는 언제나 붙어 다녔고 항상 같이 놀았으며 한 방에서 잠을 잤다. 이런 밀착감이 이다지도 익숙하다는 것이 나를 뭉클하게 한다. 나는 인간 어른과 이런 수준의 밀착을 나누기를 원치 않는다. 그러나 루실하고는 이것을 나눌 수 있음을 행복하게 여긴다.

이것은 다른 사람들에게도(의식적으로건 무의식적으로건) 흔히 일어난다. 문화인류학자 콘스턴스 페린은 우리가 개에게 느끼는 애정의 깊이는 개들이 우리에게 어린 시절 어머니와 함께 나눈 친밀감을 되살려주기 때문이라고 말한다. 페린은 이렇게 썼다.

"언어가 개입하지 않는 완벽한 소통, 말없이 늘 우리 곁을 지키는 개는 우리가 일생에 한 번 겪는 그 마법적 시기를 상징한다."

페린은 이것이 바로 개와 인간의 관계가 그렇게 울림이 큰 이유라고 한다. 개가 전하는 이 독보적인 애정은 사람들에게 깊은 친숙함을 안겨주고, 이런 친근감을 받아들이는 것이 깊은 치유 효과를 발휘한다. 이 따뜻한 동물과 사랑을 나누는 것은 우리가 세상을 혼자 헤쳐 나가야 한다는 걸 깨달을 때, 우리 마음속에 남은 어린 시절의 아픔을 치유한다. 이것은 우리의 가장 원초적인 갈등, 즉 다른 존재와 융합하고자 하는 소망과 거기서 떨어져 나와야 하는 과제 사이의 갈등을 누그러뜨린다.

이런 치유는 다른 관계에도 영향을 미친다. 루실이 직접적인 원인이라고 말할 수는 없지만, 녀석 덕분에 예전에 잃은 깊은 밀착을 되찾은 뒤로 나는 베카에게 느낀 긴장을 상당 부분 덜게 되었다. 베카가 늘 나를 두고 혼자 달려 나가서 자신만의 삶을 사는 것에 대해 품었던 소리 없는 분노가 수그러들었다. 그래서 지금 우리 둘은 전보다 친근해졌고, 그 방식은 예전보다 선명하고도 말끔하다. 우리가 서로 다른 개인이 된 것은 우리 자신의 필요에 따른 것임을 이제야 이해하게 되었다. 1997년 봄에 베카도 개를 구했다(비머라는 이름의 귀엽고 사랑스러운 네 살짜리 보더콜리-래브라도 잡종). 그 뒤 우리는 한 달에 두어 번씩 만나서 함께 산책한다. 이런 외출도 내게는 깊은 평온함을 준다. 전혀 예상치 못했던 보너스. 개는 내게 현실의 쌍둥이와 상징적 쌍둥이를 모두 찾아주었다.

이렇게 우리는 인간으로서 친구도 되고 아이도 되고 엄마도 되고 쌍둥이도 되며, 개는 오직 개로서 그런 우리의 여러 모습에 다 파트너가 되어준다. 그리고 이 다양한 조합을 다 더해 보면 우리의 가장 중요한 역할이 나온다. 그것은 인간으로서의 인간, 사랑할 수 있는 생명체로서 해야 할 역할이다.

얼마 전 어느 날 밤, 나는 TV를 끄고 거실 의자에서 일어났다. 루실과 함께 위층으로 올라가려고 소파를 보았다. 루실은 소파에 등을 대고 누워 있다. 그 우스운 꼴이라니. 뒷다리는 양쪽으로 쫙 벌리고 고개를 한쪽으로 기울여서 주둥이가 꼬리를 향해 있다. 녀석은 이런 자세를 자주 하고, 그걸 볼 때마다 나는 웃음을 참지 못한다. 너무나 바보 같으면서 너무나 무방비한 자세, 20킬로그램 몸뚱이가 보여주는 완전한 어리석음과 완전한 믿음. 나는 녀석을 내려다보고 녀석은 이런 황당한 자세로 나를 올려다보았다. 그러다 내가 옆자리에 앉아 녀석의 배를 문질렀다. 그러자 내 안에서 무언가가 스르르 녹아내려서 나는 소리치듯 말했다.

"루실, 너를 사랑해. 매일매일, 하루도 빠짐없이."

특별할 것 없는 흔해빠진 말이지만, 나는 이 말에 담긴 기적을 느낀다. 내가 1년 365일 하루도 빠짐없이 이 개를 사랑하고, 녀석에게서 기쁨과 위안을 찾는다는 것은 기적적이며 놀라운 치유 과정이다. 나는 내 안에 이토록 흔들림 없는 애정을 느낀 적이 없다. 이렇게 편안하게 이것을 허락했던 적이 없다. 지금껏 내가 겪은 인간관계는 물러섬이다. 실망하지 않으려고 상처받지 않으려고 내 일부에 빗장을 걸거나 앞에 장막을 드리웠다. 나와 루실이 맺은 관계는 베풂이다. 이런 식으로 아무런 제약도 두려움도 없이 열렬하게 베푸는 것은 내게 전혀 새로운 것이고, 이런 경험 속에서 나는 내가 인간임을 느끼고, 충족되어 있음을 느낀다.

그날 밤 나는 몇 분 동안 가만히 앉아 개를 쓰다듬으며 거실을 둘러보았다. 내가 이 집에 이사 오기 4년 전은 내 인생이 가장 불안하던 시기였다. 겨우 술을 끊은 데다 부모님을 여읜 슬픔에서 헤어나지 못했고, 자아 감각은 안개 속을 헤맸으며, 장래는 너무도 불확실했다.

　그때 집을 산 건 간이역이 필요했기 때문이다. 죽음과 술 때문에 뿌옇게 일었던 먼지가 가라앉을 때까지 쉴 곳이 필요했기 때문이다. 나는 빅토리아 풍의 이 집 구조가 마음에 들었다. 규모는 작지만 천장이 높고 각도가 특이한 데다 채광이 좋았다.

　그러나 개가 들어오기 전까지 이 집은 당시 내 상황만큼이나 공허하게 느껴졌다. 나는 박물관 관람객과 같은 느낌으로 이 집을 걸어 다녔다. '좋은 집이군. 그런데 내가 정말 여기 사나?' 하고 물으면서. 요즘 집의 거실은 내 공간이라기보다 루실의 공간인 듯하다. 소파 앞 커피 테이블 자리에는 개 침대가 있고, 보조 테이블이 있을 자리에는 장난감 상자가 있다. 그러나 예전에 나를 사로잡았던 낯선 느낌은 내 영혼의 깔쭉깔쭉한 모서리들이 부드럽게 둥글려짐에 따라 썰물처럼 빠져 나갔다. 나는 개를 내려다보았다. 소파에 고요히 누워 있는 수용과 만족의 화신. 나는 생각한다.

　'여긴 내 집이야.'

　루실을 키운 지 얼마 지나지 않아 나는 녀석을 데리고 마사즈 비니어드의 가족 별장에 갔다. 이곳은 내게 복잡한 기억이 많은 곳이다. 나는 여름마다 이곳에서 가족과 길고 긴 휴가를 보내며 소외감과 불안함과 지루함에 시달렸다. 이곳은 유령의 땅이기도 하다. 아버지의 유골 가루가 이곳 별장에서 걸어서 불과 몇 분 거리 숲에 묻혀 있다. 어머니의 유골 가루는 좀 더 가까운 곳, 현관에서 스무 발자국쯤 떨어진 벚나무 아래에 묻혀 있다. 우리 세 남매가 그곳에 어머니를 묻은 것은 어머니의 마지막 개인 토비가 그 바로 옆에 묻혀 있기 때문이다.

　이 말은 좀 이상하게 들릴 것이다. 어머니를 남편 곁이 아니라 개의 옆에 묻다니. 그러나 그때 우리는 이런 선택에 아무런 문제를 느끼지 않았고, 그것은 지금도 마찬가지다. 우리 부모님의 관계는(겉으로는 아무도 그렇게 말하지 않았지만) 결혼 생활의 마지막 해에 거의 결딴이 났다. 우리는 모두 어머니가 아버지보다는 개와 더 순수하고 정직하고 애정 어린 관계를 유지했다고 생각했다.

토비는 아버지가 돌아가시기 2년 전에 열한 살의 나이로 갑자기 죽었다. 녀석은 마사즈 비니어드 별장에서 두 조카와 (주말을 맞아 찾아온 이복오빠의 아들들) 함께 현관 앞 포치를 뛰어다니고 있었다. 한여름이라 찌는 듯이 더웠고, 어머니가 아이들에게 몇 번 소리쳤다.

"개를 힘들게 하지 마라."

"앨크하운드는 털이 이중으로 나서 더위를 잘 견디지 못하는 개다."

어머니는 토비가 더위를 먹지 않을까 걱정했다. 그런데 한순간 요란한 소리가 났다. 토비가 크게 한숨을 쉬더니 포치에 풀썩 쓰러진 것이다. 어머니가 그 소리를 듣고 토비가 무엇에 걸려 넘어졌나, 발을 다쳤나 하고 뛰어나왔다. 어머니가 다가오자 녀석은 고개를 들고 다시 한번 기괴한 숨소리를 내더니 그대로 숨을 거두었다.

그날 오후 어머니와 아버지는 녀석을 깔개에 싸서 섬의 반대편, 차로 45분 거리에 있는 동물병원에 데리고 갔다. 부검 결과는 심장마비였다. 나중에 우리는 녀석이 라임병을 앓았던 게 아닌가 추측했다. 죽기 몇 주일 전부터 녀석은 어딘가 아파 보였고 관절도 눈에 띄게 뻣뻣했는데, 그게 그 병의 증상 가운데 하나였다. 라임병은 근육을 약화하고 그 결과 심장도 마비시킬 수 있다.

어머니는 눈물을 흘리는 분이 아니다. 나는 평생 어머니가 우는 걸 딱 두 번 보았는데, 첫 번째는 내가 열여섯 살 때 신장병에 걸린 첫 번째 개인 톰을 안락사할 때였고, 두 번째는 토비가 죽었을 때였다. 어머니는 외할아버지 장례식 때도 적어도 사람들 앞에서는 울지 않았다. 그런데 그날 밤 내게 전화를 걸어 토비가 죽었다고 전하는 어머니의 목소리는 울음에 잠겨 있었다. 그 통화에서 무슨 이야기를 했는지는 별로 기억나지 않지만, 떨리는 목소리를 통해 전해지던 어머니의 충격과 슬픔은 생생하게 기억난다. 어머니는 토비를 화장하고는 유골 가루를 담은 작은 항아리를 1년 동안 어머니 방 한구석, 토비가 잠자던 자리에 보관했다.

우리는 다음 해 여름 그 유골 가루를 묻었다. 이미 몇 달 전부터 와병 중이던 아버지는 휠체어에 묶여 지냈기 때문에, 우리와 함께 나갈 수 없었다. 그래서 아버지가 밖을 볼 수 있도록 휠체어를 현관 창가에 놓아두고, 우리 세 남매와 어머니는 토비가 자주 나와 앉아 지내던 벚나무로 나갔다. 땅을 파고 재를 쏟아붓는 동안, 어머니는 울음을 참으려고 안간힘을 썼지만 소용없었다. 두 눈에 눈물이 가득 차오르고 얼굴은 붉어졌으며 결국 몇 방울 굵은 눈물이 뺨을 타고 흘러내렸다. 우리는 유골 가루를 묻고 흙을 덮은 뒤 둘레에 돌멩이와 조개껍데기를 둘러놓았다. 그리고 잠시 그곳에 서서 죽은 개와 우리 어머니의 슬픔을 위로했다.

　그러나 나는 당시에는 어머니 상실감의 크기를 짐작할 수 없었다. 물론 사랑하는 개가 죽었으니 매우 슬플 거라는 생각은 했지만, 한편으로 어머니의 슬픔은 아버지에 대한 슬픔이 비틀린 형태로 표현되는 것이라고도 생각했다. 아버지 때문에 우는 것보다는 개를 두고 우는 편이 더 쉬울 테니까. 나는 집으로 시선을 돌려 창가에 비친 아버지의 실루엣을 보았다.

　'휠체어에 앉은 채 죽어가는 아버지, 어머니의 진정한 슬픔은 저기 있어. 아버지, 두 분의 그토록 불행한 결혼생활.'

　지금 돌아보면 그것은 오해였다. 진정한 슬픔은 토비 때문이었다. 토비의 죽음이 어머니의 세계에 남기고 간 커다란 구멍 때문이었다.

　루실을 키운 지 1년가량 지났을 때 나는 한 친구하고 저녁 식사를 하다가 뉴욕의 심리치료사 캐롤 푸딘에게서 들은 반려동물 주인들을 대상으로 한 사별 상담 이야기를 했다. 그러자 내 친구는 허리를 곧게 펴고서 말했다.

　"사별 상담? 동물한테? 맙소사."

　그리고 친구는 깔깔깔 크게 웃었다. 나는 약간 얼얼한 심정이었다. 토비를 묻던 날 마사스 비니어드의 어머니가 떠올랐고, 어머니의 눈물이 떠올랐다. 어머니가 부엌 식탁에 앉아서 토비를 쓰다듬던 모습이 떠올랐다. 녀석은 우리 집에서 어머니가 거리낌 없이 어루만지는 유일한 존재였다. 나는 녀석이 오랜 세월 동안 어머니에게 바치던 꾸준함을, 이 내밀하고 고적한 여인에게 바치던 존재감을 떠올렸다. 이렇듯 완벽에 가까운 개들과의 관계가 갖는 유일한 단점은 지속성이 떨어진다는 것이다. 개의 수명은 너무도 짧다. 그리고 녀석들이 죽었을 때 우리에게 닥치는 상실감을 더욱 깊게 만드는 것은 우리의 슬픔을 한심하고 도를 넘은 것으로 심지어 우스운 것으로 바라보는 사회의 시선이다.

지난봄에 나는 개를 잃은 한 부부와 몇 시간을 보냈다. 썰매끌이 종에 속하는 키미라는 날씬한 그 개는 뉴햄프셔 주의 화이트산맥에서 어처구니없는 사고로 죽었다. 키미는 개라기보다는 무슨 요정 같았다. 이따금 나는 프레시폰드에서 녀석이 길고도 완벽한 비례의 다리로 날렵하게 뛰어다니는 것을 보았다. 은빛이 감도는 회색 털, 크고 깊은 눈, 그리고 내가 본 개 가운데 가장 사뿐사뿐하던 걸음걸이. 길 가던 사람들이 다시 한 번 뒤를 돌아볼 만큼 아름다운 개였다.

녀석의 주인인 톰과 수는 한 살가량 된 키미를 데리고 플라이 낚시를 갔다. 그런데 셋이 함께 강물을 따라 산길을 걷던 중 사고가 났다. 강가 산비탈을 뒹굴던 나무 몇 그루가 아래로 굴러떨어져서 키미의 등뼈를 부러뜨린 것이다. 정신없는 시간이 몇 시간 지나갔다. 톰은 도움을 청하러 산에서 내려갔고, 수는 처절한 공포 속에 키미 옆을 지켰다. 그들이 내게 키미의 죽음을 이야기한 것은 그때로부터 1년 정도 지났을 때였는데, 그들은 아직도 그 슬픔에서 완전히 벗어나지 못하고 있었다. 심리치료사인 톰은 그 스스로 심리치료를 받았다. 그의 슬픔은 그만큼 깊었다.

"나는 죽음을 겪은 내담자를 많이 보았어요. 우리 부모님 두 분도 다 돌아가셨고, 친구 중에도 죽은 친구가 있어요. 그래서 죽음이라면 제법 겪은 편이라고 할 수 있죠. 하지만 이토록 슬펐던 적은 없었어요. 부모님이 돌아가셨을 때도 개가 죽었을 때만큼 슬프지 않았어요. 나는 본래 눈물이 없는 사람이에요. 그런 내가 흐느껴 울었어요. 새벽 두 시에 깨어나서 한숨을 쉬었어요. 사람을 위해서는 그런 적이 없었는데 말이에요."

이것은 개를 깊이 사랑하는 사람들만이 이해할 수 있는 말이다. 루실을 키우기 전이었다면 나도 이해하지 못했을 것이다. 나는 토비를 잃은 어머니의 슬픔을 이해하지 못했다. 하지만 지금은 이해한다. 그 상실감은 아주 가까운 사람을 잃었을 때만큼 각별하고도 격심하다. 그리고 그 슬픔의 깊이는 사람들에게 큰 충격을 준다. 개가 사라지기 전까지는 녀석이 그동안 우리 인생의 공백들을 얼마나 능란하게 메웠는지 제대로 알지 못하기 때문이다. 마조리가 처음 키운 보더콜리 글렌을 잃었을 때 그녀는 거의 1년 동안 글렌의 이름을 말할 때마다 머리 한쪽에 통증을 느껴야 했다. 이 이야기를 들을 때 나는 고개만 끄덕였다. "난 그저 상상만 할 뿐이에요"라고 말했다. 실제로 나는 내가 루실보다 오래 살 가능성이 크다는 사실을 잘 받아들이지 못한다. 물론 내 마음 일부는 벌써 그에 대한 두려움에 시달리지만.

"나는 루실이 석 달 정도 되었을 때부터 녀석의 죽음을 걱정했어요."

나는 사람들에게 이런 말을 많이 한다. 농담이지만, 사실은 반만 농담이다.

루실이 어렸을 때, 나는 아침마다 인근 공원에서 찰스라는 50대 중반 남자를 만났다. 그의 개 벤은 검고 육중한 몸집의 늙은 래브라도였다. 벤은 목줄 없이 공원에 나왔지만 언제나 찰스 옆에 달라붙어 있었다. 둘은 그렇게 10~20분을 산책하다 갔다. 주둥이 부분이 온통 회색인데다 소파 같은 느낌을 줄 만큼 크고 튼튼했던 벤은 찰스를 아주 좋아했다. 녀석이 찰스를 바라보며 꼬리를 천천히 흔들면 찰스는 그에게 과자를 주었고, 그런 뒤 둘은 공원을 나갔다.

벤은 지난 3월에 죽었다. 나는 그 몇 주일 후, 때 아닌 봄철 폭설이 내린 직후에 찰스를 보았다. 그는 자기 집 현관 앞에 삽을 들고 서 있었다. 나를 보자 그는 벤의 죽음을 이야기할 기회가 생긴 걸 기뻐하는 듯했다. 가까운 사람이 죽었을 때 슬픔을 충분히 토로할 사람을 찾은 것처럼. 찰스는 말수가 적은 사람이었지만 자신이 얼마나 큰 슬픔을 겪었는지, 벤이 얼마나 특별한 개였는지를 이야기하고는, 개가 죽은 뒤 이 세상이 어떻게 느껴지는지, 자기도 모르게 목줄을 잡았다가 이제 그게 필요 없다는 걸 깨달을 때나 비어 있는 개의 자리를 볼 때 어떤 느낌이 드는지를 요약해서 말했다.

"우리 신경 체계를 모두 새롭게 프로그램 해야 하는 것 같아요."

루실을 옆에 데리고 그의 앞에 서 있자니 그에게 깊은 연민과 공감이 느껴졌다. 개를 깊이 사랑하면 우리 몸의 핵심 부분이(우리의 전체 신경 체계) 그 유대에, 둘이 함께하는 그 인생에 묶이는 것과도 같다. 우리는 다시 프로그램된다. 개를 키우는 사람은 이전과는 다른 사람, 개 사람이 된다.

나는 처음부터 개한테는 우리를 변화시키는 힘이 있다는 걸 인식했던 것 같다. 내가 루실을 마사즈 비니어드 섬에 데려갔을 때 루실은 겨우 석 달 정도밖에 되지 않았고, 나와 만난 지는 고작 열흘이었다. 그런데 나는 첫날 아침, 녀석을 벗나무 앞, 그러니까 우리 어머니와 개의 유해가 묻힌 곳으로 데리고 갔다. 루실은 돌멩이로 두른 두 개의 원을 킁킁거렸다. 그렇게 가만히 서 있자니, 내가 녀석을 여기 소개하고 있다는 생각이 들었다.

"엄마, 얘는 루실이에요. 토비야, 루실이야."

고요한 슬픔, 그리고 미지의 세계 가장자리에 서 있는 듯 아련한 느낌이 있었다. 한 차례의 변이, 아니 몇 차례의 변이가 있을지 모른다는 느낌. 1년 전 어머니 유해를 묻은 뒤 처음 가보는 마사즈 비니어드다. 거기 루실과 함께 서 있자니 그렇게 짧은 시간 동안 너무나 많은 것이 변했다는 사실에 나는 당혹했다. 이제 내게는 부모님도 없고 술도 없다. 새로운 인생, 새로운 개. 하지만 내 자아의 그림은 아직 텅 비어 있다.

그러므로 그때 내가 정말 소개하던 건 바로 나였다.

"엄마, 제가 개를 키우기 시작했어요. 토비야, 얘가 네 후배야."

그 느낌은 내가 거기서 어머니와 토비에게 새로운 내 정체성의 윤곽을 보여주고 있다는 느낌이었다. 하지만 그게 무얼 의미하는지, 그 정체성이 결국 무엇이 될지, 그 과정에 루실이 무슨 역할을 할지는 확신할 수 없었고, 윤곽은 여전히 흐리멍덩했다.

그로부터 3년 가까운 시간이 지난 오늘, 윤곽은 그때보다 뚜렷해지고, 그 안의 그림도 전보다 선명하게 드러났다. 물론 아직도 빈 부분이 많고, 외곽의 풍경도 흐릿함 투성이다.

'이 그림 속의 여자는 누구인가? 고적한 사람인가? 고립된 사람인가? 술을 끊은 사람이 사는 이 텅 빈 집은 다른 어떤 것들로 채워야 할까? 또 다른 누구로?'

그러나 그림의 중심 부분만큼은 매우 선명하다. 술 대신 개 목줄을 들고 있는 여자, 개를 데리고 있는 여자, 바로 이 개를 데리고 있는 여자가 거기 있다.

중독 치료자들의 모임에 가면 흔히 듣는 이야기가 있다.

중독을 벗어나려고 할 때 우리는 흔히 애초의 중독 물질과 비슷한 방식으로 우리를 채우는 다른 대상, 그러니까 대체물에 빠진다는 것이다. 나는 지금 너무도 로맨틱한 나머지 루실을 알코올의 대체물이라는 임상적 관점으로 바라볼 수가 없다. 그러나 녀석을 사랑하면서 내가 새로이 채워지고 있으며 근본적으로 다른 방향을 향하게 되었다는 것을 느낀다. 옛 정체성은 부수어져 나가고 새로운 정체성이 들어서고 있다. 찰스가 말한 대로 새로이 프로그램되는 느낌이다.

루실은 내가 술 마시는 것을 본 적이 없다. 간단한 말이지만, 내게는 아주 중요한 의미다. 녀석은 내가 술을 떠나서 얻은 위안과 평화의 핵심이다. 때로 밤에 녀석을 바라보며 나는 생각한다.

'내가 아직도 술을 마셨다면 내 인생은 어떻게 되었을까?'

그랬으면 나는 녀석을 제대로 돌보지도 못했을 테고, 녀석도 내가 아무 도움 안 된다는 것을 알았을 것이다. 녀석은 내가 중독의 파도 속에 출렁일 때는 얻을 수 없던 어떤 것을 상징한다. 그것은 내가 다른 존재에게뿐 아니라 나 자신에게도 줄 수 있게 된 일관성, 지속성, 유대감 같은 것이다. 다시 말해 그것은 사랑이다.

미스터리 작가 수잔 코넌트는 이렇게 썼다.

"내가 개 목줄을 잡았을 때 느끼는 영적인 편안함은 다른 사람들이 묵주를 들고 느끼는 것과 같다."

나는 코넌트의 말뜻을 백 퍼센트 이해한다. 손에 목줄을 잡고 옆에 루실을 두면 마법 같은 일이 일어난다. 내면에서 찰칵 소리가 난다. 오래전에 잃어버린 나의 중요한 일부가 돌아와서 제자리에 들어간 것 같다. 그러면 나는 내가 무사할 것을 안다. 목줄을 손에 들면 내가 예전에 백포도주 잔을 들었을 때처럼 깊은 안정감이 든다. 개는 한때 술이 그랬듯이, 내가 이 세상에서 느끼는 편안함의 핵심이다.

어떤 것이 우리에게 공허감을 주고 어떤 것이 충족감을 주는가? 누가 또 무엇이 우리에게 유대감과 위안과 기쁨을 주는가? 우리에게는 얼마나 많은 관계가 필요하며 얼마나 많은 자기만의 공간이 필요한가? 무엇이 내게 꼭 맞는다고 느껴지며, 충분하다고 느껴지는 것은 무엇인가? 우리의 인생은 이런 질문을 더듬더듬 헤쳐가는 길이다. 그리고 루실이 비록 그 답까지 주지는 못 한다 해도, 녀석은 나를 그런 질문을 향해 조용히 끌고 간다. 그래서 나는 목줄을 잡고 따라간다.

감사하는 이에게

다이얼 프레스 출판사의 수잔 캐밀과 도쿠버 에이전시의

콜린 모하이드의 자신감과 열정에 깊이 감사합니다.

우정과 지혜와 통찰력으로 이 책을 빛내준 게일 캘드웰,

루실과 나를 따뜻하게 보살펴준 마크 모렐리,

그토록 일관된 도움을 베푼 수잔 시어, 톰 더피에게 사랑을 전합니다.

개가 있는 세상을 이토록 풍성하게 가꾸어준

호프 미켈슨, 웬디 샌포드, 폴리 애트우드, 캐시 드 네이탈,

캐서린 패비오, 캐이시 클라크에게 깊이 감사합니다.

다이얼 프레스 출판사의 레슬리 험스도프와 도린 매닝도

기술적 분야와 연구 조사에 많은 도움을 주었습니다.

마이클 이안 케이, 멜리사 헤이든, 브라이언 멀리건은

이 글의 구성에 귀중한 조언을 해주었습니다.

펜실베이니아 대학의 제임스 서펠은 인간과 개 관계의 역사에서

그가 연구하고 발견한 깊은 통찰을 많이 전달해 주었습니다.

모두 감사합니다.

그리고 언제나처럼 데이비드 허초그에게 감사와 사랑을 전합니다.

옮긴이•고정아

연세대학교 영문학과를 졸업하고 전문 번역가로 활동하고 있다. 문체가 수려한 것이 특징이다. 2012년 제6회 [유영번역상]을 수상했다. 옮긴 책으로는『드링킹, 그 치명적 유혹』『하워즈 엔드』『우울증에 반대한다』『미스터 플레이보이』『오만과 편견』『커리어 오브 이블 1,2』외 다수가 있다.

개와 나

사람과 개, 그들의 깊고 오묘한 러브 스토리

첫판 1쇄 발행 2021년 09월 10일

지은이 캐롤라인 냅 | 옮긴이 고정아

디자인(본문,표지) 빈집 binjib.com

발행인 권혁정 | 펴낸곳 나무처럼

주소 고양시 일산동구 강촌로26번길 49, 3층

전화 031) 903-7220 | 팩스 031) 903-7230

E-mail nspub@naver.com

ISBN 978-89-92877-53-4 (03840)

책값은 뒤표지에 있습니다.